ヤオと七つの時《と》空《き》の謎

ヤオと七つの時空《とき》の謎◉目次

INTRODUCTION

これは、ヤオという名の少女が、はるか飛鳥の昔、平安の世、鎌倉時代の前夜、戦国、江戸、そして明治——と流れゆく時のさなかを、ある使命を帯びて旅する物語です。

ヤオが駆け抜けてゆくさまざまな時代には、それぞれに数奇な出来事があり、それにまつわる謎があります。ヤオはそれらの謎と、ときに真正面から向き合い、またときには物語のそばを通り過ぎてゆくだけだったりします。

とはいえ、そこには必ず解決があり、真相が用意されています。各時代を受け持つ作者たちが頭脳と蘊蓄を凝らしたそれらは、きっと読者《あなた》を驚かせ、満足させることでしょう。

さあ、それでは、ヤオとともに時空を超える冒険と推理の旅に出てください。願わくば、ヤオが彼女の使命を果たし、元の世界にもどってこられますように。そしてもう一つ、読者がこの本に込められた、あるたくらみを看破することができますように！

もう一つ……巻末の「ヤオ最後の冒険またはエピローグ」では、それまでの六編と異なり、わざと中途まで物語の年代を明かしてありません。

彼女の六度の冒険のあとに来るべき時代はいつなのか、ちょっと推理をはたらかせつつお読みいただければ、それも一興かと存じます。

プロローグまたはヤオは旅立つ

芦辺拓

その鏡はこの世の全てを、そのままに映し出していました。よいことも悪いことも、うれしいことも悲しいことも恐ろしいことも何もかも。

鏡はどんなときも公平でおだやかで、そして無力でした。でもたった一つ、鏡が自ら壊れてしまわないではいられないほど、怒りをあらわにする場合があったのです……。

——ある少女の幼き日の愛読書より

*

ヤオはふいに歩みを止めると、通り過ぎたばかりの通学路をふりかえった。

あまりに見慣れた学校からの帰り道。その、たった今背後に流れ去ったばかりの風景が、にわかに揺らぎ、変化《へんげ》したように思われたからだった。

「どうしたの？」

ヤオにつられて立ち止まったクラスメートが、けげんそうな顔を振り向ける。

「ん……いや、何でも」

彼女はあいまいな微笑を浮かべると、小さくかぶりを振った。白セーラーの胸元の赤いスカーフが、かすかに揺らぐ。

また変な子と思われたかな、と、ちょっとだけ心が寒くなった。たぶん、変な子はそんなこと気にしないと思われているのだろうけど。

すらりと引き締まった体に、キリッとした顔立ち。そのせいで、長い黒髪にもかかわらず、よく男の子のようだとからかわれるが、どことい って変わり者扱いされそうな感じはしない。

ただ……名前だけはどうしようもなくって、

「ヤオです」

と名乗るたんびに、軽く驚いた顔をされ、由来を訊かれたり、どういう字を書くのかたずねられる。どういう字も何もカタカナだと答えると、「ほう」と変に感心されたりする。

その人にとっては、人生初の遭遇かもしれないが、こちらはずっとこの名前と付き合っているのだ。そんな新発見みたいな顔をされても困るのだ。

あとは、何やら古ぼけて細長い袋を左肩から提げていることだろうか。だが、中に収まっているのは祖父から贈られた竹刀で、それはヤオが女子剣道部員である以上、何の不思議もないことだった。

このせいで大げさに怖がられたりすることもあるが、まぁそんな連中――九十九パーセント男――のことはどうでもいい。もしそれが変だというなら、もっと長いものを街なかで持ち歩く弓道部や薙刀《なぎなた》部、それに花のついた木の枝を抱えた華道部だって、そういうことになってしまう。

むろん、クラスメートたちにとっても、それは自明のこと。では、彼ら彼女らにとって、

「ヤオちゃんって、ちょっと変わってるよね」

ということになってしまうのか。そう言うほど、彼女の何が風変わりに見えるのか。

ヤオにはわかっていた。その答えは、右手に持ったカバンの中にあることを。

それは――本だった。

それも紙の本……新刊本の場合もあるが、多くは古ぼけていて、中にはページが赤茶けてしまった文庫本や、風変わりで凝った装幀のハードカバー、美しい挿絵の入ったもの――とにかく日によって、気分によってばらばらだった。

折に触れて、ちょっとした時間が生じたときなどに、カバンから取り出したそれらに軽く視線を落とし、あるいは一心に読みふけるのが、彼女にとっては日常の一コマだった。

なるほど、風変わりな趣味には違いなかった。もう彼女らの周りに紙の本はなく、あったとしても日常とは無縁の代物だった。ヤオのクラスメートたちばかりではない。それより年上の、街ゆくサラリーマンや大学生、ＯＬたちにしても、紙の本を手にしている者は一人もいなかった。

ヤオが物心ついたときから、すでにそうだった。だから彼女と同年輩のものたちにとっては、本なんてものは変てこりんな骨董品も同然で、それらを持ち歩いているというだけで、十分変人の部類に入るのだった。

実のところ、ヤオは一人ぼっちの帰り道ならば、すぐにでもカバンの中から今日の一冊を取り出したかった。むろん、今そんなわけにいかないのは百も承知だった。

「あの、それでさ。さっきの話なんだけど……」

ヤオは、内心を気づかれまいとするように、ことさら明るくついさっき途切れたばかりの話題の続きをうながした。それは、同じ学年の誰それクンと、どこかの何トカさんがくっついたとか離れたとかいうたわいもない話題で、それはそれでヤオにも興味のないことはなかった。

「ね、それで結局、どうなったのさ」

クラスメートの返事がないものだから、ヤオは気まずさを取りつくろうように、なおも言った。言いながら、後ろをかえりみてぎょっとした。

「！」

――そこにいたのは、さっきまでいっしょだったヤオの仲良しグループではなかった。顔は知っているけれど、そんなに親しくはない人たちで、しかも男子ばかりだった。

それは、どうしてこんなに色合いの違う男の子たちがつるんでいるのか、女子たちが常々首をかしげている、プレイボーイあり超秀才ありオタクありというグループだった。

いつのまに入れ替わったのだろう。それとも、いつのまにか仲間とはぐれて、知らずにこの人たちといっしょに歩いていたのだろうか。

「あの……」

ややうろたえ気味にヤオが言いかけると、その思いは同じだったらしく、彼らの方でもキョトンと彼女を見返し、あたりをキョロキョロ見回している。そのうちの一人が、

「どうなったって、あの鏡のこと？　今度、久しぶりに一般公開されたっていう……」

どぎまぎしたようすで言ったのに、ヤオはすっかりあわててしまい、顔が赤らむのさえ感じた。

というのも、それはよりにもよってヤオが少しばかり気になっている男の子だったからだ。といっても、こんな風になれなれしく話したこともなければ、そもそもこんなに近くにいた経験などなかった。

「か、鏡……ああ、そうね。あれはどうなったんでしょうね。ほんと心配よね」

半分わけのわからないまま、でも何かそんなニュースを見た覚えはあるなと考えながら答えた。すると、気になる男の子はうなずいて、

「そうなんだよ。いずれちゃんとした発表があるだろうけど、そうか、あの鏡のことを知っててくれたとはうれしいなぁ」

そう言いだしたのをきっかけに、ふだんはヤオなど近寄りがたい男子たちが次々と目を輝かせて、

「へえっ、君もこいつみたいに、歴史とか考古学に興味あったりするの?」

「えっ、そうとは知らなかったよ。人は見かけによらないなぁ」

何か失礼なことを言われてムッとしたのもつかの間、グループの中で女子人気の一番高い男の子が、髪の毛をちょいとかきあげながら、

「え、そうなの? じゃあ、ちょっと彼の話し相手になってやってよ。何か鏡がどうとか言われても、おれたちよくわかんなくってさぁ……」

「お、おい、やめろよ」

そういえば、この子は学年で一、二を争う歴史好きだったな——と気づいたヤオは、彼がさらに話しかけるより早く、照れ笑いを浮かべながら、

「じゃね!」

会釈というよりお辞儀といっていいほど、頭をコックリとうなずかせると、足早にその

場を立ち去ってしまった。

（悪いことをしたかな）

彼女はそう反省しつつも、変なこともあるものだと小首をかしげた。

今のはいったいどういうことなのだろう。自分からすれば、いっしょに歩いていたはずのクラスメートが、あまり親しくもない彼らと入れ替わったわけだが、向こうからすると、突然目の前に自分が現われたことになるのか。

いやまさか、とヤオは歩調を速めながら首を振った。今さらそんなことを確かめるわけにもいかないし、だいたい彼らに何と言えばいいのだ。

ふりかえりもせず、ずんずんと道を進んだところで、ハッとした。自分がとんでもないものを見たことを思い出したのだ。正確には、とっさのことでその場では何とも言えず、今になって急に気になってきたのだが。

——歴史好きの男の子は、ヤオに答えるため調べ物でもしようとしていたのか、携帯端末を取り出しかけていた。

おかしなことに、その指先から手首にかけてが、ひどく黒かった。そこだけ黒手袋をはめているのかなと思ったのだが、そんなものではなかった。

手は携帯端末を持ったまま静止していたのに、その黒い部分は動いていた。むしろ蠢いていた。まるで巣穴からあふれ出した蟻の群さながらに、ゾロゾロとウジャウジャと……。

（あれは、いったい何だったんだろう？）

ヤオは内心首をかしげた。まさか、ポケットの中に入れっぱなしにしていたスティックシュガーが破れるとかして、それ目当ての蟻とか小虫たちがたかっていたとでもいうのか。

ちなみに、ポケットを砂糖まみれにしてしまってしかられたのは、ヤオの父の実体験であった。だが、その男子生徒はそんなだらしない人間ではなさそうだったし、何よりそんな憶測を否定する証拠があった。

それは――彼の携帯端末からあふれ出し、一部はこぼれ落ちた何ものかが、虫などではないことがはっきりしていたからだった。生き物ですらなく、それでいてヤオにもなじみの形をしていた。

（もしかして、あれは……蟻は蟻でもルナールの蟻？）

地面に、えんえんと記される33333……という数字。ちなみに、ルナールの『博物誌』もまた、彼女のカバンに何日か逗留したことがあった。

だが、そんなことなどあるわけがない。何しろこれは、地を這う蟻が数字の3に見えたというのとは真逆なのだから。

たぶん……いや、きっと絶対に目の錯覚だと信じこみながら、ヤオは帰り道を急いだ。

ここからはほぼ一本道で、その先にはヤオたちの多くが利用する駅がある。いつのまにか男の子たちと入れ替わった友達がもしいるとしたら、まさか学校にもどりはしまいし、そこしか考えられなかった。

ヤオは、歩調をしだいに速めた。

こう見えて、というか見た目通り、学年でもトップクラスに足の速い方だ。もし、みんなが自分を置いてけぼりにしたのだとして——そんなことをする意味がわからないが——追いつかないはずがなかった。

それ以上に、得体の知れない不安が、彼女をとらえていた。さっき感じた異変が、たった今見かけた〝蟻〟が錯覚でも幻視でもなかったとしたら——では、いったいあれは何だったのだろう。

肩紐で吊るした竹刀の揺れが激しくなり、ヤオは軽く添えるだけだった手で、柄の部分を強く握りしめた。

と、そのとき、さっき背後に感じたのと同じ異変が、目前の風景に起きた。

今度はその正体がはっきりと見てとれた。音こそしないが、確かにドンと腹に響くような衝撃があって、前方の視野が歪み、同心円を描いて痙攣した。

まるで、何もない空間に波紋が広がったかのようだった。

その瞬間、ヤオは強い眩暈《めまい》のようなものを感じた。

よろめく拍子に肩から滑り落ちようとした竹刀を、袋ごと強く握りしめる。そのとき、さらに大きな衝撃があった。

――気がつくと、ヤオは駅前広場のほど近くまで来ていた。だが、そこはおよそ想像を絶する事態となっていた。

誰もかれもが、無数の黒い虫のようなものにとりまかれ、あるものは悲鳴をあげ、あるものはのたうちまわっていた。中には全身をすっぽり覆われたものもあり、憑《つ》かれたように全身をかきむしり、必死で払い落とそうとしていたが、その手そのものが黒い手袋でもはめたみたいになっているのだから、どうしようもなかった。

ヤオは息をのんだ。そのうちの一人に駆け寄り、恐れを抱くより早く、素手で〝虫〟を払いのけた。

意外なことに、〝虫〟はヤオにはとりつくこともなく、そのまま地面にバラバラと落ちていった。そのことを不思議に思う間もなく、

「こ、これって……」

ヤオは目をこらし、息をのんだ。

モゾモゾと彼女の手のひらでうごめき、だがすぐにこぼれ落ちてゆく〝虫〟たち。その正体は――文字だった！

漢字やひらがな、カタカナ、アルファベット、記号……それらが、精密に切り抜かれたみたいに現実世界にあふれ出してきていた。

いったいどこから？　誰もが手にしている携帯端末から、その小さな画面から。そして

タブレットからもノートパソコンからも——。

そうした人々が集まっている洒落たカフェでは、すさまじい量の文字がばらまかれ、みるみる積み重なっていった。通りに面した一枚ガラスの向こうでは、まるで水槽の中でも見るかのように人々が文字にのまれ、溺れ、底深く沈んでいった。

そんな惨劇を目の当たりにしながら、人々はそれを助けようともしない。いや、助けるどころではないありさまに、ヤオは竹刀を振り上げかけた。

だが、すぐにそれでは効かないと考え、近くにあったプランターを力任せに投げつけた。幸いガラスはあっけなく割れ砕けた。だが、その向こうから、あふれ出した文字・文字・文字！

だが、それで解決したわけではなかった。それらの〝虫〟どもは、ピョンピョン飛び跳ねたりゴロゴロ転がったりしながら、また新たな人々に飛びついてゆくのだった。なぜかヤオだけは無視しつつ……。

ヤオには、どうすることもできなかった。しかも、〝虫〟をまきちらしているのは、そうした機器類だけではなかった。

ビルの壁面を走る電光ニュースは、「……で公開中の古鏡が破損……原因全く不明……鏡面部分ほぼ喪失……」という速報を流していたが、その内容に思い当たるところのあったヤオが見直したときには、文字は光の玉となって飛び散ってしまった。

街角のあちこちに設置された広告用のデジタル・サイネージからもドッとばかりに、しかもこちらは大ぶりで色とりどりの文字群が飛び出していた。

ヤオはせめてもの人助けに、行き会う人々にへばりついた〝虫〟どもを片っぱしから払ってやった。なぜか彼女には奴らが無害だったからだが、それがかえっていけなかった。そのことに気づいてしまった連中が、わらわらと寄ってきて、

「助けてくれェー」

「お、おれの体からも払ってくれ！」

「お嬢ちゃん！　こっちが先だ」

と、彼女を取り囲んでしまったからたまらない。思わず後ずさりしたが、たちまち囲まれてしまい、文字にとりつかれた人間やら、人間の形をした文字のかたまりやらわからないものたちに、捕えられそうになってしまった。

ヤオは焦った。ここは竹刀を袋から取り出して立ち向かうべきか、そんなことをしても無駄と知るべきなのか。とっさには判断がつかないでいるとき、さらなる異変が起こった。はるか頭上から、光の滝のようなものがドドドッと降り注いできて、運悪く真下に居合わせた人々を弾き飛ばしたのだ。

ヤオにつかみかかろうとしていた連中が、文字通り飛び散っていった。いったい今のは――？　と見上げた先にあったのは、駅前一帯でいちばん背高のっぽで、上部に巨大なテ

レビスクリーンを備えたビルだった。

そこにはよく最新のアニメの映像が流れていて、ヤオもよく楽しみに見上げていた。その多くが、西洋のようなそうでないような、中世のようだがどう見ても近世近代の入りまじった世界を舞台にしたファンタジーだった。

そんなわけで、そこのテレビスクリーンでは、いつ見ても勇者や魔王や僧侶や魔法使い、それにドラゴンだのエルフだのドワーフだのが旅をしたり戦ったり、さらにこれは決して欠かせない美少女が何かの拍子で着衣を剝がれて〝キャー〟となったりするシーンが展開されているのだった。

(ひょっとして、今のはまさか……?)

今の光の滝が、そうしたアニメの映像を思わせる色彩だったことにヤオが気づいたとき、さらにとんでもないことが起きた。

なおも降り注ぐ光の滝に沿うようにして、まさに勇者や魔王や僧侶や魔法使いたちが、ドラゴンだのゴブリンだのオークだのにまじって降ってきた。しかも、それらしいコスチュームに身を包んでいたのは、何と先刻はぐれたばかりのクラスメートたちだった!

「ヤッホー、ヤオちゃん、そんなとこにいたの?」

「ヤオちゃんも仲間に入りなよ。楽しいよ」

「そうそう、今なら騎士があいてるよ。銀の鎧と剣で身を固めた姫騎士なんて、ヤオちゃんにぴったりじゃない！」

　口々に言いながら、楽しげに飛び回り、空中チャンバラを演じたり、手からビームを出したりしてみせた。なるほど、これは〝虫〟に襲われた人たちを救ってあげるより面白そうだった。

　そうか、彼女らはこんなところにいたのか。そういえば、みんなこういうのが好きだったっけ……もっとも、私も例外ではないけれど。

「何してるの、そんなことしてると危ないよ！」

　幼稚園の保母さんみたいなことを叫んだが、すっかりファンタジー世界の住人たちになりきったクラスメートたちは、幼稚園児並みに耳を貸さない。

　さて、どうしたものかと考えたとき、ゾッとするような事実に気づいた。彼女らに駆られ、あるいは狩られている異形の者たちの目に人間らしいものを感じたのだ。

　いや、あの目の表情は人間そのもの。そこにたたえられた苦渋と悲哀——そして何より、その目つきはどこかで見たような。それもついさっきのような気がするが……？

（あれは、ひょっとして……さっきの男の子たち？）

　まさか、ありえないことだが、およそ「ありえない」という言葉ほど、今この状況で無力なものはない。

　彼らが、そんな哀れな姿に変えられているのだとしたら、何としても彼女らを止めなくてはならない。いや、彼女らがしでかしたことではないだろうから、この異常事態そのものを何とかしなくてはならなかった。

だが、いったいどうしたらいいのか。どうしようもないことだが、それでも、

「やめて！」

と駆け出すと、みるみる異世界ファンタジーのパノラマは遠ざかり、まるで微速度撮影《タイムラプス》でとらえた引き潮みたいに、全く別の風景が現われた。

一転、そこは薄暗い閉鎖空間となっており、頭上ほんの数メートルの高さでふさがれた。上下左右全て板張りだ。

（えっ、えっ？　ここはいったい……）

さらに混乱させられながらも、ヤオは自分を取り囲んだ空間に、妙になじみがあるのを感じていた。

「ここは――道場《どうじょう》！」

彼女にすれば、幼いころから慣れ親しんだ場所だった。そのことにほんの少し安堵したものの、奇異な思いを禁じ得なかった折も折、

「ヤオよ」

重々しい声で呼びかけながら、黒々と目前に浮かび現われた一群のシルエットがあった。

ハッとして見直すと、それは剣道の道着をまとった一団で、ザッと二列に分かれた間か

ら白髪の老人が姿を現わした。

　小柄だが、いかにも屈強そうだ。何より彼女に向ける眼光の炯々として、射抜くような強さには圧倒されるものがあった。

「ヤオよ」

　老人は、さっきと同じ声で言った。

「今、世界の秩序が乱れ、混沌に落ちようとしている……このまま座して破滅を迎えるか、それともあえて蟷螂《とうろう》の斧を振るい、正常な世界を取りもどすか……採るべき答えのいずれなるかは、もはや言うまでもあるまい」

「…………」

　ヤオは黙っていた。答えようがなかったこともあるが、老人の言葉にあらがえない重みを感じたからでもあった。

「その使命を負うものは……ヤオよ、そなたじゃ。今よりさかのぼること一千年、否とよ、それよりはるか以前の悠久の昔より連綿として続く陰陽師《おんみょうじ》の家系、その末裔として生まれしそなたには、今のこの世界の狂いを正す使命がある、常人にはとうていかなわぬその使命を果たす能力がある、その能力を用いて一身を賭す義務がある……どうじゃ、わかっておるか。わしの言うことがわかるか」

「わかります」

ヤオは短くきっぱりと答えた。すると、老人とその背後に控えたものたちはおごそかにうなずいた。

老人は莞爾とばかり破顔一笑すると、ますます熱を込め、声を高めて、

「そうか。わかったか……そのそなたの心身に深く刻まれた剣技と血脈にかけて、この世界を救ってくれるのだな。ヤオよ、八百万《やおよろず》の神にちなみ、四方四隅を合わせた八方《やほ》を守護する意をも帯びた名を持つヤオよ。ただちに行きて破邪顕正《はじゃけんしょう》の刀を振るい、爬羅剔抉《はらてっけつ》の使命を果たせ！」

グッと身を乗り出し、ついでに大目玉までむき出した。

「いやです」

ヤオは、いともあっさりと答えた。そのあまりにもきっぱりとして、しかも予想外な答えに、老人とその配下たちはあっけにとられて、しばらく言葉を失ったほどだった。

「な……何と、いま何と申した」

狼狽したようすで口走った老人に、ヤオは冷然と言った。

「聞こえませんでしたか？　はっきり『いやです』って答えたのに」

そのとたん、男たちの間に狼狽が走った。互いに顔を見合わせ、ざわつきだすのを背後に、老人は焦りと怒りとで顔面をドス赤くした。

「だって」

ヤオは険悪な空気をものともせず、ニコッと笑ってみせた。

「だって、そんなことありえないいいいいいんだもの。私ん家《ち》は陰陽師の家系なんかじゃないし、だから私はその末裔でもない。オンミョウジというのは現代の読み方で本来はオンヨウジだし、それに占筮《うらない》とか方技が主な仕事だったけど、いくら何でも世界の狂いを正したりしないし、そもそも……私の名前の由来はヤオヨロズでもヤホでもないの。だいたいヤホって何、八方《はっぽう》のこと？　聞いたことないんだけど。だから、あなたたちが言うのは、何もかも嘘っぱち、一ミリも信じる気はないね。

どうしてって？　あんまりチープだからよ。あまりにもありきたりで、ちょっとネットを見れば山のように見つかりそうだし、そもそも面白くも何ともない。何より気に入らないのは、誰の子孫でどんな血筋だから、これこれの能力があって何々をなすべき宿命を背負っているって、悪いけど私、大っ嫌いなの。そういうお話はモニター上だけにしといてもらえると、ありがたいんだけどね。

そりゃ、どうしてもハジャケンショーにハラテッケツをしろっていうなら、やらないでもないけど……そう、こんな風にね！」

やにわにカバンを投げ出し、袋から竹刀を取り出すと、相手の一団めがけ、その内懐へ飛びこんでいった。

「ターッ！」

カミソリのような気合が空気もろとも、男たちの隊列をバラバラにした。

ひ、ひるむな……遅ればせに打ち返してくるのを容赦なくたたきのめし、ヤオは飛鳥のようにあたりを跳び回った。

面白いことに、いや、気味悪いというべきだが、老人と男たちは次々と倒れてゆき、道着の合わせから、ゴロゴロと携帯端末やタブレットが転げ出た。

そこからあふれ出した文字たちが、倒れた男たちを真っ黒に覆ってゆく。老人は仰向いたまま往生際悪く、

「どのみち、もうどうにもなりはせんのだ。鏡があぁなったからには……」

鏡？　鏡と言ったか？　さっきから何度かその単語に接したような気がするが、どういうことだろうか。

だが、ヤオが聞き返す暇もなく、黒い一群は老人の顔を押し包み、アングリ開いた口の中にまで流れこんでいった。

何度見ても、見慣れるはずのないおぞましい光景。だが、なぜか〝虫〟どもは、ヤオの足元をそれて床の上を流れてゆく。

どうしてだろう？　どうして自分だけ、こいつらに襲われず、それどころか向こうから避けているのだろう。どうして自分だけ、わけのわからない、物珍しいようでいて実は陳腐でチープな世界に取りこまれずにすんでいるのだろう。

（彼ら彼女らと私の違いは……まさか、ひょっとして？）

ヤオは、少し離れて放り出されたカバンに視線を投げた。何とその周囲一メートルほどには、文字たちが全くおらず、彼女に対するよりも、さらに距離を保とうとしているようだった。

（ということは、あの中に……それなら！）

ヤオは飛びつくように取っ手をつかみ、カバンの口を開いた。

ほどなく、そこから取り出したのは——一冊の古ぼけた本だった。

今日もまたヤオのお供をつとめ、彼女は彼女で変わり者扱いされながらも決して見放しはしなかった。

ヤオは本を開いた。そのページにかすかな凹凸をともなって刷りこまれた文字たちは、小ゆるぎもせず、静かに、確固としてそこにあった。

今ではすっかり珍しくなった紙の本、文字組みはもうすでに消え去りかけた活字だった。それが比喩的な意味での〝活字〟なのか、それとも鉛やアンチモン、錫を鋳造した正真正銘のそれなのかは、若いヤオには知りようもない。どちらにせよ同じことだった。

それらの組み合わせによって綴られ、用紙に押捺された文字たちは整然と居並んで、どんなときも変わらず、堂々と語りかけてくる。

こっそりとその内容を差し替えることはできないし、不都合な部分を切り取ったり塗りつぶしたりすれば歴然とその跡が残る。

横暴なものたちによって取り上げられ、焼かれることはあっても、いきなりその存在を消し去り、人々の手から奪い取ることなどできない。

ヤオが瞬時にそこまで理解したのではないにせよ、ただ一つはっきりしていることがあった。

世界が狂いかけ、電子の言葉が乱れて四散しても、紙の上の文字群だけは変わることがない。書き手がどんなに変節しても、決して追従することがない。ということは――

(ということは、もしも今、このカオスを免れている場所があるとすれば、唯一安全と思われる場所があるとすれば、それは、あそこ――〝図書館〟しかない!)

そう心につぶやいたときには、ヤオはもう猛ダッシュで走りだしていた。

――その建物は数年前、いや、十数年前から少しも変わっていなかった。

もっとも、それはヤオが足しげくここに通っていたころから数えてで、そのときすでに十分に古びていた。

そのころは、畑に囲まれた見通しのよい一角にあったが、今はかなり住宅が立てこんでいる。それでも、こんもり繁った大きな木が、かつてと同じように目印となってくれて、道に迷うことはなかった。

その豊かな緑と静けさに包まれるようにして、かつて彼女が通いつめた〝図書館〟は今もそこにあった。ずっとそう言い慣わしてきたので、それ以外の呼び名など考えたこともないが、公的な意味での図書館だったのかどうか、今となっては定かではない。

明るい色の瓦屋根をリズミカルに組み合わせ、二階にはバルコニー。多角形を描いた白い外壁には、丸窓やアーチ形がうがたれている。そして、玄関ポーチの先には木製のドア。子供のときは知る由もなかったが、これは南欧風とでもいうのだろうか。いや、ヤオにとっては、ここは今も昔もおとぎの城――いや、おとぎ話の城だった。

ヤオはしかし、そんな感慨にひたる間もなく、〝図書館〟の入り口に向かった。その先に何かがあることを、彼女は信じて疑わなかった。

――親に連れられてか、友達に誘われてのことだったかはっきりしないが、幼かったヤオは、この建物にしじゅう足を運んだ。ここの広々として居心地のいい空間で、彼女を待っていたのは、見たことのないほどたくさんの本――それも紙の本だった。

そこは子供たちとお年寄りたちでいつもにぎわっていて、みんなニコニコと楽しそうだった。当時のヤオから見ると、お兄さんお姉さんに当たる学生や、もっと年かさの大人たちもいたが、彼らはまるでどこかから逃げてきたかのように、思いつめた顔をしていた。

そのことの意味には気づかないまま、彼女はたちまち〝図書室〟とその蔵書に夢中になった。たまらなく面白い物語やゾクゾクするような新知識にとりつかれ、むさぼるようにページを繰っては、次から次へと読破していった。

それは、彼女が成長し、上の学校に進み、やがて剣道を始めるようになってもやむことはなかった。もはや街から書店が消えたあとも、彼女のカバンには常にここから借り出された本があり、それはだんだんと来館者が減ってゆく中でも変わることはなかった。

だが、終わりはあっけなくやってきた。ある日ヤオが、竹刀を提げてやってきたとき、ここの貸出係兼館長さんである優しそうなおじさん――おじいさんという方がよかったかもしれない――が、ここが今日で閉館すること、ここにある本でほしいものがあれば、自由に持って帰ってよいことを告げられた。

ヤオは驚き、そして悲しんだ。あやうく泣かずにすんだのは、そろそろ彼女の中で最も重要な位置を占めようとしていた剣道の鍛錬のおかげかもしれなかった。

「何でも君の好きな本を連れて帰っていいよ」

そう言われても、はいそうですかと根こそぎ持ってゆくのもはばかられ、何よりいちどきに運べる冊数にも限界があった。

あわただしい、そして何度も悩ましい選択に迫られながらのことであったが、ヤオはどうしても手元に置いてやりたい本たちを持ち帰った。

それらを大事に大事に読んでゆくのが、彼女のひそやかな楽しみとなり、半面「ヤオちゃんって、ちょっと変わってるよね」と言われてしまう結果をもたらした。

今日、カバンの中に入っていたのも、そんな一冊だった。もし、それが——通学路でも、駅前一帯でも、おそらく唯一の存在だったろう紙の本が彼女を護り、あの〝虫〟たちを遠ざけてくれたのなら……もしそうだとしたら！

いま最も安全な場所は、ヤオの知る限りでは〝図書館〟以外考えられなかった。後にも先にも見たことのない量の紙の本に満ちたそこは、それ自体一つの砦となってくれるはずだった。

とはいえ、閉館して久しい〝図書館〟がとっくに取り壊されている可能性は大きかった。幸い建物は無傷のようだったが、本が残っている保証はない。

そのリスクを押してまで、彼女がここに来たのにはわけがあった。それは、あのころ〝図書館〟で出会った一冊で、そこに記された、狂う世界と壊れた鏡の物語にもう一度接してみたかったのだ。

ヤオが一番好きだったその本は、ここが閉館する際、当然ほかのといっしょに連れて帰ろうとしたのだが、なぜか見つからなかった。ひょっとして、誰かになくされてしまったのか。

だとしたら、来ても無駄というものだが、それでもやっぱり彼女にはここしか思いつかなかった。

彼女は躊躇なく〝図書館〟のドアノブに手をのばし、ドアはその気持ちにこたえるかのように難なく開いた——あたかも古びた本の表紙を開くかのように。

……昔々の、とある国のおはなし。その国では、もっとずっと大昔から伝わる鏡があって、それが政事《まつりごと》や人々の暮らしを見守ってきました。

その鏡はこの世の全てを、そのままに映し出していました。よいことも悪いことも、うれしいことも悲しいことも恐ろしいことも何もかも。

鏡はどんなときも公平でおだやかで、そして無力でした。でもたった一つ、鏡が自ら壊れてしまわないではいられないほど、怒りをあらわにする場合があったのです。でも、誰もがそのことをいつのまにか忘れてしまっていました。

だから、あるときその国の偉い人たちが、自分のしてきた悪事を塗りつぶし、してもいない功績をでっちあげたあげく、過去の歴史にまで魔手をのばし始めたときも、それがどんなに恐ろしいことか気づいた人はほんのわずかでした。

図に乗った偉い人たちは、さらにその国が自国民に布いた圧政や他国にもたらした惨害をなかったことにし始めました。あげく、常に自分たちは正義の側にいるかのように記録を書き換え、不都合なものは全て焼き捨ててしまったのです。

不思議なことに、その国の民衆はむしろそうしたうそを喜んで、偽りの偉大さや繁栄に酔いしれました。本当は転げるように落ちぶれていっているのに、自分たちはどの国よりも豊かで幸せに暮らし、世界中のどの国民からも尊敬されているのだと信じこんでしまったのです。

その果てに、恐ろしいことが起こりました。

はるかな時間、この国の人々とその暮らしを見つめ、どんなことも黙って映し出してきた鏡が大きくひび割れ、いくつもの破片となって飛び散ったのです。

その結果はさらに恐ろしく、おぞましいものでした。

鏡がもはや、ものごとの正しい姿を映すことができなくなった結果、映される実体の方が歪み、狂い、暴走し始めたのです。

それはまさにこの世の終わり。そして、それを防ぎ、押しとどめ、さらには元の姿にもどす方法はたった一つしかなかったのでした……。


（その、たった一つの方法というのは？　ああ、何だったっけ……どうしても思い出せない！　確かにその本は読んだはずなのに！）

ここへ来るまでの間、ヤオは必死に記憶を掘り返していた。

その内容は、今まさに起きている災厄とあまりに似ていた。見慣れた世界が、街が、人が、ごく近しいものたちまでもが変容し、崩壊してゆく。そんなさなか、断片的に聞こえてきたのは、謎めく鏡とその破壊に関する情報だったときては。

そっくりだからどうだ。それをお前がどうにかできるのかと言われればそれまでだが、ヤオにはそんなことを考える余裕はなかった。ただ、あの物語の結末はどうなったか、壊れた鏡と狂える世界は、どのようにして救われたかを知りたいだけだった。

――〝図書館〟の内部は意外なほど清潔で、ほとんど荒れたようすもなく、かつての面影を保っていた。

ただ、本棚はすき間だらけで、かろうじて残った本が斜めになったり、倒れてしまっていたりした。

どこからか射し込む光が、かつてヤオたちが時を過ごした空間を優しく照らし出す。彼女は一瞬ここへ来た目的を忘れそうになったが、

「……そうだ！」

やにわに叫ぶと、あたりを見回した。何部屋かに分かれたかつての閲覧室や書庫のあちこちを巡り歩いた。まるで本のページを繰ってゆくのにも似て……。

そうするうち、ヤオの脳裏にちらちらと映し出される光景があった。それは、嘘とごまかしに満ちた国と、それゆえに砕け散った鏡の物語の続きだった。

「そうか、そうだった……あの物語の主人公は、あのあと鏡のかけらを求めて旅立つんだった。でも、その主人公って誰だったろう。ひょっとして――私？　でも、私にそんな時

を超えた冒険なんてできるんだろうか。この竹刀しか頼るものはないというのに……ああっ！」

誰に向けてともつかないつぶやきの最後は、叫びとも悲鳴ともつかないものに締めくくられた。刹那、手の中の竹刀がまばゆい閃光に包まれたからだった。

気がつくと、ヤオはおそろしく古風な太刀を携えて力いっぱい駆けていた。

周囲の風景は横殴りの雨のように激しく流れて、もはや屋内とも屋外とも区別がつかない。

だがヤオは知っていた——自分がどこに向かいつつあるかを、その目的を、そしてこの旅が時空を貫くものであることを。

聖徳太子の探偵

獅子宮敏彦

獅子宮敏彦（ししぐう・としひこ）

奈良県出身。龍谷大学卒。二〇〇三年『神国崩壊』で第十回創元推理短編賞受賞。〇五年『砂楼に登りし者たち』を刊行。他の著作に『アジアン・ミステリー』『卑弥呼の密室』『君の館で惨劇を』『天命龍綺』『神国崩壊　探偵府と四つの綺譚』。

一

少年は、斑鳩《いかるが》から飛鳥《あすか》へ通じている筋違道《すじかいみち》を歩いていた。

まだ夜が明けてからほどない時刻。

少年は、先を急いでいたのだが、

「待て！」

と、鋭い声が掛かり、道脇の木立から人影が現われ出てきた。

左右から五人、行く手に立ちはだかる。真ん中の一人が貴人の格好で、あとの四人は従者に思われたが、顔がわからなかった。全員が蘇利古《そりこ》（応神朝《おうじんちょう》に伝来したという雅楽《ががく》）の雑面《ぞうめん》を付けて顔を隠していたのである。

五人ともすでに剣を抜き、貴人の剣は刀身から六本の刃が左右に三本ずつ突き出ている。

「七枝刀《ななつさやのたち》！」

少年は、呻き声を上げ、貴人の憎々しげな声が他に人気のない朝靄の筋違道に響いた。

「太子《たいし》の手先、待っていたぞ！」

少年は、その剣と声に覚えがある。

少年も腰に剣を佩いていたが、

「貴様は邪魔だ。ここで死ね」

そう凄まれ、切っ先を向けられると、

「わわわわ！」

無様に腰を抜かし、頭から冠帽《かんぼう》が落ちた。

相手は獲物を捕らえた余裕を見せて、不気味な笑い声を上げている。

すると、その時――。

「ぎゃぁ！」

一人が悲鳴を上げて、額を押さえた。石ころが地面に落ち、押さえた手の間から血が滴っている。

木立の中からまた誰かが現われ、道に出てきた。

少女であった。

剣を背中に差し、奇妙な格好をしていた。それで少年ばかりか、賊たちも固まっている。

「何奴だ。邪魔立てするなら女でも容赦はせんぞ！」

貴人が威嚇してきたが、

「子供一人に大人が大勢とは卑怯ですね」

少女は、少年の前に立つと、ぎらりと剣を抜く。

「かまわん。やってしまえ！」

と、貴人が命じ、四人が襲い掛かってきた。

少女は、華奢な腕をしているにも拘らず、鮮やかな剣さばきで互角に渡り合い、

「我《われ》にやらせろ、どけ！」

と、貴人が出てくる。

貴人は七枝刀を振るい、少女の剣がその主刃《おもば》と枝刃《えだは》の叉の部分にがっしりと受け止められた。そして、剣を受け止めたままで相手に迫り、突き出た枝刃が少女に迫る。

少女は、からくも剣を外して飛び退いたが、腰のところの服が切り裂かれた。しかし、怯むことなく剣を返し、今度はそれが相手の袖をかすめて、切れ端が宙を舞う。

二人は、そのまま睨み合った。

少年は、なんとかしたかった。しかし、身体が動かない。

どうしようと思っていたら、背後から駒音が聞こえてきて、

「ちっ、退《ひ》くぞ」

貴人の言葉に、賊たちは木立の中へと姿を消していった。

「はい、これ」

少女が落ちた冠帽を拾って渡してくれる。

そこへ駒音がぐんぐん迫り、二頭の馬が二人のすぐ側でとまった。脚だけが白い黒駒にまたがっている人物は、これも明らかに貴人である。歳は三十後半ぐらい。知性と清廉を

併せ持った聖者のごとき容貌をしている。

「太子様！」

少年の声が喜びにあふれた。

「どうしたのだ？」

と聞かれ、今の出来事を話す。

「そうでしたか。助けていただいたこと、我からも礼を言います」

貴人は、馬から降りて、少女に頭を下げ、

「服が裂けていますね。代わりを持ってこさせましょうか」

と気遣ったが、

「いえ、おかまいなく」

少女は、素っ気なかった。

「見慣れぬ格好をなさっているが、どこのどなたですか」

と聞かれても、

「人に名前を聞く時はまず自分から名乗るのが礼儀ではありませんか」

と返してくる。

太子は、鷹揚に笑っていたが、

「太子様になんてことを――」

少年はうろたえ、自分で紹介した。

「僕は〈探《さぐ》り部《べ》〉ノ穂牟豆《ほむず》。このお方は僕がお仕えしている聖徳《しょうとく》太子様だ。斑鳩から飛鳥へ行くのにいつもこの道を通っておられて、それでここは太子道とも呼ばれているんだ」

「この人が聖徳太子！」

「そうだよ。今の政治は炊屋《かしきや》ノ大王《おおきみ》様（推古天皇《すいこてんのう》）と大臣《おおおみ》の蘇我《そが》ノ馬子《うまこ》様、摂政である太子様の三人でなさっているけど、外では漢土《かんど》（中国）に興った隋《ずい》に対等な関係を求め、内では冠位十二階ノ制、十七条ノ憲法を定めるといったことを主導なさっているのは太子様だ。この国は太子様がこれからどんどんよくして下さる」

と、穂牟豆は自慢する。

「それで君の名前は？」

「私はヤオ」

「ヤオ殿か。その格好からすると外《と》ツ国《くに》の方ですかな」

しかし、ヤオは答えない。

それでも太子は不快な表情を見せず、

「七枝刀を持っていたということは、穂牟豆を襲った相手は蘇我ノ蝦夷《えみし》殿であったか」

そのことに表情を曇らせていた。

そして、これにはヤオも反応する。

「あれは蘇我ノ蝦夷だったの？　蝦夷って馬子の息子でしょう」

「太子様は心の広いお方だけど、大臣様の親子にそんな言い方をして蘇我氏の耳に入ったら捕まえられるよ。そう、あれは蝦夷様だった。蘇我氏は御仏《みほとけ》の教えを広めるかどうかで、これに反対した物部《もののべ》氏と戦い倒している。その時、物部にあった宝がいくつも蘇我氏の手に渡り、七枝刀もその一つで、蝦夷様がいつも持っているんだ。あの声も蝦夷様の声だった。実は物部氏との戦いにはまだ十四歳だった太子様も参加しておられて、物部の宝を持っておられる」

太子は、胸に提げている玉を示した。

「十種《とくさ》ノ神宝《かんだから》の一つで、願いをかなえてくれる足玉《たるたま》だといわれているものなのですが、本当なのかどうかはわかりません」

ヤオは、

「蝦夷が七枝刀を持っていたのなら鏡も持っていませんか。蘇我の人のところにある筈なんですけど――」

と聞いてきた。

「それは不思議な力を持つという〈邪馬台《やまたい》ノ鏡〉のこと？」

と、穂牟豆は聞き返す。

「そういう名で呼ばれているの。でも、それがそうなのかは私も見てみないとわからない」

穂牟豆は、太子と顔を見交わしていた。

「それに蘇我ノ蝦夷がどうしてあなたのような子供を襲ったりするの？」

これには、太子が、

「それはね。子供のように見えるが、穂牟豆は我にとってとても大事な友がらなのだ。それで危ない目に遭わせてしまう。すまない、穂牟豆」

と答え、頭まで下げられて、穂牟豆は慌てた。

「友がらなどとは畏れ多いです。奴輩《やつがれ》は身分の低い部民《べのたみ》に過ぎません」

「身分など関係ない。我はいずれそなたに十二階の冠位を授けてやろうと思っている。だからこそ今回の件、これに懲りることなくしっかりとやり遂げてほしい」

「はい、わかっています」

「それでヤオ殿。まことに勝手な申し出なのですが、このまま穂牟豆に付いていき守っていただけないでしょうか。勿論、礼はさせていただきます。それにこれから穂牟豆が行くところに〈邪馬台ノ鏡〉があるので、あなたの探し物かどうかお確かめになるといいでしょう」

「それなら私も是非見たいので付いていかせてもらいます。でも、太子様が蝦夷に狙われることはないのですか。蝦夷はかなりの手練れでした」

「それはわかっています」

「なのにお供が一人だけなのですね。そちらの人がよほどの腕利きということ?」

ヤオが言ったのは、もう一頭の馬に乗っていた従者の方だ。

「そういうわけじゃないよ。あの人は調子磨《ちょうしまろ》殿といって太子様の馬を世話している人だ。太子様の馬は〈甲斐《かい》ノ黒駒《くろこま》〉と呼ばれ、とてもよく走るんだ。でも、蝦夷様もさすがに太子様には手を出せない。太子様は大和《やまと》の多くの人から敬愛されているからね。それに太子様には〈志能備《しのび》〉が付いている」

太子がピィーと口笛を鳴らすと、近くの木の上から何かがひらりと飛び降りてきた。人であった。黒装束に身を包み、背中に剣を差している。

「〈志能備〉の頭《かしら》である大伴《おおとも》ノ細人《ほそひと》殿だ。この人の配下が他に何人もいて、ここからはわからないけど、太子様のお側に潜み、守ってくれているんだ」

「太子様のことはお任せ下され」

細人は、不敵な面構えに満々たる自信を見せ、

「ですから、ご心配なく」

太子も、ニッコリと笑っていた。

大伴ノ細人がまたサッと木立に消え、聖徳太子は、〈甲斐ノ黒駒〉にまたがり、颯爽と去っていったのである。

二

穂牟豆は、ヤオと共に筋違道を歩き出した。

「さっきは言いそびれたけど、助けてくれて、ありがとう」

そう言いながら悔しさが滲む。何もできなかった自分が恥ずかしくて仕方がなかったのだ。

「別にいいわ。子供が襲われているのをほっとけないでしょう。それにしても聖徳太子ともあろうお人があなたのような子供をとても信頼しているのね。〈探リ部〉というのはなに？」

「太子様は理《り》をとても大事になさっていて、理に合わないことをお認めにはならない。だからおかしな出来事が起こった時に、真実を解き明かすことを役目にしているのが〈探リ部〉だ。太子様はそれで祟りとか神霊の仕業に見せ掛けて悪いことをする連中をきちんと捕まえ、世の中を正そうとしておられる」

「何人いるの？」

「僕一人だよ。まだできたばかりなんだ」

穂牟豆は、ヤオの顔を見上げた。

「こんな子供が一人で大丈夫なのかと思っているよね。確かに僕は君より小さいし、顔も子供っぽく見える。でも、歳は君と同じくらいだよ。今十七」

「えっ、十七なの。太子様は十四で戦いに出たというのに、あなたはとても弱いのね」

情けないといわんばかりに、ヤオは、冷ややかな表情と冷ややかな目で、こっちを見下ろしている。

穂牟豆は、恥ずかしさで顔が赤くなった。でも、事実は事実。

「確かに弱い」

と、正直に言う。

「でも、僕はこっちで太子様のお役に立つ」

穂牟豆は、自分の頭を指した。

「そして偉くなるんだ。今は太子様が冠位十二階を定められ、身分の低い者でも能力さえあれば重要な地位につける道を拓いて下さっている。冠位十二階はできてから九年にしかならないので、これを与えられた人も少なく、まだ馴染んでいるとはいえないけど、太子様はこれからどんどん活用していくとおっしゃっているんだ。僕の家は父が早くに亡くなったせいで、母が一人で育ててくれた。この冠帽も他の人のものに比べたらみすぼらしいものだけど、太子様の側にいるからには必要だろうと、母が作ってくれたんだ。まわりの人はみんなしているからね。僕はそんな母に楽をさせてあげたい」

「そう。それならしっかりやらないといけないわね」

「うん。これでもすでに何件かおかしな出来事を解決しているんだよ」

「――ということは、これから向かっているところでもおかしな出来事があったということ？」

「そうなんだ」

やがて、大きな館にたどり着いた。

館は兵に固められていて、

「あれは秦氏《はた》の人たちだ」

と、穂牟豆は言う。

秦氏は、蘇我氏に劣らぬ渡来系の大族であった。ただ蘇我氏とは違って政治にほとんど関わらず、山城《やましろ》ノ国を中心に活動しているのだが、太子と親しい関係にあるため斑鳩の守りについている者もいて、その中からこの現場を守るために太子が派遣したのである。

しかし、館の門前ではなにやら揉めていた。十人ほどの集団が騒ぎ、兵がそれを制止しようとしている。

集団の中に老婆がいて、

「善徳《ぜんとく》が死んだのは国《くに》ツ神《かみ》を蔑ろにし、外ツ国の邪教を信じたゆえに大物主《おおものぬし》様の神罰が下ったのじゃ！　次は太子に下るぞ。神罰じゃ、神罰じゃ！」

苛烈な声を響かせ、これに他の者が、

「神罰じゃ、神罰じゃ！」

と、唱和している。

しかも、老婆は、その首にニョロニョロと動く細長いものを巻き付けていた。腕と同じくらいの大きさをした蛇である。

「うわっ。またあの人たちが来ている」

穂牟豆は引いていた。

やがて館の中からも加勢の兵が駆け付け、集団をなんとか追い返した。場が落ち着くと、兵の長《おさ》らしき人物がこちらに気付き、

「これは穂牟豆殿。お越しでしたか」

と、丁寧に挨拶してくる。

「たいへんですね」

「太子様からは乱暴なことはするなと命じられていますので苦労しています。しかし、太子様の慈悲深いお心には感服するばかりです。我らはそのような太子様にどこまでも付いていきます」

「今日もあそこを調べます。それでこの人も太子様のお許しを得ているので入ってもらいますから――」

穂牟豆は、ヤオのことを話し、

「この人、大生部《おおうべ》ノ多《おお》殿といって、大生部氏も秦の一族なんだ」

と、ヤオに兵の長も紹介する。

「では、和賀《わか》に案内させましょう」

大生部ノ多に言われて、秦ノ和賀という若者が二人を門内へ導いた。まわりの兵たちもヤオの異様な格好に目を丸くしていたが、穂牟豆と一緒にいるので恭しく礼をしている。

「別に案内してもらわなくても、わかっているんだけどね」

穂牟豆の言葉に、

「そういうわけにはいきません。穂牟豆殿を丁重に扱うよう太子様から強く言われているのですから――」

と、硬い口調で案内に立つ。

「やはり太子様はとても敬愛されているのね。でも、さっきの人たちは何者なの？」

「大物主ノ神を異様なまでに信じている集団だよ。先頭で吼えていたお婆さんは大物主ノ婆《ばば》と呼ばれて結構名が知られている」

「大物主って三輪《みわ》の神様ね」

「そう。この国の最も古い社といわれている三輪ノ御社《おやしろ》に祀られている神様だ。だから彼らは外ツ国から伝来した御仏の教えが広まることを許そうとしない。太子様のところへも時々やって来るんだ」

穂牟豆たちは、庭を歩いて大きな池の前までやって来た。池には中洲があり、そこにも建物がある。

「あれが現場。〈三連《さんれん》ノ夢殿《ゆめどの》〉と呼ばれている」

それは八角形をした堂のような三つの建物が、壁同士をくっ付けて並んでいるものであった。石の基壇の上に建っていて、一つ一つの建物は四、五人ぐらいしか入れない大きさをしている。

「大臣の馬子様は嶋ノ大臣と呼ばれている。馬子様の館にも池があって、その中洲に持仏堂が建てられているからなんだ。ここはそれに似せてある。というのも、ここに住んでいたのは蘇我ノ善徳様だったから――」

「蘇我ノ善徳。聞いたことがあるわ」

「馬子様の長男だ。太子様より二つ年上で、太子様も蘇我氏のお血筋だし、共に御仏の教えを信仰なさっているということもあって、幼少の頃から本当の兄弟のように仲良くされていたらしい。善徳様はその名の通り善人で、太子様は聖人みたいなお方だから太子になられた時、善徳様が聖徳と名乗られたらどうかと言われたんだよ。それで太子様も漢風を好まれているので、聖徳太子と名乗っておられるんだ」

「――」

「でも、善徳様は子供の頃から身体が弱くて、心ノ臓が悪いということなんだけど、それで蘇我の跡目は次男の蝦夷様に譲られ、自分は出家して、この国で初めての寺院である法《ほう》興《こう》寺《じ》の初代の寺司《てらのつかさ》になられた。それが寺司をやめて、ここに住まわれていた。その理由が〈邪馬台ノ鏡〉なんだ」

池のまわりにも秦氏の兵がいて、秦ノ和賀が島の中まで連れて行ってくれた。そして、三つの建物の扉に掛けられていた鍵を外す。

和賀はそこまでやって、池の周囲の警固に戻っていったので、穂牟豆が中央の建物の扉を開けた。外に開く両開きの扉で、この扉だけ鍵が掛かっていた場所のすぐ上の板が壊され、穴が開いている。窓はないが、開けた扉から陽光が入り、中の様子がよく見えた。広くはない内部は奥に祭壇があり、その前に椅子が置かれ、明かりを灯す台もあった。そして、祭壇には鏡が置かれている。

「あの鏡も物部氏を倒した時に蘇我氏が手に入れ、善徳様が持っておられた。太子様と馬子様はこの国の歴史書を造ろうとなさっているんだけど、善徳様は身体が弱い分、書物を読んだりするのがお好きで、それに協力して史料をよく調べておられた。物部氏が倒された時もそこにあった史料を引き取ってお調べになり、〈邪馬台ノ鏡〉のことを見つけられたそうだ」

それによると、この鏡は物部氏がかつて邪馬台国を造った時、女王が魏《ぎ》という国と交流して、もらったものであるらしい。祈りを捧げると、鏡が不思議な力を与えてくれるそうで、邪馬台国の女王は、それにより倭国《わこく》を支配したという。

「私が知っている話とは違うわ」

「そうかもしれないね。歴史というのは自分たちをよく見せようとして書き換えられることが結構あるから――。僕の家も昔漢土からやって来た渡来者だということになっていて、邪馬台国の女王と同じ時代にいた物凄く賢い軍師様の末裔だといわれているんだけど、どこまで本当だかわからない。だから物部氏も実はこの鏡を倒した相手から奪い、自分たちがかつて倭国を支配していた証《あかし》だという話に書き換えたのかもしれない。それでどう？この鏡は君が探していたものかい」

ヤオは、じっと鏡を見ていた。そして、

「これだわ」

と呟く。

「じゃあ、何かの力を持っているの」

「そう。とても大事な力」

ヤオは、鏡を見続けていた。

穂牟豆は、その横顔を見てハッとする。ヤオの目が光り、そこから雫が一筋落ちていったのだ。

相変わらずその表情には、剣を持った賊が相手でも太子を前にしても怯まなかった強さを滲ませているが、やはり女の子に涙を流されるとつらい。

「どうしたの、ヤオ。これはそれほど大事なものだったの。そうだよね。そうでないと、いくら剣が使えても女の子が一人で探したりしないよね。君の家が戦いに負けて鏡を奪われたの？　それなら返してもらえるように話してあげるよ。馬子様や蝦夷様は相手にしてくれないけど、太子様なら必ずいいようにして下さる」

ヤオは、顔を背け、手で拭うような仕草をしてから、穂牟豆の方へ向き直った。もうそこに雫の跡はない。

「親切なのね」

「助けてもらった恩があるからね。でも、ここで起こった出来事を解き明かすまでは待ってほしい。現場保存は大切なんだよ」

「ここで何があったの」

「善徳様は鏡の力で自分の身体をよくしてもらおうと思い、〈三連ノ夢殿〉を建て、鏡を試そうとなさったんだよ。邪馬台国の女王は同じ建物を三つくっ付けて並べた〈三連ノ高《たか》殿《どの》〉の中で鏡を使っていたということも史料に記されていたみたいなんだ」

「――――」

「これも話が書き換えられているかもしれないけど、善徳様はそれを信じた。身体がよくなるのが夢だったということで、ここを夢殿と名付けられたそうだ。できたのは半月ほど前のことだ。どうして三つの建物が並んでいるのかというと、三種《さんしゅ》ノ神器《じんぎ》と関わりがあるらしい。〈三連ノ高殿〉の中に鏡と玉と剣を置き、鏡の部屋には女王が入り、他の二つには女王の弟と魏への使者となった者が入って祈った。そういうことも書かれていたそうなんだ。だから善徳様もそうなさった」

「それで善徳という人はどうなったの?」

「死んじゃった。四日前のことだ」

蘇我ノ善徳は、鏡を試すに当たり、蘇我ノ蝦夷と小野《おの》ノ妹子《いもこ》に協力を仰いだ。蝦夷が弟役であることはいうまでもない。妹子の場合は、太子によって隋へ遣わされているので、使者の役を振られたわけだ。

そして、当日、中央の鏡の夢殿に善徳が入り、向かって左の夢殿に蝦夷が、右の夢殿に妹子が入った。剣は蝦夷が持っている七枝刀を祭壇に置き、玉は太子が持っている足玉を妹子が持ち込んだ。

しかし、具体的にどのように祈ったのかは善徳の調べでもわからなかった。わかっているのは扉を閉ざし、他には誰も入ってこられない状態にしたということだけ。これは足《たらし》仲《なかつひこ》彦ノ大王(仲哀《ちゅうあい》天皇)の逸話に似ているそうだ。足仲彦ノ大王は、息長足姫《おきながたらしひめ》ノ后《きさき》(神《じん》功皇后《ぐうこうごう》)、武内《たけのうち》ノ宿禰《すくね》の三人だけで余人を入れず神降ろしを行い、神の言葉を疑った大王が神罰により死んだとされているのである。

とにかく左右の夢殿は外から鍵を掛け、二人が勝手に出てこないようにして、中央の夢殿は善徳自身が中から閂を掛けた。中洲には他に善徳の弟子である僧が四人残って、建物の周囲を見張っていたという。

善徳は、いろいろな祈りを試していたようだ。そうした声を蝦夷と妹子が聞いているのである。

そして、四半刻ぐらい（約三十分）が経った頃であった。

善徳が悲鳴を上げた。それは弟子のところにまで聞こえ、彼らは中央の夢殿に駆け付けた。しかし、中から閂が掛かったままで、呼び掛けても応答はなかった。

蝦夷と妹子が何があったのだと騒いでいたが、弟子たちは、まず聖徳太子を呼びにいった。太子も善徳のことを心配して、当日、この館を訪れていたのである。妹子と一緒にやって来て、妹子が右の夢殿に入り、しばらくして今度は蝦夷が来て左の夢殿へ入った。それから善徳が閂を掛けたことを見届け、館の方で待っていたという。

弟子の急報を受けた聖徳太子もここへ駆け付け、まず扉を壊させて、できた穴から弟子の一人が手を入れ閂を外した。そして、太子と弟子たちが入ると、中で善徳が倒れていた。すでに息はなく、その身体に傷も見当たらず、弟子が部屋の中を検めたところ、見つかったのは箸だけであったという。箸は扉に近い床の上に落ちていた。

善徳の死顔が明らかに恐怖の形相を呈していたので、弟子たちは人ならぬ妖《あや》しのモノの仕業ではないかと脅え出したが、太子は、両隣を調べようと言ったそうだ。

そこでまず蝦夷のいる左の夢殿が開けられた。蝦夷は、自分を閉じ込めたことに怒っていたが、兄の異様な死に様を見せられ、太子から疑いを晴らすよう勧められたこともあり、渋々協力したようだ。弟子が部屋の中を調べ、太子と弟子で蝦夷の身体も検めた。おかしな点はなかった。それでも兄の死の現場にいたとわかれば何かと勘繰られるでしょうと太子が気遣い、蝦夷は、さっさと帰っていったという。

その後、右の夢殿が開けられ、やはり部屋の中と妹子の身体が調べられたが、結果は同じ。よって妖しの仕業ということがますます信じられ、聖徳太子は、〈探リ部〉の穂牟豆に捜査を命じたというのである。

三

「蝦夷があなたを襲ってきたのは、もしかしてこの出来事に関わっているの?」

と、ヤオが聞いてきた。

「そうに違いない。善徳様を死なせたのは蝦夷様だったんだ。それを僕に解き明かされるのを防ごうとして襲ってきた。蝦夷様には善徳様を殺さなければならない理由があるからね。もし鏡の力で善徳様の身体がよくなったりしたら、長男ということで蘇我の跡目になるかもしれない」

「でも、どうやって殺したの？　ここには誰も入れなかったのでしょう」

「それについてはこんなのを見つけたんだ」

穂牟豆は、ヤオを扉近くの左側の壁に導いた。床と接するところを指差す。

「よく見ないとわからないけど、半円の形に切れ込みのようなものが入っているだろう」

拳よりもやや小さいくらいの大きさである。

穂牟豆は、左の夢殿へ連れて行き、同じところを示した。そこにも同じ切れ込みのようなものが入っていて、しかも、こちらには突起が付いている。

「これを摑んで引っ張るとね」

穂牟豆が突起を引っ張ると、そこがスポッと抜けて、半円の穴が開いた。

「しかも、同じものが反対側にもあるんだ」

穂牟豆は、中央に戻り、やはり扉に近いところの右側の壁を示した。そこにも同じ形の切れ込みがあった。そして、右の夢殿に入ると突起が付いていて、引っ張ると抜ける。左右の違いこそあれ、同じ位置、同じ大きさ、同じ形の穴が二ヵ所にできたわけである。

「そこで昨日ここを造った工人を訪ねて聞いてきたんだ。それで最初からこうするようになっていたことがわかった。頭の指示でやったと答えていた。だから頭に話を聞こうとしたんだけど、十日前、川に浮かんで死んでいたそうだ。たぶん頭も誰かに指示されてやったんだけど、その誰かを知られないよう口封じのために殺されたんだと思う」

「それも蝦夷の仕業？」

「自分でやったか、従者にやらせたかのどっちかだ。つまりこの穴は善徳様の死に関わっていた。太子様や妹子様に聞いたところでは〈三連ノ夢殿〉を造ると善徳様が決めた時から、完成した時はこういうことをするので協力してほしいと言われていたそうだ。蝦夷様もそうだったに違いない。しかし、左右の夢殿のどちらに入るかは決まっていなかった。それで頭に指示した時はどっちになってもいいよう両方に穴を作らせた。箸もこの穴から放り込んだに違いない。だから箸は扉近くの床に落ちていた」

「でも、そんなことで人は死なないでしょう。だとすると、他に何ができると言うの。この穴は子供でも手が入るかどうかという大きさしかないわ」

「うん、確かにそれがわからなかった。でも、さっき大物主ノ婆を見て閃いたんだ。大物主ノ婆は蛇を巻き付けていた。そして、箸――」

ヤオも、少し考え、

「わかったわ。ヤマトトトビモモソヒメね」

と答える。

ヤマトトトビモモソヒメは、大物主の妻になったとされる皇女である。しかし、大物主は夜にしか訪れないので、顔を見せてほしいと頼んだところ、大物主は翌朝櫛函の中を見るようにと言った。その通りにすると中に蛇が入っていて、ヒメは驚いてしまい、大物主は怒って帰ってしまった。ヒメは、これを悔いて座り込んだところ箸が陰部に刺さって死に、そのため三輪ノ御社の近くにあるヤマトトトビモモソヒメの墓は箸墓と呼ばれているのである。

「よく知っているね。君ってこの国の人？」

「そんなことどうでもいいでしょう。それより今の話がどうつながるの？」

「蛇ならこの穴を通れるだろう。でも、傷はなかったから噛まれたんじゃなくて、蛇に驚いて善徳様は死んでしまった。それならありそうだ。ちょっと確かめてみよう」

穂牟豆は、ヤオと一緒に館の方へ行った。

善徳の遺体は父親である馬子の使者が来て引き取っていったそうだが、館には善徳に仕えていた者たちが事件の参考人ということで、まだ残っているのである。

穂牟豆は、現場にもいた弟子たちに尋ねた。

「善徳様は蛇を怖がっていませんでしたか」

「怖がっておられました」

と、彼らは答えた。

仏の教えを広めようとする蘇我氏には、善徳の子供の頃から国ツ神を信仰する集団が抗議や脅迫めいたことをしていた。大物主ノ婆も現われていたそうだ。三十年ぐらい前のことなのに、その時から大物主ノ婆は今と同じ老婆の姿で現われたという。

そして、大物主ノ婆は、

『このまま外ツ国の邪教を信じるなら、お前に大物主様の神罰が下るぞ！』

と、子供の善徳にも容赦なく呪詛の言葉を浴びせ、首に巻いていた蛇を投げ付けたという。蛇は大物主の化身である。その蛇は善徳の身体にからまり、善徳は昏倒してしまった。弱い心臓が悲鳴を上げ、死の一歩手前までいったそうだ。なんとか助かったものの、以来、その時の恐怖が忘れられず、善徳は大の蛇嫌いになっていたという。

「ヤマトトトビモモソヒメの話に出てくる蛇は櫛函の中に入っていた衣紐のような蛇だったというのですから、小さかったのでしょう。それくらいであればお師匠様も驚く程ですんだようですが、大物主ノ婆が持っているような蛇であれば、自分の心ノ臓はもたないだろうとおっしゃっていました」

と、弟子が言う。

だから法興寺でも蛇が紛れ込んでいないか、よく調べさせていたそうで、それはここでも変わらなかった。〈三連ノ夢殿〉を池の中に造ったのも、まわりを水で囲み、蛇が近付き難いようにするためでもあったらしい。

「つまり大物主ノ婆が持っている蛇と同じものを見れば死ぬかもしれないということを、

蝦夷も知っていたのね」

　と、ヤオが言ってくる。

「そうだと思う。だからそれを利用して、あの穴から蛇を送り込んだ。箸があったのは背後の気配に気付かせようとしたんじゃないかな。蛇を送っても祭壇に向かって祈り続けていれば、いつ気付くかわからない。それで蛇を送った後、祈りの声が途絶えた時を狙い、同じ穴から箸を放り込んだ。床に転がる音がしただろうから、それに善徳様は気付き、振り返る。そして、蛇を見つけ、驚きの余り心ノ臓が止まってしまった。そういうことだったんだ。そして、蛇はあの穴から回収した。蛇に紐を付けていれば引っ張って戻すことができる。あとは穴を元通りにふさいでおけばいい」

「でも、蝦夷の身体は調べたのでしょう」

「衣服の上から何か隠していないかを検めました」

　と、弟子が答える。

「それなのに蛇は見つからなかった。他に穴はなかったの？」

「工人さんたちの話でも他に穴は造っていなかったし、実際、この二つ以外に見つかってはいない」

「そうなると蛇はどうなったの」

「腕と同じくらいの大きさだもの、調べて気付かないわけはないですよね」

穂牟豆は、弟子に確かめたが、向こうも自信を持っていた。

「それほどの大きさのものを見逃すわけはありません。それに太子様も一緒に検めて下さったのですから――」

「でも、やはり蝦夷様の仕業だったのですね。我々も蝦夷様が怪しいと思っていました。兄であるお師匠様のことを明らかに煙たがっておられましたし、法興寺にも何度か来られましたが、気性の荒い方で、気に入らないことがあると、寺の中でも七枝刀を抜こうとなさるのです。それが今回は太子様がおられたので助かりました。蝦夷様も太子様の前で七枝刀を抜くことなどできません」

「その蝦夷様に比べると、太子様が信頼なさるだけあって妹子様は立派なお方です。自分が剣を持って入ってはややこしいことになるだろうと、最初から剣を置いてこられたのですから――」

「そうだろうね。妹子様は僕にとっても憧れの人なんだ」

と、穂牟豆はヤオに言う。

小野氏も身分の低い豪族なのだが、太子に見い出され、冠位十二階の五番目に当たる大《だい》礼《らい》になって隋へ派遣され、その功績によって十二階の最高位である大徳《だいとく》になったばかりである。大徳になったのは妹子が初めてであった。

「でも、蝦夷が蛇を持ち込んだ方法がわからないわね。それとちょっと気になったことがあったのだけど、蝦夷が七枝刀を抜こうとしたということは、普段は鞘の中に入れているの？　確かに抜き身のままで持ち歩くわけにはいかないでしょうから当然だけど、あんなものを入れる鞘があるわけ？」

「うん、あるよ。上から差し込むわけにはいかないから、柄の部分は外に出ているけど、刃の部分は七枝刀と同じ形をして全体がパカッと開く鞘というか函みたいなものに入れている。そういうのを造らせたんだ。蘇我氏は腕のいい渡来者の部民をたくさん抱えているから――」

「はい。あの夜も従者の方がその鞘を大事そうにお持ちになり、夢殿へ来ると、蝦夷様が受け取って左の方へ入られました」

するとその時である。

なにやら騒がしい物音が聞こえてきた。

穂牟豆がヤオと庭に出ると、それは門の外から聞こえ、兵たちが慌てた様子で行き交っている。秦ノ和賀が来たので事情を聞くと、

「蝦夷様が来られたのです」

という返事であった。

それも五十名の兵を率いているそうだ。秦氏の方も全部で五十名いて、その大半が門外へ駆け付け睨み合っているらしい。

「鏡を渡せと言っているんだ！　あれは力を持っているかもしれねえんだろう。あれは兄のものだった。つまりは蘇我のもの。兄が死んだからにはこっちでもらうのが当然だろうが――」

と、威丈高な声が響き渡っていた。

「今朝の声ね」

と、ヤオが言う。

蝦夷の声である。鏡が欲しかったのも動機の一つであったかもしれないと、穂牟豆は思う。

これに対し、大生部ノ多が、

「今はまだ穂牟豆殿が調べておられる。それが終わるまではあそこへ余人を入れるわけにはいきません。それが太子様のご命令です」

と抗っている。

「〈探り部〉とかいうガキか。ならばそいつをここへ出せ。我が言い聞かせてやる。聞かずば力で押し入るぞ！」

穂牟豆は、どうしようと戸惑っていた。

しかし、ヤオが前に立ちはだかり、

「やめておきなさい」

と言ってくる。

確かに自分が出ていっても、七枝刀を突き付けられたら、また腰を抜かすだけだ。それでも女の子に守ってもらってばかりなのを、恥ずかしくて悔しいと思う。

門外の騒ぎは大きくなる一方で、このままでは本当に蝦夷たちとやり合うことになるのではないかと危惧した時、新たに人馬の音がして、

「お引き取り下さいませんか、蝦夷殿。聞かずば我がお相手しますぞ」

そういう声がする。

「太子様だ！」

穂牟豆は喜んだ。

蝦夷といえども、太子にはどうすることもできない。だからなにやらブツブツいう声がしていたかと思うと、人馬の遠ざかっていく音が聞こえた。引き下がったようである。

門の外には、太子と調子麿がいた。

「飛鳥へ行かれたのではなかったのですか」

穂牟豆が聞くと、

「蘇我の兵がこちらへ向かっていったと〈志能備〉が知らせてきた。それで戻ってきたのだ」

という答え。

「しかし、蝦夷殿をあのままにしておくと、我のいないところで何をしでかすかわからない。また穂牟豆を襲うかもしれない。ずっとヤオ殿にいてもらうわけにはいくまい。調べは進んでいるか」

穂牟豆は、返事に窮した。

まだ解き明かせてはいない。しかし、役に立たなければと呻吟していると、

「あっ」

と閃いた。さっきの話を思い出し、一気に見えてくるものがあったのだ。だから、

「ご安心下さい。わかりました」

と、穂牟豆は答えたのである。

「そうか」

太子は、満足そうに頷き、説明の場を用意すると言った。

穂牟豆は、鏡がヤオの探していたもので彼女にとって大事な力を持っているらしいということも告げ、なんとかしてやってほしいと頼んだら、これにも快く応じてくれた。

そうして、太子は去っていったのである。

「本当にわかったの?」

ヤオが、どこか疑わしげに聞いてくる。

「太子様の〈探り部〉を見損なわないでよね。これで蝦夷様の横暴も押さえられる。でも、

蝦夷様がここに君がいるのを見たら、どんな顔をしただろうね。なにしろ君は蝦夷様や手下どもと互角にやり合ったんだから、嫌なヤツがいると渋い顔をしたんじゃないかな」

しかし、ヤオは、

「意外とほくそ笑んだかもしれないわよ」

と、冷めた声で言って、こう続けた。

「あの時の彼らは手加減していたから——」

四

翌々日——。

聖徳太子は、関係者を善徳の館に集めた。

〈三連ノ夢殿〉がある池の中洲に、聖徳太子と小野ノ妹子、蘇我ノ馬子・蝦夷父子と蝦夷の傍らに従者が一人。そして、三輪ノ文屋《ふみや》が顔を揃えていた。蝦夷の従者は、七枝刀の形をした鞘を持っている。

三輪ノ文屋は、炊屋ノ大王の側近であった。即位前の大王には、彼女を守って殺された三輪ノ逆《さかう》という忠臣がいて、逆の一族を大事にしているのだ。この場では大王の代理ということになる。

彼らの他には、穂牟豆とヤオがいて、池のまわりは蘇我氏と秦氏の兵が固めている。

「さて、みなさん。これから蘇我ノ善徳様があそこで亡くなられたことについてお話をさせていただきます」

穂牟豆は、〈三連ノ夢殿〉を指差して、話を始めた。

「善徳様は殺されたのです」

穂牟豆は、蛇のことを説明する。

「確かにそれなら善徳の息の根を止められたであろう。しかし、蛇はどこからも見つかっておらん。これはいったいどういうことなのだ。蛇を消したとでもいうのか」

と言ったのは、馬子である。六十になろうという年齢が老成した大臣としての貫禄を横溢させている。

「それなら妹子の仕業だな」

と、これは蝦夷だ。

こちらはまだ二十代。大臣の跡取りとして何不自由なく我がまま放題に生きてきた驕慢さがあふれ出ていた。

「簡単な答えだ。我は蛇など持っていなかった。それは我自身がよく知っているし、この身を検めさせたが、何も見つからなかった。そのことは太子殿もご存知の筈。ならば妹子に決まっておろう」

「妹子様からも見つかってはいません」

と、穂牟豆は言い返す。

「妹子は隋へ行って、おかしな術を会得してきたに違いない。はよ妹子めを捕まえんか！」

蝦夷は、妹子を糾弾したが、妹子は、落ち着き払っていて何も言い返さない。

「おかしな術とだけでは罪を問うことはできません」

穂牟豆も、冷静に応じた。

「ならば拷《ごう》にかけよ。痛い目に遭えば吐くさ」

蝦夷は、せせら笑った。

「それでは奴輩が太子様から〈探り部〉に任じられた意味がありません。太子様は理をもってことを明らかにしていくのがこの国をよくするとお考えになっておられます。奴輩もそう思います」

「部民風情が我に意見するか！」

と、蝦夷は逆上しかかったが、

「まずは話を聞いてからになさればどうか」

と、太子に諭され、

「大臣殿はどう思われます」

という言葉に、

「我が子が誰にどうやって殺されたのか、理で明かせるのであれば我も聞きたい」

そう馬子も応じたので、ここでも蝦夷は渋々引き下がっている。

穂牟豆は、話を続けた。

「問題は、あの時、太子様と善徳様の弟子がどのように蝦夷様と妹子様を調べたか、そのことにあります。それを蝦夷様はこの身を検めさせたとおっしゃいましたが、弟子たちに聞いたところでも衣服の上から隠しているものはないかを確かめたと言っていました。間違いありませんね、太子様」

「間違いない」

と、太子も認める。

「つまり持ち物は調べなかったのです。では、あの時、お二人は何を持っておられたのか。妹子様は太子様から渡された足玉を持っておられただけでした。剣は置いてこられた。一方、蝦夷様は左の夢殿へ供えるため鞘に入れた七枝刀を持っておられました。さて、どちらに蛇を隠すことができるでしょうか」

「玉の中に隠すことなどできまい」

と、馬子が言い、

「さりとて剣も無理でござろう」

と言ったのは、三輪ノ文屋である。

「しかし、玉よりも剣は大きいです」

穂牟豆は、反論する。

「何をほざくかあ！　たとえ大きくとも剣に蛇を隠せるわけなどなかろう」

と、蝦夷はまた憤った。

そして、従者に命じ、鞘を開けさせる。

「見てみろ。これのどこに隠せる」

七枝刀の形をした鞘に七枝刀がすっぽりと納まり、蛇を入れる余地などない。

しかし、穂牟豆は落ち着いていた。

「確かに今のままでは隠すことなどできません。しかし、あの時の七枝刀が今と違うものであったとすればどうでしょう。たとえば柄に刃が少し付いているだけで、枝刃も全くなかったとすれば、鞘の中はほとんどが空くこととなり、そこに蛇を入れることができます。そういう剣を造らせ、持ち込めばいいのです。ただそれだといつもの七枝刀より軽くなりますが、他人に触らせなければわからない。実際、弟子には触らせなかったし、太子様も触っておられませんね」

「触ってはいない」

「弟子たちからもそう聞いています。しかも、蝦夷様はあの時人前で七枝刀を抜かなかった。だから刃の部分がどうなっているか、それを見た者もいません」

「貴様、我をなぶるか！」

蝦夷は、もう我慢がならんと従者の持つ鞘から七枝刀を抜き放った。穂牟豆の方へ襲い掛かってきそうになったが、妹子と三輪ノ文屋が間に入った。蝦夷よりもさらに若い文屋だが、蝦夷を恐れる風もなく見つめ、

「善徳様は大王様のご信頼も厚いお方であった。そのようなお方を、しかも、ご自分の兄であるお方を殺《あや》めるとは、大臣殿のご子息であろうと大王様は決してお許しにはなりませんぞ。このこと、如何に大臣殿」

馬子にも毅然と言い放った。

「蝦夷よ。本当に善徳を殺めたのか」

馬子も、蝦夷を問い詰めた。

「違いますぞ、父上」

蝦夷は、剣を下ろし、必死に弁解する。

「確かに〈邪馬台ノ鏡〉が力を持っているのかどうか、兄のやりようを見てやろうとして、ここへ来たのだが、兄を殺めてなどおらん」

馬子は、悩んでいたが、

「たとえ信じ難いことであってても理によってこれしかないと明かされたからには、それこ

そが真実。大臣殿。国の政治に携わる者として肉親といえども法に照らし、非を正さねば国を動かすことはできませんぞ」

と、太子が諭すように言う。

「確かにそれは道理。ここは大王様のご裁断を仰ぐしかあるまい」

「だから違うと言ってるだろう。父上」

「では他にどうやって蛇を隠すというのだ！」

太子は、穂牟豆を讃えた。

「よく見抜いた。さすがだ」

しかし、穂牟豆はうかない顔をしている。

「どうした、穂牟豆。見事解き明かしたというのに嬉しくはないのか。大臣殿の長男である善徳殿の死の謎を突き止めたとあれば、大王様もお認めになり、冠位十二階に推挙することもできるぞ」

「それはとても嬉しいことなのですが、実は今の話、穴があるのです」

「穴だと？」

「はい。太子様と弟子たちが服の上から調べただけということであれば、剣以外にも調べられなかったものがあります」

「そのようなものがあったか」

「はい、ありました」

「それはなんだ」

「それはこれです」

穂牟豆は、自分の冠帽をとった。

「確かにそれは検めなかったが、その中に蛇が隠せるわけはなかろう」

太子の言う通りである。

冠帽は口の開いた袋の形をしていて、縁を付け、頭頂部を結んで頭にかぶる。その時、頭との間に隙間ができるわけではなく、結んだ頭頂部の先は口を閉じた袋のようになっているが、腕ぐらいある蛇を隠せるほどの大きさはない。今ここにいる者たちがしている冠帽も全てそういうもので、蛇を隠せるようなものではなかった。

「しかし、それも七枝刀の仕掛けと同じように造り変えればいいのです。頭にかぶる部分を大きくして蛇が入るほどの隙間を作る。あるいは頭頂部の袋の部分を大きくして、そこに蛇を入れる。ただ袋の部分に蛇を入れてニョロニョロ動かれては、それが袋越しに出て、わかってしまうかもしれない。頭にかぶる部分の方がいいかもしれません。まわりを固い素材で作り蛇が動いてもわからないようにする。そして、そのまま蛇を入れては頭と接するので噛まれる恐れがありますから、隙間になるところは函のような作りにして、頭に触れないようにすればいい」

「ならば蝦夷殿はそういう冠帽の中に蛇を隠したとも考えられるわけだな」

「いえ。このやり方であれば蝦夷様だけではなく、妹子様にも蛇を隠すことができます。むしろこのやり方であれば妹子様の方が疑わしいのです。なぜなら蝦夷様がそういう冠帽を、いつもと違う冠帽をなさっていれば太子様も弟子たちも気付いた筈ですが、誰もそういうことは言っていません。しかし、妹子様がしておられるのは冠位十二階の最高位である大徳の冠帽です」

冠位十二階は、冠の色で区別する。妹子が隋の使者となった時の大礼は濃い赤、最高位の大徳は濃い紫で、ここにいる妹子は濃い紫の冠帽をしている。

「善徳様が亡くなられた時も妹子様は濃い紫の冠帽をしておられました。このことは弟子たちからも聞いております。しかし、冠位十二階は九年前にできたばかりで、これに任じられた者も少なく、まだ馴染みがありません。まして大徳となられたのは妹子様が初めてで、しかもなったばかりですから、大徳の冠帽を見た者など誰もいません。普段、みな様がしておられる冠帽と違う形のものをしていたとしても、大徳は最高位だけあって、そういうものなのだと思ったところでおかしくありません。ですからそのことを弟子たちに聞きました。彼らも大徳の冠帽を見るのが初めてで、妹子様の冠帽は頭にかぶる部分が大きく、普通のものより倍以上は高かったと言いました」

「お前がやったのか」

と、馬子が責めたが、妹子は、何の反応も示さなかった。

「ただ妹子様がやったのだとすると、どうしてもおかしいことがあるのです」

穂牟豆は、なおも続ける。

「蝦夷様は妹子様が夢殿へ入った後から来られ、妹子様が夢殿を出る前に帰られましたから、その時の妹子様がどういう冠帽をしていたか、わからなくて当然です。ですが、太子様は妹子様と一緒に来られ、身体をお調べにもなりました。しかも、太子様は冠位十二階を定めた本人なのですから、自分が決めた冠帽と違うものをしていれば気付かないとおかしい。なのに太子様はそのことを何もおっしゃらなかった」

「なに、太子殿が！」

これには馬子も、そして、蝦夷と文屋も啞然としている。

「おかしなことは他にもあります」

穂牟豆は、傍らにいるヤオを示し、

「ここで会った時から蝦夷様は何の反応もされていませんが、覚えがありませんか」

と聞いたが、蝦夷は、

「はあ、なんのことだ。我はこんな格好の女など見たことはない」

と答えている。

そこで穂牟豆は、一昨日の朝、賊に襲われたことを話した。

「この賊が蝦夷様だとすれば、蝦夷様はヤオ殿のことを知っておられる筈。何か反応があるべきですが、何もなく、蝦夷様ご自身も知らないと言われた。勿論、嘘をついておられるということもありますが、それだとやはりおかしいのです。あの時の賊が蝦夷様で奴輩を殺そうとしたのであればさっさとやればよかった。奴輩は剣が使えませんし、グズグズしていると、いつ誰が来るかわからない。しかも、賊は奴輩に声を聞かせ、蝦夷様の持ち物だと誰もが知っている七枝刀まで見せた。生かしておくことなど絶対にできなかった筈なのです。しかし、今話したように賊は奴輩をなかなか殺そうとしませんでした。そのおかげでヤオ殿が現われ、奴輩は助かりました。しかも、その後に太子様も駆け付け、賊は退散しました」

「――――」

「ここではっきりと言えることがあります。あそこにヤオ殿が現われることが賊に予測できるわけはなかった。ヤオ殿が賊の仲間で示し合わせていたということもないとはいえませんが、蘇我氏の跡取りである蝦夷様がどこの誰ともわからない女の子に邪魔をされ、引き上げたということなど余りにも不自然に過ぎます」

「――――」

「しかし、太子様の場合は違う。太子様なら、それを見て蝦夷様が退散したとしてもおかしくありません。つまり賊は太子様が現われるのを待っていたと思われるのです。そして、それを口実に退散するつもりだった。どうしてそのようなことをするのか。賊に奴輩を殺す意図はなかった。むしろ奴輩を生かし、蝦夷様に疑いを向けさせようとした。そういうことだったと思うのです」

「――――」

「しかも、太子様は、その後、奴輩のことを心配して、ヤオ殿に守ってくれとお頼みになったのですが、奴輩がまた襲われることを心配なさっているのなら、〈志能備〉を付ける方が自然だったと思います。なのに太子様は初めて会ったヤオ殿に頼まれた。それは奴輩がもう襲われないことを、太子様ご自身もわかっておられたことの証ではないでしょうか」

「――――」

「善徳様のもとへ蛇を送り込んだのは妹子様でした。妹子様は太子様の忠実な臣下です。〈日出ズル処ノ天子〉と書かれた国書を持っていき、もし隋の皇帝の不興を買えば殺されたかもしれない。実際、隋の皇帝は不機嫌になったといわれています。そういう危ない役目も決然と引き受け、隋からその無礼を咎めるような返書をもらっても、それをなくしたとして、これも使者が返書をなくすなど重大な失態でどんな咎めを受けるかわからないのに、それも覚悟のうえで太子様の名誉も守った。それほど忠実な臣下なのです。ですから今回の善徳様殺しもお引き受けになった」

「――」

「どれほど信じ難いことであっても、理によってこれしかないと明かされたからにはこれこそが真実。今回のことを企まれたのは聖徳太子様だったのです」

「それでは穂牟豆殿を襲った賊とは何者なのだ。蝦夷殿の声であったならば、蝦夷殿だったとしか考えられないではないか」

と、三輪ノ文屋が聞いてくる。

「〈志能備〉なら声を似せるぐらいできたと思います。たぶんあれは細人殿だったのでしょう。七枝刀も別に作らせたのです。蛇を入れるための冠帽もそう。太子様のところにも蘇我氏に劣らず腕のいい部民がたくさんいます」

「まことになのか、太子殿」

馬子は、信じられないようであった。

「善徳の弟子は見間違えているのですよ。妹子がしていた冠帽は今と同じです。そして、蝦夷殿がヤオ殿を知らないというのはシラを切っているのです」

と、太子は言う。

「穂牟豆、お前は深読みをし過ぎたのだ。七枝刀の鞘の中に隠したとする方が正しい」

しかし、穂牟豆は首を振った。

「そこまでおっしゃるのなら弟子の方々にいま一度聞いてみましょう。もしかして今頃

〈志能備〉は館の方へ忍び込み、弟子たちを探しているのではありませんか。夢殿を造った工人の頭の口を封じたように、もう用がすんだ彼らの口も封じるために――。しかし、それは無駄です。彼らはここにいません。太子様がお帰りになった後、和賀殿にお願いし、山城ノ国にいる秦ノ河勝《かわかつ》様のところへこっそりと送ってもらいました。そして、今頃は河勝様と一緒にこちらへ向かっていると思います。しかし、あの人たちに聞くまでもなく、ここへ〈志能備〉を呼ばれてはどうでしょう。その中にヤオ殿から石を投げられて、額を傷付けられた者がいる筈なのです」

しばしの沈黙。

そして、聖徳太子は、薄笑いを浮かべると、

「そうか。あいつらを逃がしたのか」

そう言って、ピイイッと口笛を吹いた。

すると、池の外にある木の上から池を飛び越え、黒い影が中洲へ飛び込んできた。黒装束を着た五人の〈志能備〉である。

その中心にいたのは、大伴ノ細人。

「弟子はどこにもおりませんでした」

と、太子に報告している。

そして、あとの四人の中に、額にくっきりと傷痕の付いている者がいるではないか。

五

「素直に蝦夷のことだけを言えばよかったのに、余計なことをしおって――」

聖徳太子の口調が、がらりと変わっていた。顔も聖人の相が跡形もなく消え失せ、邪悪な陰影に覆われている。

「蝦夷を罪に問い、蘇我の力を弱めれば、我の思うがままの政治がもっとできる。さればこの国ももっとよくすることができたであろうに、それがわからなかったのか。察しの悪いヤツよのう。それでは我の〈探リ部〉とはいえん！」

「そのために嘘の真相を奴輩に暴かせようとなさったのですか」

穂牟豆の声は、自然と震えてくる。悲しくてつらくて仕方がなかった。

「蝦夷様が奴輩を襲ったように見せ掛けて疑いを向けさせ、箸を現場に残すことで蛇を使ったということも示唆した」

「そうだ」

「ヤオ殿を奴輩の側に付けたのはもしかしてあれが力を持った鏡なのかどうかを確かめさせようとなさったのですか」

「そうだ」

「では鏡をヤオ殿に渡すという件はどうなるのです」

「あれが力を持った鏡とわかったからには、我も試してみたい。なにしろこれが役に立たなかったのでな」

太子は、首から提げていた足玉と思われるものを、紐をちぎってポイと投げ捨てた。

「ではヤオ殿も――」

「死んでもらう。当然ではないか。あの鏡で邪馬台国の女王が倭国を支配したのなら、我はその力でこの国の皇帝になりたい。大王では思うがままに力が振るえぬ。この国を変えるためには隋の皇帝のようにならねばならんのだ」

「まわりの者をみなご自分のために利用なさったのですね」

「全てはこの国のためだ。だから妹子はおのれがどうなろうとも厭わぬ気持ちで我のために働いてくれた。なのにお前は――」

太子は、憎悪の籠った目で、穂牟豆を睨み付けた。そして、

「ちょうどよい。ここにいる者どもをみんな片付け、鏡も手に入れよう。細人、やってしまえ。大生部ノ多よ。そっちにいる蘇我の兵はお前たちで片付けよ。さすれば我が皇帝となった暁には将軍に任じてやろう」

と命じる。

「承知しました。我は太子様にどこまでも付いていきますぞ！」

大生部ノ多と部下たちは、蘇我の兵と対峙した。中洲では、妹子と〈志能備〉たちも剣を抜く。

馬子たちはことの展開に付いていけないようであったが、剣を抜かれては対応するしかないという感じで、戸惑いながらも蝦夷は七枝刀を、文屋は自分の剣を構えた。

ヤオも、背中の剣を抜いて、穂牟豆の前に出てきた。

「ヤオ、この前、彼らは手加減していたんだよね」

「そうよ」

「だとすると、今はこっちも人数がいるけど、それでも厳しいか」

「なにしろ相手は多くの人が敬愛している聖徳太子でしょう。こういう場合、確実に勝とうと思えば手は一つしかない」

「そうか。そうだよね」

「穂牟豆、わかったの?」

「これでも察しはいい方だよ」

そう言っている間に、三人の〈志能備〉が蘇我の父子と文屋に襲い掛かり、大伴ノ細人と額に傷のある〈志能備〉がこちらへ近付いてきた。小野ノ妹子は、太子の傍らにぴたりと寄り添っている。

この時――。

穂牟豆は、駆け出した。

〈三連ノ夢殿〉の方へ――。そして、

「あんな鏡があるから太子様を惑わすことになるんだ。僕が壊してやる！」

と叫ぶ。

「なんだと――。穂牟豆を止めろ！　斬り捨ててしまえ！」

太子の言葉に妹子が駆け出した。穂牟豆を追い掛けてくる。細人も、ヤオにかまわずこちらへ向かってきた。

穂牟豆は、基壇の階《きざはし》に足を掛けたが、その時、足に何かが当たり、転んでしまった。その拍子に冠帽も落ちる。

そこへ妹子と細人がやって来た。細人は、薄笑いを浮かべながら小石を手で弄んでいる。

そして、憧れていた妹子が、穂牟豆を無表情に見下ろし、

「くたばれ」

と、剣を振り上げた。

穂牟豆は、思わず目を閉じた。

その時である。

「なにをする。ぎゃあああ！」

と、悲鳴が轟いた。

目を開けると、妹子と細人の動きが止まって、背後を振り向いている。

穂牟豆も、そちらへ目をやり――。

見た！　見えた！　見えてしまった！

しかし、見たくはなかった。

なぜなら――。

聖徳太子の首が宙に舞い上がっていたのである。

穂牟豆にとって、太子は希望の星であった。この国をよくしてくれると信じていた。自分もそのために働いているのだと誇りに思っていたのだ。なのに、今、聖徳太子は、首と胴を切り離され、首は鮮血の尾を引いて宙を飛び、胴体も血を迸らせながらくずおれるように倒れていくではないか。

そして、そこにはヤオがいた。剣で首を薙ぎ払った格好のままで止まり、その傍らに首が落ちてくる。

穂牟豆は、茫然と目を見張っていた。まわりも時が止まったかのように動きを止めている。太子の策謀を知った今でも、間違いではないか、また元の太子に戻るのではないか、そういう思いを穂牟豆も捨てきれなかったのだ。

しかし、それはもう永遠に来ない。

この場で確実に勝つ方法。それは相手の大将を一気に仕留めるしかない。

ヤオが言おうとしたことを、穂牟豆はすぐさま察し、囮の役を買って出たのである。そして、向こうが穂牟豆に注意をとられた隙をつき、ヤオは、自分のところに残っていた〈志能備〉をかわして、太子へ向かっていったのだ。

「蝦夷、そっちは任せたわよ」

ヤオは、そう言うと、また戻ってきて、残っていた〈志能備〉を、額に傷のあるヤツを斬り伏せ、穂牟豆のところへ駆け付けて、妹子と細人も斬って捨てた。太子を失って茫然としていた彼らは、いつもの力を発揮できずに倒されてしまったのである。

それは蝦夷の方も同じであった。蝦夷が二人を倒し、残りの一人を文屋が片付けていた。大生部ノ多と秦の兵も太子を失ってはどうにもできない。

「大丈夫？」

ヤオが、心配そうに聞いてくる。

「大丈夫だ。石が当たっただけだから——。それよりもヤオはやっぱり強いね」

穂牟豆は感心し、その時、ふと気付いた。

「あれ？　切り裂かれた服が元通りになっている。自分で縫ったの？」

ヤオは、初めて薄っすらと笑みを浮かべ、何も答えずに穂牟豆の冠帽を拾い上げ、

「こうなったこと、後悔していないの？」

「僕は〈探り部〉。真実を解き明かすのが役目だから後悔はしていない」

「それならいいわ」

と、かぶせてくれる。

「お母さんが作ってくれたんでしょ。大事にするのよ。でも、どうしてこんな危ないことをしたの」

「君に鏡を渡したかったから――」

「だからどうして――」

「助けてもらった恩があると言っただろう。それに間違ったことを言わずにすんで、真実を解き明かすことができたのも君のおかげだ」

賊は手加減をしていた。そのことをヤオに言われ、あの襲撃のおかしさに気付いたのだ。穂牟豆を殺すつもりなら、ヤオに手加減などするわけはない。

「少しは僕を見直してくれた？」

「ええ、穂牟豆も強いわ。だからこれに挫けないで立派な〈探リ部〉になって――」

「うん。そして必ず偉くなってみせる」

「じゃあ、お言葉に甘えて鏡は持っていく」

ヤオは、中央の夢殿の中へ入っていった。

すると、池のまわりがまた騒がしくなり、何かと見れば、山城から駆け付けた秦ノ河勝と兵たちであった。

河勝は秦氏の当主である。側に和賀と善徳の弟子の姿も見える。そして、そこから一人の貴人が橋を渡って、中洲へやって来た。

「穂牟豆殿、無事か」

と言っているその貴人は、穂牟豆もよく知っている人物だ。

穂牟豆は、その名を呼んだ。

「厩戸《うまやど》ノ皇子《みこ》様！」

※推古朝の時代に、外交内政で辣腕を振るった聖徳太子なる人物が実在したのかどうか、現在では否定的に見る意見が多い。

妖笛《ようてき》

山田彩人

山田彩人（やまだ・あやと）

江戸は下町、荒川沿いの裏道に生まれ、しがないシナリオ・ライター稼業ののち二〇一一年『眼鏡屋は消えた』で第21回鮎川哲也賞を受賞しデビュー。他の著作に『幽霊もしらない』『少女は黄昏に住む』『皆殺しの家』など。

一

強い風の中、笛の音が聞こえた気がして旅装束の若者は周囲を見回した。辺りでは枯れ薄の原が激流のように波立ち、道の先の木立は大きく揺れている。荒れ野には家の影はおろか人の影も一つもない。

風が木々の間を抜ける音だったのかもしれない……。そう思い直して若者はまた笠を目深く押さえると、薄の中の一本道を歩きはじめた。

先程まで空を朱に染めていた夕焼けも消え、一刻ごとに闇が深くなっていく時である。風も昼間の温もりが消えて、冷たさを増してきている。

もう予定していた村に向かうのは無理だろう。昼過ぎ山中で迷ったことで思った以上に遅くなった。今夜はあの木立で一泊しようか。たいした風避けにはなるまいが、他は枯れ薄の原が続くばかりだ。あの木立を抜けてしまえば、真の闇が辺りを包むまでどこにも辿り着けそうにない。若者は先を急いだ。

木立まで来ると、その陰に小さな御堂があるのに気づき、僥倖に胸を撫で下ろした。それはかつては威風を誇ったであろう見事な建築だが、いまではすっかり荒れ果てて一軒の廃屋にしか見えなかった。

本来であれば踏み込むべきではない聖域だが、今夜ばかりは仏の慈悲にすがりたい。この冷たい風の中での野宿は酷だ……。若者は壊れかけた扉を開いた。

御堂の中に入って扉をぴったりと閉じると、闇の中で燈台に火を灯す。さすがに安普請とは違うと見えて、古びていても隙間風さえない。一日中強い風に吹かれていた若者は、ようやく人心地ついた。

佩用していた太刀を傍らに置き、胡座をかいて深く息を吐くと、先程の笛の音を思い出した。いや、ただの風の音だったのかもしれないが、吹き鳴らしたい気持ちが生じて、荷物の中から愛用の龍笛を取り出した。

このような荒れ野で夜に笛を吹けば魔が寄ってくるという。しかし、かまうものか。それにまだ宵のうち、魔が動き出すには早すぎる刻だろう。

若者は吹きはじめた。今宵の笛はやけに良く鳴る。その音に彼自身が聴き惚れ、いつしか時を忘れて吹き鳴らしていた。

すると扉の外でゴトゴトと音がする。夜にこんな場所で誰が？　やはり魔が来たのかと戦慄した瞬間、「ご免なさい」と男の声がした。

目をやると扉がゆっくりと開き、吹き込んだ風が燈台の炎を揺らす。そして夜闇の中からあらわれたのは中年男の顔だった。

「お邪魔してよろしいでしょうか……」

男はそう言うと、魔物と間違えるにはあまりに穏やかな表情で微笑んだ。

「旅の途中ですっかり日が暮れ、どこで野宿しようか迷っていたのです。すると笛の音が聞こえてきたので人がいると思い……」

「まあ、お上がり下さい。火が消えてしまいます」

促すと、男は「お邪魔いたします」と声をかけながら御堂に入り、扉を閉ざす。揺れていた炎はまた落ち着いた。

「申し遅れました。わたしは東雲佐兵衛《しののめさへえ》。笛師をしております」

そう男は名乗った。笛師とは笛を作る職人である。それで笛の音に親しみを感じたのだろう。

「そうでしたか。わたしの名は妹尾九郎《せのおくろう》、東国の武士、妹尾信繁《のぶしげ》の息子です」

「ほう。それにしては見事な笛の音で……」

「その代わりこっちのほうはからきしで、鞘から抜いたこともありません」と言って、傍らの太刀に手を当てた。「家督は兄が継ぐのをいいことに、歌舞音曲ばかりに夢中になりまして……」

そんなに管絃が好きならば師に就いて修業しろと父に言われ、京に向かう途中なのだと説明した。

「それは良いことだと思います」

佐兵衛はそう言って微笑んだ。

「それにしても、何故こんな夜にこんな場所に？」

「実は今園《いまぞの》様に注文されておりました三本の龍笛がようやく出来まして、お屋敷まで届けに京に向かう途中なのです。今日じゅうにこの先の宿坊まで着く予定だったのですが、山中で道に迷いまして……」

聞くと、佐兵衛が迷ったのは九郎と同じ場所だった。奇遇なことで親しみが湧き、九郎はさらに頼んだ。

「よろしかったらその笛を見せてくれませんか？　いや、見せてもらうだけで良いのですが」

他人が注文した品を先に見せろというのは図々しい頼みだとは思ったが、出来たばかりの笛を見てみたい好奇心が勝った。佐兵衛は快く承知してくれた。

「九郎殿が笛を吹いてくれなければここに御堂があることに気づかず、今夜はこの寒空の下で野宿することになっていたでしょう。そのお礼ということで、よろしければどうぞご覧下さい」

そう言って木箱を差し出す。開くと紫の布包みがあり、それも開くと龍笛が三本、きれいに並んでいた。

一本は華やかな彫刻が施された格調高い笛である。もう一本には控え目に繊細な彫刻が施されている。最後の一本は奇妙に歪んだ竹で作られた、何の飾りもないみすぼらしいものので、外観はむしろ篠笛に近かった。

「これは素晴らしい……」

九郎は賛嘆の声を上げた。そしてしばらくの間飽かず眺めていたが、神妙な顔で佐兵衛に訊いた。

「あの……、まことに図々しいお願いなのですが、一度吹かせていただくわけにはいかないでしょうか？」

そして、「一本だけでいいのです」と付け加えた。

佐兵衛は困り顔で考え込んでいたが、九郎が「どんな音が鳴るのか確かめるだけでいいのです」と頼み込むと、ようやく口を開いた。

「わかりました。注文された品を他の方に吹かせるのは気が進まないのですが、そこまでおっしゃるのなら……。で、どれを吹きたいと？」

すると九郎は嬉しそうに、歪んだ竹で作られたみすぼらしい笛を手に取った。

「ほう。それを選ぶのですか……」

「もちろん、他の二本が見事な芸術品であることは一目見ただけでわかります。でも、吹いてみたいと心を誘われるのはこれなのです」

「たしかに……」佐兵衛は深く息を吐いた。「笛を作るための竹選びをしているとき、竹林でこの歪んだ竹を見つけたのです。普段は真っ直ぐなものしか選びはしないのですが、これを見たときに妙に心が動いて、笛にしたい気持ちになりました。そして仕上げると……、他の二本を見てもらえばおわかりになる通り、完成した笛に様々な細工を施して仕上げるのがわたしの流儀なのですが、これだけは何も彫刻する必要がない、このままで完成品だという気がしたのです」

「そう。このままでいいのです」

言うが早いか、九郎は笛を構えた。

すると佐兵衛は「おやめなさい！」と制する。

「どうしました？」

「その笛だけは吹いてはいけません。特にこんな荒れ野では」

「なぜです？」

「その笛には不思議な力があるようなのです。その音色を聴いたとたん憑かれたようになってしまった者もおります」

また魔物の話か……。かまうものか！

九郎は息を吹き込んだ。

良い音であった。それほど特別な音とは思えない、むしろ懐かしいような、聴いたおぼえのある気がする音である。吹き鳴らすほどに昔のことが色々思い出された。そんな思い出がゆっくりと一つに融け合って、まばゆい彩りで巡っていく。やがてそれは深淵の内へと深く深く沈んで消えていき、後には音だけが残った……。彼は吹き止めることができなくなった。

二

気がつくと朝であり、風は嘘のように止んでいた。いつのまにか眠っていたようだ……。周囲を見回すと佐兵衛の姿はなかった。早くに発ったのだろうか？　しかし九郎の手にはあの笛があった。昨夜佐兵衛が吹かせてくれた歪んだ竹の笛である。

どういうことだろう？　気に入って吹き鳴らしていたので贈ってくれたのか？　そんなわけはあるまい。注文されて作った品だと言っていた。

忘れて行ったのだろうか？　そのほうがあり得る話ではある。でも、忘れるだろうか？　不思議なこともあるものだ。このまま自分のものにしても誰も気づかないかもしれない。しかし、これから師に就いて管絃の道を習うところだというのに、他人の笛を我が物にしてしまうのは心が引ける。ここは忘れ物だと判断し、佐兵衛に代わって届けに行くべきではないか。

そうしようと心に決めた。

初めて訪れた京の都は見るものすべてが珍しかった。羅城門を抜けると平原のように広い朱雀大路がはるか遠くまで続き、たくさんの人や牛車が往来している。東国に育った九郎からすれば、異次元に来たかのような光景である。

通りかかる人に尋ねたところ、佐兵衛が言っていた今園という家を知る者はすぐに見つかった。それは都の中心からだいぶ外れた河東にあるという。さっそく行ってみることにした。

鴨川に架かった美しい橋を渡り、自然の中を散策する気分で歩いていくと、少し山を上がったところにその大きな屋敷はあった。

門前まで来ると、妙に人の出入りが多い。尋ねると、今夜屋敷では西方からの客を迎えての宴があり、その準備に使用人や料理人たちが出入りしているとのことだった。

家の者を見つけ、主《あるじ》に会いたいと話すとすぐに取り次いでくれた。宴の準備に訪れた商人と勘違いされているようだったが、あえて誤解は解かないでおいた。そのほうが話が早いだろうと判断したのだ。

大広間まで案内され、あの方が当主の今園盛道《もりみち》だと遠くから紹介され、そのまま去られてしまった。忙しいので自分で声をかけろということらしい。

大広間は宴会の準備の真っ最中で、盛道はその中央に立ち、多くの使用人に次々に指示を出している。緊急の用でない者がうかつに声をかけられる空気ではない。しばらく機会を待っていたが、盛道は休みなく動き続けている……。

九郎は一計を案じ、佐兵衛の笛を取り出した。と、指に痛みが走った。実は数日前、山中を歩いているときに落石に遭い、右掌をしたたか打ちつけてしまったのだ。しばらくのあいだ笛も持てないほどだった。

けれど、旋律を奏でられなくとも吹くだけはできるだろう。唇をあて、一息吹くと透明な笛の音が広間じゅうを駆け巡った。

いままで忙しく働いていた使用人たちはみな手を止め、九郎のほうを振り向く。盛道もようやく彼の存在に気づいた様子である。九郎はそのまま一節吹いて使用人たちを魅了すると、静かに吹き止めた。まだ痛みはあるものの、もうだいぶ指が動くようになってきたことがわかった。

盛道は何者かと歩み寄ってくる。九郎は事情を説明し、これを届けに来たのですと笛を差し出した。

「さて……」すると困り顔で答えた。「わたしはそんな笛など注文したおぼえはないし、東雲佐兵衛という笛師も知らぬのだが」

たしかに佐兵衛は今園様と言っただけだ。当主の盛道のことだとはかぎらない。

「他に笛を注文しそうなお方は、この屋敷におられますか?」

「さあ……。幾人か心当たりもないではないが、こちらは今この通り立て込んでいて、探す暇はない。それよりどうだ。いま聴かせていただいたところ見事な腕だ。ぜひ今夜の宴でも、その笛を披露してはいただけぬか？　その席には家人はみな出席するし、ひとしきり吹いた後で誰のものかと訊けば注文主もあらわれるのでは」

もとより人前で笛を吹くのは好きである。九郎は二つ返事で承諾した。

「では、宴がはじまるまで庭でも眺めていてくれ」

そう言われて広間を出た。

たしかに屋敷の中はどこも忙しくしており、うろついていれば邪魔になる。九郎はその言葉に従うことにした。

庭は広くて美しかった。仙境を模した人工の風景である。様々な種類の樹木が囲む中に広い池があり、奇妙な形の岩がいくつも突き出ている。池の水は遠方の小さな滝から流れ込んでいた。

九郎はその滝を近くで見たくなり、ゆっくりと池の縁を歩いて向かった。人はみな屋敷にいるため、静かな庭を独り占めしているようで、晴れやかな良い心地だった。咲き初めた梅の香と滝の水音が反映し、雅な気分は盛り上がる。

近寄ってみると滝は思った以上に大きかった。自然の滝があった場所に庭を造ったか、わざわざこのために小川の流れを変えて引っ張ってきたのかもしれない。

滝の流れ落ちる音を聴いていると、また笛が吹きたくなってきた。今度は佐兵衛のものではなく、長年愛用してきた自分の笛を取り出そうとする……と、見つからない。自分は一本しか持っていないことに気づいた。

すると佐兵衛は自分が作った笛と間違えて、九郎のものを持って行ってしまったのだろうか。たしかにいま手元にある笛には長年使い込んだような味わいと光沢がある。形も九郎のと似ている気がする。そう、この笛をずっと吹いてきたように指に馴染むのだ。

九郎は笛を吹きはじめた。音は人工の仙境に真っ直ぐに広がり、透明な霧のように立ちこめていった。やはり掌の怪我はだいぶ良くなったようだ。ときどき痛みは走るが、自由に指を動かせる。彼は久しぶりに気持ちよく吹き鳴らした。

すると不思議なことに気づいた。笛の節に合わせるように、かすかに誰かの歌声が聞こえるのだ。いままで庭にいるのは自分一人だと思っていたのに……。

若い女性の声のようだが、滝の水音に混じってよく聞きとれない。吹き止めると声も途絶える。が、吹きはじめるとまた聞こえてきた。

やはり誰かいる。どこから聞こえてくるのだろう？　九郎は吹き続けながら周囲を見回した。

木立の中には誰の姿も見えないし、声がするのはその方向ではない。では池の向こうか？　そうでもない……。耳をすまして探っていくと、どうやら滝の後ろから聞こえていることに気づいた。

これは魔の類か？　それとも滝の後ろに何かあるのか……？

九郎は笛を吹き止め、瀑布の後ろにそっと頭を差し入れてみた。

ごつごつとした岩肌は飛沫に濡れて海獣の背中のようだった。あちこちに藻が生え、そこから水が滴っている。注意深く見ていくと、突き出た岩の陰に深くえぐれたところがあった。もしや……と手を伸ばしてみると奥まで手が届かない。深い穴がありそうだ。ひょっとするとどこかに通じているのかもしれない。九郎は一瞬躊躇したが、滝壺に下りて確かめてみることにした。

小さな滝だけに滝壺といっても危険はない。が、水は突き刺さるように冷たかった。ずぶ濡れになるのを覚悟して滝の中に頭を突っ込むと、例の岩陰に半ば水中に没した洞窟が窺えた。手を差し入れて大きさを確かめると、身を屈めれば通れそうな大きさである。いや、この奥から声が聞こえたのだから、通れるのだろう。意を決し、胸まで水に浸かって真っ暗な洞窟の中へ歩み入った。あずかりものの笛を濡らさぬよう、頭上に持ち上げながら……。

最初は踏み込んで大丈夫かと思うほど狭かったが、十歩も進むと通り抜けたようで急に広くなった。天井に開いた小さな穴から陽光が差し込んできて、うっすらと明るくなる。

「どなたですか？」

と、女の声がした。先程の歌声の主であろう。

薄闇に目が慣れてくるほどに洞窟内の様子が見えてきた。

そこは広間ほどの空間であった。水はあと二、三歩先までしか続いておらず、その先は土間で、その一隅に木製の牢がある。その中には誰かが入れられており、薄闇のせいで姿はよく見えなかったが声の様子から若い娘だと知れた。

「笛を吹いておられた方ですか？」

九郎は「そうだ」と答える。

「あなたは、どなたです？」

そして、どうしてこんな所にいるのか尋ねた。

「わたしは小萩《こはぎ》と申します。お屋敷で使用人をさせていただいていた者です」

「その小萩殿がなぜ？」

「これは、鬼門封じの結界なのです」

「結界？」

「数年前からお屋敷で不幸が続き、御主人様は何かの祟りかもしれぬと、知り合いの陰陽師にお祓いを頼まれたのです。すると、お屋敷の鬼門にあたるこの場所に結界を張って封じれば良いと……」

「それで、なぜあなたを？」

「家のもの全員をお集めになり、その中からわたしをお選びになりました。わたしには霊力があるのだそうです。自分ではわかりかねますが、そんな力を秘めているわたしに呪《しゅ》を施してここに封じておけば祟りを祓えると」

信じがたい話である。蛇や蛙に呪を施して封じた話は身近に聞いたことがあるが、人まで使うとは余程強い結界が必要だったのか。あるいは陰陽師の中にはぺてん師まがいの怪しげな者もいるという。その者は大丈夫なのだろうか？

「ところで、どうしてあなたは？」

そう問われたので、九郎は名を名乗り、ここに来るまでのいきさつを手短に説明した。するとその話が終わらぬうちに小萩が頼んできた。

「お助けください」

「え？」

「ここから出してください」

屋敷と直接関係のない者と知って頼んできたようだ。

「しかし……」

「あの陰陽師はまともな者とは思えません。あれから時々、忍んで来るのです……」

「ここへですか？」

「家の者に見つからないように夜中にやって来ます。そして自分の言う通りにするのなら牢から出してやるというのです。御主人様には何とでも言ってごまかせるからと……」

やはり怪しい者のようだ。

「では、そのことを盛道殿に申し上げれば……」

「御主人様はあの陰陽師を信じ切っております。何を言っても聞く耳をもちません」

そんな事情を知って、娘に同情する気持ちが生じてきた。事実であれば許しがたい話である。まだ若い娘だろうに、こんな場所に囚われているのは可哀想だ。助け出してやりたいが、けれどその話がほんとうなのか確かめる術もないし、助け出すにしてもどうすればいいのかわからない。

「今夜、屋敷で宴があります」そんな心持ちを見透かすように小萩が言った。「その最中なら誰もここのことなど気にしていません」

その時を狙えば、好機があろうというのか。

「しかし、わたしはその席で笛を披露することになっております」

そしてその後は笛の注文主を探さなければならない。

「抜け出すことはできませんか?」

「できるかもしれませんが……」

近づいて確かめると牢には鍵が掛かっており、その鍵を見つけださなければならない。

そしてこの屋敷からはどうやって脱出するのか……。願いを聞いてやりたい気持ちはあるのだが、自分にできるとは思えなかった。

そこで、質問した。

「誰か、他に協力してくれそうな方はいませんか？」

屋敷に詳しい者が手引きしてくれるのなら、協力するのはやぶさかではないと意志を示した。しかし娘は小首を傾げたきりで、心当たりはない様子である。

と、そのとき背後から太い声がした。

「わたしが協力するぞ！」

振り返ると、九郎がやってきた洞窟から痩せた若者が這い出してきた。滝の音のせいで、近づいてくる音が聞こえなかったらしい。

「成平《なりひら》様……」

小萩が声を洩らす。聞くと、盛道の末の息子だという。

「申し訳ないが話は盗み聞かせてもらった。そこの女を逃がす手引きをしてもいい……」

成平は鍵の場所も、密かに屋敷から逃げ出す抜け穴も知っているという。宴で九郎が笛を吹いている間にここまで潜んで来て、小萩を牢から出す役を買って出てもいいと言った。

「しかし一つ条件がある」そう言って成平は九郎がまだ手にしていた笛を鋭く睨んだ。

「その笛をいただきたい」

「しかし、これはわたしのものでは……」

「誰のものであろうが関係ない。先程お主が広間で吹いた音を聴いて、わたしはその笛に魅せられてしまったのだ。ここまでお主を追って来たのも、それを譲ってくれと頼むためだ」

成平は子供の頃からずっと歌舞音曲に凝っていると小萩が説明した。

「しかし、これを注文した方は他にいるのです」

九郎はここまで来たいきさつを説明した。

「わたしも笛は何本も持っている。その中から適当なのを選んで、それをその佐兵衛が作ったものだと言って渡せばいいだろう。とにかくその笛だけは何としても自分のものにしたいのだ」

たしかに注文したとは言っても形まで指定したわけではあるまい。注文主としたところで、どんな笛なのか知っているわけではない。別の高級な笛に取り替えたところで気を悪くはしないはずだ。

それにこの屋敷の主の息子なら誰よりも頼もしい協力者だ。願ってもない申し出である。

小萩はすでに成平に感謝の言葉をくり返し、何度も頭を下げている。

けれど九郎は、成平の様子には背筋がうすら寒くなるような気配を感じていた。

それは成平の目つきである。さっきから何かに取り憑かれたような、ただならぬ光を放っている……。

佐兵衛はこの笛には不思議な力があり、音色を聴いただけで憑かれたようになってしまった者がいると言っていた。そして成平は一度聴いただけでわざわざここまで追ってきて、屋敷を護る結界を破ってまで笛を手に入れようとしている。

ほんとうにこの男に協力を頼んでいいのだろうか？　話に乗るのは怖いという感情が芽生えていた。

だが、小萩を助けるにはそうするしかないだろう。

意を決し、九郎は小萩さえ逃がしてくれたら笛は献上すると確約した。

三

夕になるといよいよ華やかな宴がはじまった。

大広間にたくさんの人々が往来し、酒を酌み交わしては談笑する中、九郎は片隅に陣取って所在なく笛に唇や指をあててみたりしていた。それは先程、成平が蒐集した笛の中から選んで貰ってきたものである。細工が佐兵衛から見せられた他の二本と似ていたのでこれにしたのだが、何しろ初めて手にするのでまだ慣れてなく、上手く吹けるか自信がなかった。

しかし案じていても仕方ない。気持ちを切り替えて庭を見やった。

大広間の蔀《しとみ》はすべて開け放たれて、正面の庭が丸見えになっている。

庭ではすべての石灯籠に火が入れられ、池にも明かりを灯した小さな舟が浮かべられていた。闇の中にうっすらと浮かび上がる木々や水面は幻想的なまでの美しさである。

しかしその景色を堪能するより、こんなに明るくされては無事助け出せるのかと心配になった。が、この家の息子なのだからそこは心得ているのだろうと、ここは成平に任せることにした。小萩を屋敷から脱出させるまでは成平が行い、外で落ち合ってから九郎が先導して安全な場所まで連れて行くことにしたのである。

しかし庭を見ている人数は少ないほどよい……。そう思って周囲を窺っていると、みな酒を飲んだり話をするのに夢中で、庭など眺めている風流人は見当たらず、これなら大丈夫かと安心した。

しばらくすると盛道から呼ばれ、笛の腕前を披露する段となった。

昼間の笛と違うと指摘されたときの言い訳も考えておいたのだが、盛道はそんなものに興味がないと見えて、何も言わなかった。

吹きはじめると、初めての笛だけに最初のうちは調子は出なかったが、それでも吹くほどに慣れていく。それに、もう指の痛みもほとんど無視できるほどになってきた。となると、九郎としても久しぶりに自由に吹き鳴らす喜びに気分も盛り上がり、客たちを聴き惚れさせる演奏になった。

その後で事情を説明し、笛を注文した方は申し出て下さいと頼んだ。が、待っていても誰も名乗り出ては来なかった。それどころか、東雲佐兵衛という笛師を知っている者さえ、客の中にも誰一人いなかったのである。

どういうことなのかわからなかった。佐兵衛は無名の職人なんだろうか？

いや、あの歪んだ笛はともかく、御堂で見せられた他の二本は、どちらも見事な彫刻で飾られていた。あれだけの技巧を持つ笛師がそこまで知られていないわけがない。

では、東雲佐兵衛というのは偽名だったのだろうか？　でも、それならなぜ偽名を名乗ったのか？

九郎は家人に他に今園という家はないのか訊いた。しかし、京の都で今園はここだけという答えだった。

なんとも納得できない気分だったが、それならもうここには用はない。九郎は挨拶もそこそこに屋敷を後にすることにした。

成平とは鴨川に架かる橋のたもとで落ち合う手筈になっていた。そこで笛と小萩とを交換するために……。

到着すると誰もおらず、九郎は一人待つことになった。

あの妙に明るく照らされた庭を見て来ただけに、無事助け出せたのか気が気ではない。

それでも冷たく澄んだ月を眺めながら待っていると、成平が一人でやってきた。

「小萩殿は？」

失敗したのか……と危惧しながら訊いた。

「後から来る」

と、笑顔で答える。なぜ連れてこなかったのか訝しんでいると、その表情を察して成平が説明した。

「あいつはずっと牢に入れられていたんで脚を悪くしたようだ。休み休み歩いていてなかなか進めない。それより早く笛が吹きたくてね」

小萩を置いて来たようである。

「しかし、笛は小萩殿と交換でしか渡せません」

「では、これから一緒にあいつのところに向かおう。わたしは笛を貰ったら屋敷に帰らねばならん」

たしかに成平は、この後何食わぬ顔で屋敷に戻り、何者かが侵入して小萩を連れ出したように見せるまでが予定の行動である。あまりゆっくりとしてはいられない。

「よろしい。小萩殿を迎えに行きましょう」

そう言って歩み出したとき、呼び止められた。

「待て！　ちゃんと小萩を連れ出したんだ。まず笛をくれるのが先だろう」

「しかし、まだ小萩殿を確認しておりません」

「何を！　わたしが信じられないのか？　それとも、まさか笛を渡さない気か！」

目を見ただけで成平の胸中はわかった。あの憑かれた目である。早く笛が吹きたくて吹きたくて仕方がないのだ。もう一刻も待ってはいられない。そんな心持ちは九郎もおぼえがある。

「わかりました。笛は差し上げます。でも、小萩殿のところまで案内してください」

「いいだろう。なに、ここを少し行っただけの、屋敷への帰り道だ」

笛を取り出すと、成平はご馳走を目の前にした子供のような笑みを浮かべる。

「いまは吹き鳴らしている時間はありませんよ」

無駄だと思いながらも、忠告してから笛をゆっくりと差し出す。成平は奪うように取ると、さっそく吹きはじめた。

その様子を見た瞬間、九郎の胸中に突然たまらない感情が湧き上がってきた。

何十年も愛用してきたものを他人に渡すような気持ち、いや、半身を奪い取られるような辛さ、いや、半身を奪われるほうがまだマシだ。それは自分の命の源を他人に渡してしまうような心地である。

考える間もなく、九郎の手は腰の太刀に伸びていた。そして何者かに操られる人形のように、熱心に笛を吹き続ける成平を背中から、袈裟懸《けさが》けに斬り捨てていた。

成平は一度強く笛の音を立てて倒れ、少しの間もがきながら吹き続けていたが、やがて動かなくなった。

九郎はその手から笛を奪い取った。

立ちすくんでいると荒い息がゆっくりとおさまっていく。

やがて我に返り、自分は何をしてしまったのだろうと驚愕した。成平は死体となって横たわっている。

どうしてこんなことをしてしまったのかはわからない。が、いま何をしなければならないかはわかっていた。

もうすぐ小萩が到着する。その前に始末しなければならない。

幸い鴨川がすぐ近くを流れている。九郎は死体を水まで運び、その流れの中へと押し出した。そして氷のように冷たい水で自らの体や衣服を洗う……。返り血は完全には洗い流せないだろうが、何とでも言い訳はできる。地面にも血が流れているだろうが、この夜闇の中では見えやしないだろう……。

すると、ぽちょんっ……と音がした。笛が水中に落下した音だ。

全身が凍り付くような衝撃を受けた。が、すぐに安堵に変わった。

落としたのは成平から貰ったほうの笛だった。

九郎はそれは拾わずに、流れにまかせることにした。流れていく成平の死体への手向けにしようと思ったのである。笛はこの一本だけあれば充分だ。

岸に上がり、衣服を絞っていると小萩がやってきた。

「どうしたんです！　ずぶ濡れになって……」

小萩が小走りに寄って来る。

九郎は暗闇で足を踏み外して川に落ちてしまったと言い訳して笑った。

四

夜通し歩いて、東の空が明るくなってきた頃、九郎は怪しげな陰陽師が小萩を選んだ理由がわかった。

洞窟の薄闇や夜闇の中では気づかなかったが、朝の光に照らされた小萩はたいそう美しい娘だったのだ。飾りたてた美術品ではなく、野に咲く雛罌粟《ひなげし》のような可憐さである。おそらくその男は小萩を見初め、自分のものにしたいがために、霊力があるなどと言いがかりをつけてあんな場所に閉じこめたのではないか。

なんにせよ、美しい娘と歩いていれば男の心は弾むものだ。九郎は晴れやかな気持ちのまま笛を吹きたいと思ったが、やめることにした。いま自分は笛を一本しか持っておらず、それは小萩の牢の前で成平にあげると約束したものだ。それを九郎が持っていたのでは、何故なのかと疑われてしまう……。

成平が言った通り、小萩は長期間牢にいたため脚が弱っており、度々休みをとらなければならなかった。しかし九郎は今日のところは長時間の休みはとらず、歩き続けようと励ました。あのような状態から逃げ出してきたのだから、今園の手の者が追って来るかもしれない。いまが勝負なのだ。

休みをとらずに歩いたところで、逃げきれるかどうかはわからない。けれど九郎の側には好条件がいくつかあった。成平を斬ったことで、今園の家はその下手人探しに大騒動になっているかもしれない。小萩がいないことに気づくのも遅れるかもしれず、気づいたところで追手をかける余裕がなくなっているかも。あるいは、死体があのまま流されて行方不明になってくれれば、成平が小萩と一緒に逃げたと誤解してくれるかもしれない。そうするとまず捜すのは成平が立ち寄りそうな場所になる。

そんな幸運を期待するのは楽観に過ぎるかもしれないが、とにかくいまは希望の隙間を少しでも広げるために、できるだけ遠くまで逃げのびるべきであろう。

小萩の身柄は一時、九郎の実家に匿う心づもりであった。小萩は郷里に帰りたいと訴えたが、ほとぼりが冷めるまでは知人のところには行かないほうが良いと説得した。

そうしてその日の空が夕焼けに染まる頃には、九郎たちはあの薄の原にまで到着していた。佐兵衛と出会った御堂のある荒れ野である。

「大丈夫なんでしょうか。もう夕になるのに……」

小萩が周囲を見回しながら訊いてきた。辺りには家の影も人の姿も一つもない。このまま夜になったらと不安になっているのだろう。

「大丈夫です。もう少し行くと御堂があるのです」

九郎はまたあそこで一泊するつもりだった。小萩のような娘をあんな場所で眠らせるのは酷だとは思う。が、追手は真っ先に付近の寺の宿坊を探すだろうし、人家も危ない。そこへいくとあの御堂は、夜に通ったのではあんな場所にそのようなものがあること自体気がつかないだろう。

「ほら、あそこです」

木立が見えてくると九郎は指差した。

そして足早でそこに向かい、木陰にあるはずの御堂を探したが、どこにも見つからなかった。

「おかしい……。どう考えてもここのはずなのですが」

薄の原には他にこのような木立はなく、まわりの風景を見てもここに思える。取り壊されたのだろうか？　そうだとすれば跡くらいは残っているはずである。しかし辺りには御堂が建っていたという痕跡すら無いのだ。

「すみません。わたしの記憶違いだったようです」

どう考えても記憶違いのはずはないと思いながらも、そう言って謝った。

しかし一体どういうことだろう。狐につままれた思いだったが、いまはその謎を探るより、御堂がないなら今夜どこに泊まるかが先だろう。

といってももう夕であり、いまからではどこに向かうこともできそうにない。今夜は寒空の下、この木立の木陰で野宿するしかないだろう。小萩にはほんとうに申し訳ない気持ちだった。

「せめて庵でも結べたらよいのですが……」

まさかこんなことになるとは思わず何も用意していないことを詫びると、

「いえ、助け出していただいただけでもたいへんありがたく思っています」

小萩はまったく気を悪くした表情さえ見せずに微笑んでくれた。

この前の晩のように風が吹き荒れてはいないことが不幸中の幸いと言えた。


それは満月の夜だった。

ようやくゆっくり休むことができて、小萩は痛む脚をさすっていた。

その横顔を見ながら、九郎は言ってしまおうか迷っていた。それは小萩の今後のことである。一時九郎の実家に匿うとして、その後どうするのか……。

今朝は、明るい光の中で初めて見る小萩の美しさに驚いた。そして今日一日ずっと同行しているうちに気心も知れてきた。そしてその間、彼女の印象は良くなるばかりだったのである。

小萩がどんな生まれの女なのかは知らない。あんな屋敷とはいえ、使用人をしていたのだから身分は高くないはずである。武士の息子である自分と釣り合いはとれないだろう……。だが、九郎の内にはもし小萩さえ承知してくれるのならば実家に着いたとき、ゆくゆくは自分の妻になる女だと両親に紹介したい気持ちが生まれていた。

しかし、なにしろまだ会って一日である。いくらなんでも気が早すぎるか……。そう思案していたとき、小萩が話しかけてきた。

「わたしをあんな場所から連れ出してくれてありがとうございました。九郎様には大変感謝しております」

九郎は照れながら「いえ……」と答えた。

「ここまでしていただいて、こんなことを申すのは心苦しいのですが……。ずうっと昼から考えていたことがあります。それは、やはりわたしは今園様のお屋敷に帰ったほうがいいと思うのです」

「なにを……」九郎は驚いて声を張り上げた。「そんなことしたらまた……」

どうしてそんなことを考えるのかわからない。

「遠慮なさらないでください。わたしは小萩殿を匿うことを迷惑になんて思っておりません！」

　必死に伝えた。

「いえ。そうではないのです」小萩はゆっくりと告げた。「実は、成平様のことが心配なんです」

「成平殿？……どうして」

「九郎様と落ち合いに向かう途中、成平様はわたしを置いて先に行きました。一刻も早く笛が欲しいようで、もう子供のように気がせいていて……」

「はい。小萩殿より先に来て、たしかに笛を渡しました」

「その後、成平様はどうしたのでしょう。屋敷に戻るのならあの道を折り返して来るはずです。けれどもわたしはすれ違っていません」

「たぶん欲しかった笛を手に入れたのが嬉しくて、吹きながら遠回りして帰ったのではありませんか？　よくおぼえていませんが……」

「そうです。吹くと思うのです。あの時もたしかに笛の音が聞こえたのですが、すぐに途絶えてしまいました。なんで吹き止めたのでしょう」

　まさか自分が斬ったからと言うわけにはいかない。九郎は必死に言い訳を考えた。

「あの時は……、音が鳴るかどうか確かめてみただけで、後は屋敷に戻ってからゆっくり吹こうと思ったのではありませんか？」

「いえ。成平様のあの御気性なら、大喜びでいつまでも吹き鳴らすと思うのです。以前に新しい笛を手に入れた時など、ほんとうに時を忘れて吹いて聴かせてくれたものです」

「でも、あの時はそんなに吹きたくなかったのかもしれません。人は気まぐれなものですからね。それよりあなたはさっきからなぜ成平殿のことばかり心配しておられるのです？いまはご自身の安全のほうがよほど大事でしょう」

何か感づいているのではないかと気が気ではなかった。そしてそれ以上に、小萩が妙に成平のことを気に懸けていることがおもしろくなかった。ひょっとしたら気があるのではないか？　そんな思いにとらわれてしまうのだ。

けっきょく自分の気持ちは言いそびれたまま、その夜は暮れていった。

五

翌朝は目覚めるとともに歩き出した。薄の原を抜けて、前回迷った山中の道も無事通り過ぎ、昼前に小さな山寺の前に着いた。

前回は前を素通りしたところだ。けれども今回は小萩の脚のことを考えて山門で声をかけた。まだ三十代と見える若い和尚が出てきて、一休みさせてほしいと頼むと境内を自由に使うようにと言ってくれた。

小萩は昨日からの疲れでかなり脚が痛いようで、真っ直ぐ縁側に向かい、腰掛けて一息ついていた。

九郎も少しの間は隣に腰掛けていたが、四六時中べったりと寄り添っているのもいやがられるかと、することもなしに境内を歩きはじめた。

縁側の正面には小さな庭がある。今園の屋敷とは比べものにならない簡素なものだが、それでも清潔で気持ちのいい庭だった。枝ぶりのいい松や梅の木立の中央に小さな池があり、その向こうには板塀、さらに遠くの山なみが借景となっている。

しばらくそこをうろついた後、休ませてもらっているお礼に御本尊にお参りしておこうと本堂に向かった。

すると、古ぼけた木造の仏様の手前に円形の鏡が安置されているのに目を引かれた。それは美しい模様が刻まれた裏面を表にして立てかけられている。九郎はいままで神社では何度か鏡を見たことがあった。神器として祀られていたものである。しかし寺で見るのは初めてであり、しかもその鏡は、この世のものとは思えないほどの異様な空気を放っていた。

何か謂れのあるものに違いない。そう思った九郎は通りかかった和尚に声をかけ、由来を訊いてみた。

「それは鬼女が残していったものと言われております」

和尚の説明に九郎は「鬼女？」と問い返した。

「昔この辺りの山に棲んでいたという話です。恐ろしい魔物で、おおぜいの村人の命を奪いました」

「鬼女とは、どのようなものなのですか？」

九郎の問いに、和尚はゆっくりと話しはじめた。

「言い伝えによると、異国の者が着るような奇妙な服を着て、愛らしい少女の顔をしているものの身の丈は大男が見上げるほど。太刀を振り回し、この辺りの村人を次々に斬り殺しては頭からバリバリ食べてしまったのだそうです。たまたま通りかかった旅の剛の者が退治すると言って山に赴き、首を斬り落として見事成敗したものの、遺骸は空気に溶けるように消えてしまい、ただ鬼女が持っていたこの鏡だけが残された……との話です」

「それは、ほんとうなのですか？」

「そのように伝えられております。けれど、この手の話は伝えられるうちに尾鰭がついて大きくなっていくもの。いまとなってはどこまでがほんとうなのか、すべてが嘘なのかわかりかねます。ただ鬼女を退治した旅の者が持ち帰ってきたという鏡だけが、現在もここにこうして安置されているのです」

奇妙な伝説があるものだ……。そう思ってじっくりと鏡を眺めていると、和尚が「興味がおありでしたら、どうぞ手に取ってご覧下さい」と言ってくる。

その言葉に甘えて鏡を手に取ると、その陰に隠れるように安置されていた二本の龍笛が目に入り、九郎は目を見開いた。

色褪せた紫の布の上に並べて置かれたその笛には、確かに見おぼえがあった。それはあの夜、東雲佐兵衛が御堂の中で見せてくれた三本の龍笛のうちの二本、つまり九郎がいま持っているもの以外の笛である。

なんでこんな場所に置かれているのだろうか……。

「この笛にも何か謂れがあるのですか？」

問うと、和尚はまた答えた。

「実は、以前この近くで人死にがあったそうで……、この先の薄の原の真ん中にあった御堂のところです。その死人が持っていたのがこの二本の笛でして」

様々な疑問が一気に頭に湧いた。九郎は一つずつ訊いていくことにした。

「その死人は誰なのかわかったのですか？」

「なんでも都では有名な笛師だということでした。さるお方から依頼されて作ったばかりの三本の笛を納めに行くところ、そこで斬り殺されたのです」

「下手人は……」

「まだ捕まっておりません」

「笛は三本あったということですが」

「そう、一本足りないのです。おそらく下手人が持って行ったのでしょう」

「笛を奪うために殺されたと？」

「さあ。どのような経緯《いきさつ》があったのかはわかりかねます」

「でも、その笛がどうしてここに？」

「死人が持っていた笛など縁起が悪いと、依頼主のもとへは届けられなかったのですか？」

「死人が持っていた笛など縁起が悪いと、受け取りを拒まれたのだそうです。そこで笛師の御家族のもとへ返そうとしたのですが、やはり縁起が悪いということで。そういうわけで行き場がなくなり、かといって故人の思いが残っているかもしれぬ品を捨てることもできないと、ここに置かせてもらうことにしたのです。人死にがあった御堂のほうも縁起が悪いということで取り壊されました。もう四、五十年も昔の話です」

なんということだ……。九郎は驚き、血の気が引いていくのが自分でもわかった。そして話を聞かせてもらったお礼さえ言えずに、その場を離れた。

九郎が出会ったのは佐兵衛の幽霊だったのだ。あの夜、もうとっくに取り壊されている幽霊御堂に泊まり、とっくの昔に亡くなっている死人から笛を見せられた……。

夜、あのような荒れ野には魔が出るという。自分は魔物に化かされたのだ……。

肌の上を見えない虫が這いまわっているような、言い知れぬ気味の悪さを感じた。

しかし、こうも思った。もしあの夜、幽霊に出会わなければ九郎は今園の屋敷に行くことはなく、小萩に出会うこともなかったはずだ。

奇異なものだ……。いや、奇異で片づけてよいのか。ひょっとするとこれは運命なのではないのか。

そう考えると無性に、小萩にこの話をしたくなった。

急いで縁側に向かうと、しかし逆に小萩のほうが切羽詰まった表情で話しかけてきた。

「わたし、やはりお屋敷に戻ろうと思います」

九郎はどういうことかと声を張り上げた。

「助けていただいて申し訳ありません。でも、やはり成平様のことが心配なのです。なにか嫌な胸騒ぎがするのです。こんな気持ちのまま逃げることは、わたしにはできません」

「それは賛成することはできません」九郎は声を荒らげた。「あの屋敷に戻ったらどんなことをされると思っておられるのです！　成平殿のことなんか忘れてしまいなさい。あなたには関係のない男です」

「でも……」

「成平殿はあんな大きなお屋敷の当主の息子です。使用人のことなんか虫けら程度にしか思っておられないでしょう。小萩殿を牢から助けたのだって、ただ笛が欲しかったから協力していただけただけです」

「成平様のことを悪く言うのはやめて下さい。身分が違うのですから、わたしのことなど気に懸けないのは当然です。でも……」

「それよりも……」九郎はこの勢いのまま告白することにした。「わたしとの未来のことを考えてくれませんか？」

「え？」

「昨日と今日、ずっと小萩殿とご一緒させていただいて、将来を共にするのはこの人しかいないとはっきりと分かったのです。もちろん出会ってまだ二日しか経っていないのにこんなことを申すのは不作法だということは心得ています。でも、わたしのことを真剣に考えてくれませぬか！」

「ご冗談を……」

「冗談ではありません！　たしかにわたしだって武士の息子、身分違いであることはわかっています。でもわたしはどこぞの姫君より小萩殿が良いのです。あなたと未来を歩いてゆきたいのです」

「お気持ちはありがたいのです。助けてもらったことも感謝しております。でも……」

「助けてやったから妻になれと申しているのではないのです。わたしはそんな恩着せがましい人間ではありません」

「さっきから将来とか、未来などと……」

「ほんとうの気持ちです」

「だって、あなたは……、たいへん申し訳ないですが、もう未来など残り少ない御老体ではないですか」

「え？」

何を言うのか！　九郎は衝撃を受けた。小萩はどうかしてしまったのかと。

そして顔に手をあててみる……と、皺くちゃの皮膚がそこにあった。頭を掻きむしり、その手を見ると、指に絡んでいる数本の抜け毛はみな真っ白であった。

九郎は池へと駆け出し、水面に映った自分の姿を見た。

老いさらばえた惨めな男の姿がそこにあった……。


どういうことだ？　何か呪いをかけられたというのか？　だとすれば何時《いつ》？

九郎は必死に記憶の中を探った。

いままで気にも懸けていなかった。これまでの自分の記憶をなんの疑問も持たずに信じていた。いや、それを信じていない者なんているだろうか……。

しかし一度疑いはじめると、すべての箇所がおかしく感じられてくる。

何より自分が老人であると知った衝撃が、頭の内にある見えない壁を壊したかのようだった。

すると、曖昧なままになっていた過去がだんだんはっきりと見えてくる。

自分が東雲佐兵衛の幽霊と出会ったのは何時だろうか？　冬の最中だったはずだが、いまは春先だ。いつの間にそんなに時間が経ったのか……。

そうだ。自分があの御堂で佐兵衛に出会ったのは数日前の話ではない。

数ヶ月前？　いや、もっと遠い昔。そう……、四、五十年も以前のことではないか。

してみると、あの佐兵衛は幽霊ではなく、あの時はまだあの御堂も建っていたのではないか……。

そうだ、自分は生きていた佐兵衛と最後に会った男なのだ。

そして、あれからずっとあの笛を吹き続け、笛と共に生きてきた。何年も、何年も……。

笛には魔力があった。怖いほどの魅力だ。自分はずっと吹き続けていたかった。誰にも渡す気などなかった。当然、今園殿の屋敷に届ける気も……。ずっと自分のものにしていたのだ。

それがなぜ突然届ける気になどなったのだろう？

そうだ。あの山道での落石で掌を怪我して笛が持てなくなった。手にしてから初めて、笛から離れた。吹かないでいる期間ができた。そのうちに笛の魔力から逃れることができたのだ。そして、笛に囚われていた間の記憶が消え、それ以前の記憶が蘇ってきた。笛を手にする前の、あの御堂にいた時の記憶だ。そのため、この笛を本来の持ち主のもとへ返そうという気持ちが生じたのだ。

考えてみれば今園の家人が誰も笛のことも佐兵衛のことも知らないのは道理だ。もう四、五十年も昔のことなのだ。知る者はもうとっくに亡くなっている。

しかし、疑問も残った。

そもそもどうしてこの笛を自分のものにできたのだろう?

佐兵衛を斬った下手人とは誰なのだろう?

それを思うと千々に心が乱れた。その混乱から逃れようと、九郎は無意識のうちにあの笛を取り出していた。これを吹けば煩《わずら》わしいことをすべて忘れ、心を落ち着かせることができると知っていたからだ。

息を吹き込むと、笛は透明な音で鳴った。新鮮でいて懐かしい、何十年もずっと共に生きてきた音だ。吹き鳴らすほどに過去のことが色々思い出された。そんな思い出がゆっくりと一つに融け合って、忘却の深淵へと深く深く沈んで消えていく。後には笛の音だけが残る……。

彼は吹き止めることができなくなった。

するとおかしな女が寄ってきて、しきりに話しかけてきた。小萩とかいう女だ。

成平様に与えたはずの笛をなぜあなたが持っているのかと厳しく問い詰めてくる。

しかし、答える気などなかった。そんなのはどうでもいいことだ。自分にはこの笛さえあればいい。

この笛を吹いてさえいれば、雑念は頭からすべて消えていく。笛の音だけが残って、ほかのことはすべて忘れてしまえる。自分のほかは誰もいない夢幻の境地で、永遠に遊んでいられるのだ。

鞍馬異聞——もろこし外伝

秋梨惟喬

秋梨惟喬（あきなし・これたか）

一九六二年岐阜県生まれ。広島大学文学部卒。二〇〇六年「殺三狼」で第三回ミステリーズ！新人賞を受賞。近著に『矢澤潤二の微妙な陰謀』『黄石斎真報』『天空の少年探偵団』など。

鞍馬寺《くらまでら》は宝亀元年（七七〇）、鑑真《がんじん》の高弟・鑑禎《がんてい》が、毘沙門天《びしやもんてん》を祀ったことが始まりとされる。のちに平安京造営の際、その北に位置したことから、北方守護の寺となった。毘沙門天を祀った本堂は鞍馬山山頂近くにあるが、他にも無数の堂宇《どうう》や神社が山全体に点在している。実は西に下った貴船《きぶね》神社とともに、いや東に位置する比叡山《ひえいざん》も含めて、もともと広大な聖域であった、とされている。つまり鞍馬山は、鞍馬寺が建立される遥か昔から、神職や行者、行基に始まる放浪の僧たち宗教者のみならず、木地師やマタギ、山師、放浪芸人、或いは渡来人たちまでもが往来する聖地であり、だからこそ鑑禎は鞍馬寺を建立したのだというのである。鞍馬といえば〝天狗〟を連想するが、それはこれらの往来する人々のことを指しているのだと考えられないだろうか。

このような地は決して珍しいわけではない。高野山、奈良の東大寺、京都の清水寺、その他多くの大寺院や神社も、もともと聖地であった場所に造られているのだ。今も、奥の院である魔王殿、その近くにある義経を遮那王尊《しやなおう》として祀った義経堂は、超A級のパワースポットとなっている。それ以外にもこの聖域には、ガイドブックに載っていない小さな祠や苔むした石仏が点在している。その中には意外なパワースポットがあるかもしれない。自分だけのパワースポットを探してみるのも一興だ。

甲斐波季『京都ミステリー&パワースポットガイド』語鐸出版

一

鞍馬寺本殿と奥の院・魔王殿を結ぶ鬱蒼とした杉林の中の木の根道、その真ん中辺りが僧正《そうじよう》ガ谷《がだに》である。そこに小さな不動堂がある。その石段に二人の少年が座っていた。

一人は端整な顔立ち、純白の装束に、髪をきちんと結い、傍らに煌《きら》びやかな造りの太刀を置いている。名を牛若《うしわか》という。平治の乱で敗れて斬首された源義朝の九男である。幼くして、ここ鞍馬寺の別当《べつとう》である東光坊《とうこうぼう》の阿闍梨《あじやり》・蓮忍《れんにん》に預けられた。この時〝遮那王《しやなおう》〟の名を与えられたが、そう呼んでいるのは形の上の師である蓮忍ぐらいで、ほぼ〝牛若〟もしくは〝牛若丸〟で通っている。仏門の修行など一切しておらず、太刀や槍、弓矢の稽古をし、兵法の勉強をしているだけで、そもそも僧形ですらない。所詮、この地に封じ込めて他所に出さないことだけが目的だから、そんなことも許されているのである。

もう一人の少年は、年の頃は牛若と同じくらい、この辺りでは見たことのない異国の衣を纏い、長い髪を無造作に束ねて頭巾に押し込み、丸顔で小さな目に低い鼻、と顔立ちは穏やかだが、手製と思しき小さな弓を傍らに置き、腰の後ろに五本の短い矢を差している。ひと月前、以前から鞍馬にしばしば出没していた唐土の商人に連れられてきた唐人で、〝鉄丸《てつまる》〟と名乗っているが本名ではあるまい。仙人のような老人が同行していて、どうやらそれが鉄丸の師であるらしい。

同年代の友が少なかった牛若は鉄丸とすぐに意気投合、鉄丸も今では片言ながら日本の言葉を操ることができるまでになっている。

そして実は頭上にもう一人。二人よりも小柄で、ざんばら髪に、大きな眼と大きな口、大人用の行者装束をあちこち紐で縛って無理矢理纏い、身の丈を越える長さの錫杖《しゃくじょう》を肩に、杉の大木の枝に腰かけている。役行者《えんのぎょうじゃ》を祖とする行者の一族の一人で、〝童鬼《どうき》〟と名乗っている。身の軽さが自慢で、不動堂の屋根よりも高いこの枝にも一瞬で登ることができた。

「なあ鉄丸、お前も日本に慣れただろう。日本はどうだ。やはり唐土とは違うのかな」

牛若の問いに、鉄丸は言葉を探りながら、

「日本は凸凹、している。唐土は――俺の故郷、はもっと平らだ」

「唐土には山はないのか」

「山はある。でも平地、もたくさんあるし、ずっと広い。日本は平地、が小さい」

「この辺りは山だから、そう思うだけではないのですか」

樹上から飛び降りてきた童鬼も問う。しかし鉄丸はあくまでも、

「福原からここまで、平地がなかった――それから馬、も小さいな。狭くて思い切り走れ、ないから小さ、いの、かと思った」

「馬の大きさも違うのか」牛若は感嘆の声を上げる。

「日本の馬は唐土、の仔馬ぐらいだ。最初は、どうして皆仔馬に乗る、のだろう、親馬はどこにいる、のだろ、うと思った」

「唐土の馬はそんなに大きいのか」牛若は遠くを見る目になり、「乗ってみたいな、そんな大きな馬に。戦場では無敵だろうな」

「いや、敵も同じ馬、に乗っている」

「そうか、当然そうだな」牛若は大笑いする。「でもそんな大きな馬をよく操れるな。怖くはないのか」

「大人しい。大人しくす、る方法がある。でも日本ではやっていないみたいだ。だから俺は日本、の馬は小さくて、も怖い。絶対、に乗りたくない」

と鉄丸は笑った。童鬼も思わず吹き出していた。


「牛若様、いずこにおられますか」

突然、甲高い声が響き渡った。鉄丸は滑るように縁側の下に隠れ、童鬼は錫杖を突きたててその勢いで杉の巨木の枝に跳び乗る。牛若の姿も掻き消すように見えなくなった。

木の根道で転びそうになりながら現れたのは、三人と同年代の少年僧。こちらはきちんと僧衣を纏い、頭も綺麗に剃髪している。気が弱そうだが、知的な相。寛念《かんねん》といって、東

光坊の者である。素早くその背後に回っていた牛若はいきなり、

「何の用だ」

寛念は驚いた勢いで足を滑らせて尻餅をつきつつ、「また殺されたんですよ」

「なんだと」

思わず大声を上げる牛若に、樹上から童鬼も、

「これで、十一人目ではありませんか牛若様」

「今度はどこの誰だ」

「由岐《ゆき》神社に近い辺りで見つかったそうなので、あそこの稚児《ちご》なのかもしれませんが、はっきりしたことはまだ聞いていないのです」

牛若は樹上の童鬼に、「先に行ってくれ。どういう状況か見ているんだ」

「わかりました――」

童鬼は言葉が終わらないうちに、枝から枝へ渡っていった。

二

その四人を彼方から見ている二人の男がいた。一人は比較的若くて小太り。もう一人は遥かに歳上の、白髪白髯の仙人然とした老人。いずれも纏っているのは唐服であり、髪の

結い方も唐人風である。若いほうが老人に対して、

「このひと月、牛若を見ていただきましたが、いかがでしょうか伯父上」

老人は顔を顰《しか》めて、「〃伯父上〃というのはやめろと言っているだろう」

「しかし、父が〃兄貴〃と呼んでいたのですから、私からすれば〃伯父上〃なわけで。それとも〃抱壺《ほうこ》様〃とお呼びした方がいいのでしょうか。それとも許《きょ》――」

「〃雲游《うんゆう》〃でいい。今はそう名乗っていると言ったはずだ」

「では雲游様、どうお考えですか」

「そうさなあ」老人――雲游はさらに渋い顔になって、「儂《わし》は勧めんな」

「〃奇貨《きか》〃とはいえませんか」

「あの少年の経歴については理解している。現政権――平清盛とかいう男が動かしている体制を倒す可能性がある存在であることは確かだろう。可能性は低いが、その資格はあるといえような」

「私とてさほど高い評価をしているわけではありません。同じ源氏の血筋で現在最有力なのは、伊豆という地にいる頼朝《よりとも》という男でしょう。牛若の異母兄ですが、すでに在地の勢力を結集して、強固な地盤を築きつつあります。あとは木曾《きそ》に地盤を持つ、従兄に当たる源義仲《よしなか》という男でしょうか。もちろんいずれも上り調子の平氏に対抗できるほどの力はありませんが、遠隔地であるだけに中央の圧力が及びにくいのです。平氏打倒はまず不可能

ですが、平氏が攻め滅ぼそうと兵を出しても、それを凌ぎ切ることはできるでしょう」

「それに対して」雲游は鋭い目で牛若を見て、「このような場所に軟禁されているあの子にあるのは、源氏の血だけだ。戦略眼も戦術眼も皆無であろう」

「だからこそ使い勝手がいいとも言えます。要は使い方です」

「確かに、この先どのような事態が訪れるかわかったものではない。となればどんな状況にも対応できる者、つまり血筋以外に何もない者が、一番都合がいいともいえる——そもそも平氏政権には大きな弱点がある、と見た」

「そうなのです」若い男は得たりと頷いて、「現在の平氏政権は非常に強固ですが、それは平清盛という一人の男の力によって成り立っているのです。長男の重盛も評価が高い存在ですが、あくまでも補佐役としてであり、頭を務める器量はありません。もし清盛が死ぬようなことがあれば、世は大きく動くのではないでしょうか」

「その時には牛若も〝奇貨〟になりうる、か」

「可能性が低いことはわかっています。しかし押さえておいて損はない。〝奇貨〟とはそういうものでしょう」

「駄目だったとしても、たいした損害は出ない、という商人の計算もあるのだろうな」

「実際、私の他にも多くの勢力が接触をしてきています。もっとも中央の武士や貴族の類ではありません。地方の弱小勢力か、世の裏にあって何かのきっかけを摑んで表に出ようと足搔いている、怪しげな連中がほとんどですがね」

「そんなところだろう」雲游は呆れ顔で、「さらに、蛇足ながらつけ加えれば、〝奇貨〟に手を出して、見事に生かし切った呂不韋《りょふい》だったが、最終的に身を滅ぼした」

呂不韋は唐土の戦国時代の商人である。当時は列国のひとつであった秦《しん》国の公子の一人ではあったが、他国に人質に出されていた子楚《しそ》に目を付けて大金を投じ、太子へ、さらに王にまで祀り上げることに成功した。その荘襄《そうじょう》王の子が、かの始皇帝である。ちなみに始皇帝は呂不韋の子だという説もある。呂不韋は始皇帝のもとで宰相にまで上り詰めたが、最終的には始皇帝によって自殺に追い込まれた。

「しかしそれは、呂不韋が己が商人であることを忘れ、まつりごとに手を出したためです。商人はあくまでも裏にあってまつりごとを操るもの。そこは心得ているつもりです」

「口の達者なやつだ」雲游は顔を顰めつつも、眼は笑っていた。

「私が考えているのは、あくまでも故国暹羅《シャム》と日本の貿易の維持ですから。そのためには不肖燕昌《えんしょう》、あらゆる奇貨を居いていくつもりです」

燕昌は暹羅《シャム》国の人である。もっとも両親は漢族であり、父は暹羅《シャム》王に仕える高官であった。次男であった昌は、己にまつりごとの才がないことを早くに悟り、母の実家を継ぐ形で商の道に進んだ。

暹羅《シャム》は大宋国《だいそうこく》の南、海中にある複数の島から成る小国である。国主は宋《そう》の出身であり、重臣の多くもその縁の者で固められている。もともとこの地は原住民の王が治めていたのだが、内乱が起こり、それを平定したのが先代国王なのである。原住民の王からの禅譲《ぜんじょう》を受ける形で先代国王が即位、その嫡子が現国王となっている。

暹羅《シャム》は海中の島国であるゆえに、貿易に重きが置かれており、大宋国や金国のみならず、この日本にも貿易の手を広げている。その先頭に立っているのが燕昌なのである。

そして〝雲游〟と名乗る老人は、燕昌の父が若かった頃、兄貴と呼んで慕っていた人物である。とはいえ、その父も二十代で会ったのが最後だったから、燕昌にとっては話の中だけの存在だったのだが、その雲游がなんと日本の福原にいた燕昌の前に、ふらりと現れた。燕昌の素性も知っていて、お前親父には似てないな、と声をかけてきたのである。

「確かに無能で中身がない者は、使い勝手がいい。漢の高祖も蜀漢《しょくかん》の劉備《りゅうび》もそうだった」

燕昌は落ち着いた口調で、「それはむしろ人々を惹きつける魅力になるのではないかと思っています。実際、牛若はあの子供たちの頭領となっているではありませんか」

「さすが小乙《しょういつ》の血を引いている、というところか」

「逆に聞かせていただきたいのですが」燕昌はにっと笑って、「雲游様がお連れになった、あの〝鉄丸〟と名乗らせている子供は何者なのですか。あの眼はただ者ではないことは私にもわかります」

「ま、弟子のようなものだ。正式なものではないが」

「では、あの子はいずれ銀――」

雲游は慌てて遮り、「そういう意味の弟子ではないのだ。実はあやつは、子供ながら命を狙われて危ないというので、母親に、しばらく他所へ避難させてくれ、世の中について学ばせてくれまいか、と頼まれた。それであちこち連れ回しているだけのことでな。日本に来たのも儂の気まぐれだったのだが、同年代の友を持つことができたようだな」

ここまでの事情をこれまで知らされていなかった燕昌は慌てて、「命を狙われているというと、あの子もまた重要人物なのですか。どこかの王朝の血を引いている、とか」

しかし雲游は首を横に振る。「中華世界全体から見ればとんでもなく小物だ。少なくとも今のところはな。だが逼迫していたことは間違いない。事実父親は謀殺されている。勢力の大きさなど関係ないのだ」

「なるほど、優れた血を引いているからこそ、ひと月余りで日本の言葉を、片言ながら喋れるようになった、ということなのですね」

「それは買い被りだ。中華世界を旅する者であれば、複数の言葉を操るのは当たり前だ。お前とて同じであろうが」ここで雲游は燕昌を睨みつけて、「この際言っておくが、あの子を奇貨として居くことは許さんぞ」

「とんでもありません、そのようなことは全く思っておりませんよ——」燕昌は慌てて弁明しようとして、「おや、あの子たち、何かあったようですね」

そこに鉄丸が駆けてきた。そして身振り手振りで、

「子供が殺されたんだそうだ。牛若が慌てている。俺も行ってくるよ爺ちゃん」

雲游は表情を引き締め、「わかった。儂らもあとで行く。気を付けるのだぞ」

「俺にはこれがあるから、大丈夫さ」

鉄丸は弓を振りかざして見せて、そのまま牛若たちを追っていった。

三

死体の周りには十数人の僧兵たちが集まっていた。山道から十歩ほど入った大木の下の草叢だった。牛若たちが着いた時には、すでに遺体を見るどころか、近づくことすらできなかった。樹上から飛び降りてきた童鬼は、

「俺が来た時には、すでにこの有様でした」

「亡骸はどうだった」牛若が問うと、

「やっぱり首を切られていて、その首は近くにはありませんでした。装束から判断すると、神社じゃなくて寺の者でしょう」

「誰かはわからないか」

「首がないですから。でも着ているものをさらに詳しく調べればわかるんじゃないですか」

やがて寛念が、遺体を調べていた僧兵の一人を連れてきた。大柄で髭面、人相は決して良くないが、目だけは妙に優しげである。周玄《しゅうげん》という。荒くれが多い僧兵の中では、子供好きなせいで、牛若にいろいろ融通をはかってくれる貴重な存在である。牛若が山の結界内のみとはいえ、好きに駆け回り、鉄丸や童鬼らと交流できるのは、周玄のおかげだと言ってもいい。もっともそれは周玄が寛念同様、牛若のお目付け役だからでもある。しかし牛若もすでにそのような状況に慣れている。それを利用することを学んでいた。

「周玄、わかっていることを教えてくれよ」

「俺にはそんな義務はないんだがなあ」周玄は髭面を顰《しか》めつつも、「殺されたのは文殊堂《もんじゅどう》の小坊主らしい。昨夜から姿が見えなかったそうだ。血の固まり具合などからして、殺されたのは昨夜のようだ。話は合う」

「文殊堂のやつらは探していたんだろうな」

「いいや。すぐに戻ってくるだろうと考えていたらしい。子供が逃げ出すことは寺でも神社でも珍しいことではない。たいていは戻ってくるか他所に逃げ込んで、一段落になる」

「でも、すでに子供ばかり十人が殺されているんだぞ。ひょっとしたら、と思わないのか」

「自分のところでそんなことが起こるとは思わんのだろう。世の中そういうものだ」

周玄は決めつける。牛若は鼻白みつつ、

「昨夜ということは、半日見つからなかったことになるな」

「あの通り、山道に近い木陰の草叢に見えないように隠してあったんだ。道を通っても普通は気がつかないだろうなあ」

「でも、半日で見つかった」

「確かに、絶対に見つからないようにしたいのならば、もっと道から離れたところに、穴でも掘って埋めればいい。だが草叢に置かれていただけだったから、ちょっと視線を送れば見つけることはできただろう。ただその気になる者はそうはいまい」

「下手人は適当なところで見つけてほしかった、ということなのだろうか」牛若は考え込んだ。「この下手人は何がやりたいのだろう。さっぱりわからない」

「こっちも同様だ」周玄も苦笑を浮かべる。「だがこれで十一人目だ。さすがにこの辺りで下手人を挙げないとこっちの立場が危なくなる。俺は向こうに戻る。何かわかったら教えてやる。念のために言っておくが、妙な真似はするなよ」

周玄は僧兵の群れに戻っていった。

「ここ一年ほどの間、この一帯――鞍馬寺と由岐神社、貴船神社の結界内で、十人の少年が殺されているのです。しかも全員が首を切られ、持ち去られていました」

牛若たちから少し離れて、燕昌と雲游の姿があった。

「ここはそんな物騒なところなのかね。そうは見えんが」

「確かに聖域ではあるのですが、怪しげな者たちも多数往来しているのです。そもそも鞍馬寺や貴船神社ができる前からの聖域だったようですから。そこからの縁の者たちが我が物顔で往来していて、寺や神社の者たちもこれを黙認するしかないようです」

「そういう地は中華世界でも珍しくはないが――で、具体的には何が起こっているのだ」

最初は鞍馬寺の奥の院、魔王殿の稚児だった。一年一ヶ月前である。首を斬られていたが、死因は胸を一突きにされたためだと判断された。首はその場にはなかったものの、さほど離れていない場所から発見された。

「木陰に掘り返した跡があって、そこに埋められていました。おかげで身元はすぐにわかったのですが、それからひと月ほどして、また稚児が殺されました。やはり首が持ち去られていましたが、この時は見つかりませんでした。ある塔頭でいなくなった稚児がいて、恐らくその者だろう、ということになったようです」

「三件目は」

「以降は同じようなことの繰り返しです。首も見つかった場合もありますし、未だに見つかっていないものもあります。もっとも間隔はまちまちですが。短い時は十日、長い時はふた月以上空いています」

「そこに理由はありそうなのかね。例えば寒い時期は避けている、といったような」

「ありませんね。雪の中、首を探して吹きだまりで見つけた、という話もありますから」

「同じ者の仕業なのだろうか」

「でしょうねえ。日本は決して治安の悪い国ではありません。そもそも子供ですから金や貴重品を持っているということもありません。ただ面白半分に殺したとしか思えない状況なのです。こんな非道な真似をする輩が、この狭いしかも聖域とされている範囲内に複数いるとは思えません」

「となれば、下手人の目星はつきそうなものだが」

「先程も言いましたが、多くの怪しい者たちが往来しているのです。だからこそ、異人である私も雲游様もあっさり入ってくることができるのですが」

「怪しい者には事欠かないわけか」雲游は苦笑を浮かべる。「寺や神社の者が下手人であった場合でも、そういう連中に変装すれば、正体を誤魔化すことも簡単そうだな――手口は同じなのか」

「完全に同じとは言い切れません。刺したり斬ったり、殺してから首を切った場合と、首を斬って殺した場合があるようですから。血の流れ方でわかるようですね。ただ首を斬って持ち去っている点では共通しているのです」

雲游はしばらく考え込んでから、「実はここで、妙な話を聞いているんだがな。恐ろしく怪しいやつがいるそうではないか。しかも女で」

「ははあ、〝異形の女〟のことですね」燕昌は大きく頷いて、「しかし、どうもあの女は関わりなさそうですよ」


ひと月半前である。鞍馬山に奇妙な女が乗り込んできたのである。

「若い女だったようですが、なんとも形容しがたい装束だったそうで。髪はざんばら、奇妙な化粧、白の短衣の胸元には紅い布を飾り、恐ろしく短い裳《も》、両の素足が太腿まで剝き出しで、革製らしい靴を履いていた、とか」

「想像を越えているな。頭に画を描くことができん」

「私もです——その女はこの女人禁制の地に入ろうとして、僧兵たちと争いになったのですが、強引に通ったとか」

「見たところここの連中、そこそこ腕は立ちそうだがな」

「少林寺のように、仏道修行と武術修行が一体化しているというわけではないようですが、逆に言えば仏の教えなど糞喰らえ、の武だけに優れた者が集まっているらしいのです。女は、そのような連中を真正面から蹴散らしていったそうで」

「若い女が、か」

「若いどころか、あれは子供だったという者もおりますが、腕は相当のものだった、と。得物は己の身の丈ほどもある刀だった、というのですが真実でしょうか。恐怖のあまりそのような幻を見たのではないか、と思うのですが」

「だが、そのような幻を見せるほどの恐怖に陥れたことは間違いなさそうだな」

「まさかその女、伯父上のお弟子とかいうことはないでしょうね」燕昌は上目遣いで雲游を見て、「伯父上の武術は桁違いに凄い、と父から聞いていますよ」

「儂はそんな馬鹿でかい刀など使わぬわ。弟子を持ったとしても、使わせることはない。そもそも武に優れていれば武器など問題ではないのだ——話を戻すが、その女の目的は何だったんだね」

「女は奥の院近くにある小さな祠《ほこら》に直進して、そこの宝物——〝御神体《ごしんたい》〟というものを持ち去ったようです。〝御神体〟というのは、神様がそこに憑依するためのものらしいです」

「木主《いはい》のようなもの、なのかな」

「とにかく重要なものだったらしいですね。それがなくなったおかげで、今はその祠は廃されてしまったようですから」

「具体的には何だったんだ」

「古い鏡の欠片《かけら》だという話ですが、実際見たことのある者はいないようで。ただ関心がなかっただけのようです。実は相当古くからあった祠で、つまり鞍馬寺や貴船神社ができる前からあったらしいのですが、この辺りの者は誰もその由来を知らなかったようで」

「その女、後はどうなった」

「一切不明です。すぐに全山に触れを出して祠を中心に厳重な包囲網を敷いたというのですが」

「突破されたか」

「いえ。全く引っ掛からなかったのです。まさに消えてしまったとしか思えない、と――だからこそ、雲游様が得意とする神行法《しんこうほう》を連想したのですがね」

「それはないと言っておろうが」雲游は煩《わずらわし》そうに否定しておいて、「その女が、一連の首斬り事件を起こしたという線はないのか」

「女は祠の一件にしか姿を見せていません。その前に現れた様子はありませんし、消えてしまってそれっきりです。無関係だ、としか」

「あえて派手な装束で現れて印象を残し、普通の恰好で子供を殺し続けた、というのは考え過ぎだろうな――その女のことはいいとしよう。殺された者たちにつながりはなかったのかね」

「鞍馬寺本坊に属する者、塔頭《たっちゅう》の者、由岐神社に属する者、貴船神社に属する者、ばらばらです。幼い新参者もいれば、間もなく本格的な修行に入るような年齢の者もいました。

庶民の子供もいれば、貴族――さほど身分は高くないようですが――の子供もいます。今のところ、共通点は見つかっておりません」

「何とも奇妙な話だな。日本ならではの動機があるのだろうか」

「そうでしょうか。日本は昔から中華世界との関係が深いですから、我々が理解できないような風習はないと聞いています」

「いや、中華世界でも、我々の理解を越えた風習を持つ連中は珍しくないぞ――」

四

雲游と燕昌の会話は中華の言葉である。当然、牛若、童鬼、寛念の三人には全く理解できない。牛若は鉄丸に、

「お前の爺様は何を言っているんだ」

鉄丸も首を傾げて、「よくわからない。唐土にはた、くさん言葉、がある、今の言葉はよくわか、らない。このことを話して、いることは間違いないと思、うのだが」

「……そういうものなのか。大変だな」

呆れ顔の牛若に鉄丸は、「牛若は殺、された子供たち、のこと、知らないのか」

「知っている者もいる。でも顔を知っているぐらいだ。皆自分のお勤めがあって暇がない

し、それに」牛若は顔を曇らせて、「私と話してはいけないと言われているのだ」

「どうしてだ」

「前にも言っただろう。私は鞍馬山に閉じ込められているのだ。だから皆、遊んでくれないし、普通に喋ってもくれない。童鬼は寺や神社の者じゃないから付き合ってくれる」

「寛念は寺の人、じゃないのか」

「寛念は私を監視するのが役目なのだ。だから私と一緒にいることが許されている」

牛若は寛念を睨む。寛念は視線を逸らす。鉄丸は首を振って、

「寂しいな」

牛若は天を見上げて、「私はそういう血筋に生まれた。その血を後世に伝えることが役目なのだ。子孫が源氏を復興する時のために、な。だからこういう扱いも仕方がないと割り切っている。でもやっぱり寂しい。それに顔を知っている者が殺されたというのは許せない。さっき見つかったのも、恐らく顔は知っているやつだろう。少し喋ったこともあったかもしれない」

「だったら、下手人、を見つけなくて、はいけない」

「そうだな、その通りだ」

「下手人、を殺して首、を切って、神を祀る。そうでなければ、心の臓、を抉り出す」

牛若は一瞬呆気に取られた顔だったが、すぐに大きく頷いて、「そうだな、それぐらい

のことはやるべきだ」

「でも、どうするんです」口を挟んだのは童鬼である。「僧兵たちが調べて回っても、下手人はわかっていないんでしょう」

「お前の一族は、寺や社ができる前からこの辺りを結界にしているのだろう。何か摑めていないのか」

童鬼は困り顔で、「俺たちにとっては鞍馬も比叡も特別大切な場所じゃないんですよ。だからこの件に関して、師匠たちは動いていません」

「じゃあ、調べてくれるように頼んでくれ」

「たぶん駄目です。理由がありません」

「人が死んでいるんだぞ。十一人も」

「一族の者が殺されたのであればともかく、無関係の者ですから」

ここで鉄丸が口を挟んできた。「ということは行者、は一人も殺さ、れていないのか。なぜだ。子供もい、るのだろう、童鬼のような」

「……そうだな。確かにそうだ。なぜだろう」童鬼はしばらく考えて、「俺たちは、子供であっても簡単に殺されたりはしないからじゃないでしょうか。坊さんや神職とは違いますから。逆に殺してしまうからかもしれません。それぐらいの技は持っています」

「つまり、ただ殺しやすい者、を殺しただけ、か」鉄丸は考え込む。しばらく唐土の言葉でぶつぶつ言っていたが、やがて牛若に、「ただ殺したいだ、けだったのかな」

「面白半分に殺しているというのか。そんなやつがいるもんか」

「武士の中にはいるでしょう。武士はたくさん殺せばそれだけ出世できるんだから」

童鬼が言うと、牛若はかぶりを振って、「武士は手柄にするために殺すだけで、手当たり次第に殺すわけじゃない」

「僧兵はどうですか」

「僧兵だって同じだ。皇族や貴族の下で戦うか、寺や神社で戦うかの違いしかない」

ここで鉄丸が疑問を呈す。「なぜ子供ばかり、が殺されるんだろう。力が弱く、て殺しやすいからなん、だろうか」

童鬼は応えて、「地位の高い坊さんや神主が殺されたら、寺も本気になるでしょうし、京の検非違使《けびいし》だって乗り出してくると思いますよ。そうなったら厄介でしょう」

「子供、だったら殺されて、もいいのか」

「そうは言いませんよ。でも子供なんて、もともと簡単に死ぬものですからね。だからお偉い方々はたくさんの側室を置いて、子供をたくさん作るんでしょう。世間は子供が殺されたところで、それほど慌てないですよ」

「それでも皇族や貴族の子供だったら、寺でも社でも大切にされて、使いに出されるようなことはないから、殺されることはなかっただろう。でも口減らしで寺に入れられたよう

り、胴体を水平斬りもある。仏門、神職で区別があるとも思えない。仏門で首が見つかっている者も見つかっていない者もいる。神職でも同様である。殺し方も規則性はないのだ。

「しかし、首を切るということだけは、全部に共通しているぞ」

「だったら、首が必要、だったわけではない。首を切るという行為、が必要、だったということになる」鉄丸は断言した。

「首を切りたいから、殺していたというのか」牛若は呆れ顔で、「名刀名剣の試し切りだったとでも言うつもりか」

「それなら子供、である必要はない。大人の仏僧や神職、でもいいはずだ」

「それに十人以上切る必要もないでしょう」童鬼が付け加える。「そもそも試し斬りなら首だけじゃなくて胴体も斬りませんかね。太刀は首だけ斬るものじゃないでしょう」

「だったらなぜ首を切りたいんだ——もう一度これまでの件を検証し直す必要があるな」

五

首は夕方近くになって見つかった。死体から少し離れたところに立つ大木の洞の中にあった。埋められているという先入観があったために、見つかるまでに時間がかかったらしい。祀られていたという感じではなく、無造作に投げ込んだだけのようだった。首と胴を繋げてみると完全に合ったので、やはり文殊堂《もんじゅどう》の少年僧・安念《あんねん》であったことがはっきりした。文殊堂の者の話によれば、夜中に雪隠《せっちん》に行ってそのまま姿が見えなくなったという。

「もともと、今までも何度かそうやって逃げ出していたんです。でも一人で京まで行くことなんかできませんし、この辺りに逃げ込めるところもありませんから、翌日には門前で蹲《うずくま》って泣いているところを発見される、という繰り返しだったので、今回もさほど心配はしていなかったようで」

翌朝、僧正ガ谷の不動堂に戻ってきた寛念の報告である。

聞いた牛若は、悲しげな顔で鉄丸に、「私よりも歳下の、本当に幼い子供だったんだ。上の者に苛《いじ》められているところを助けてやったことがある。礼も言わずに逃げてしまったが、腹は立たなかった」

鉄丸もまた悔しそうな顔で、「安念の親は〝京〟とか、にいるのか」

「知らん。いたとしても——そこに帰ることができたとしても、居場所なんかなかっただろう。寺に出された子供なんてそんなものだ」

「そんな子供、が殺されたんだな。許せ、ない」

「全く同感ですね」

梁《はり》の上から声がして、童鬼が逆さまにぶら下がった。驚いた鉄丸は後方に転がって弓を構える。矢を番《つが》えるのではなく、弓そのもので殴る構えである。童鬼が一回転して床に降

り、にっと笑うと、鉄丸はむっとしつつも構えを解いた。牛若は驚くこともなく、

「どうだった」

「師匠たちは心当たりがないと言っていました。そもそも多くの者たちが往来していますからね。お互い過剰に干渉しないのが習わしになっているんですよ」

「お前たちの一族の中に下手人はいない、ということも間違いないんだな」

「それだけはありえません」童鬼は顔を顰《しか》めた。「行者は、寺だの神社だのとは比べものにならない厳格な組織なんです。貴族だの武士だののようないい加減な連中とも違うんです。掟がありますからね。もしそんなことをしたやつがいたら、すでに生きてはいません。残酷なやり方で処刑されます——ですから絶対にありえません」

童鬼がこのような非難めいた表情を牛若に見せることは初めてだった。もっとも、牛若はそんなことには気づくこともなく、しかし童鬼の言葉を毛ほども疑うこともまたなく、

「では鉄丸、お前の師匠や商人の燕《えん》はどう言っているんだ」

「燕さんはともかく、雲游様、はすごい知恵、を持っている——だが今、回のことはまだよくわか、らないと言っている。唐土ではなく日本だ、から、うまくいかないのか、もしれない」

「雲游殿はいったい何者なのだ。以前から、単に物をよく知っているだけの老人ではないような気がしていた。兵法や武術の腕も凄いのではないのか」

鉄丸は頷いて、「武術は唐土でも一番、か二番の腕だ。俺は雲游様が負けた、いや押されたところ、すら見たことはない。知恵もそれ、ぐらいあるはずだ」

「その雲游殿をもってしても、わからないのか」

「雲游様は燕さん、を使って何か調べてい、るようだ——だが時がかかる、かもしれない」

ここで牛若は姿勢を改めて、「なあ鉄丸。私は今後悔している。これまでこの一件を放置していたことを、だ。私はここに軟禁されている立場だから、派手なことをするべきではないと弁《わきま》えている。下手なことをすれば命に関わる。大人しくしているから生かされている立場なことは自分でもわかっている。私は源氏の血を後世に伝えなければならない存在だ、と悟っているから、自ら動くことを控えていた。さらに、面倒を起こせば寛念や周玄に迷惑がかかることもわかっていた。それに私などが手を出さなくても、下手人はすぐに捕まると思っていたんだ。だから何もしなかった。しかしすでに十一人も殺されてしまった。しかも皆、居場所がなくて寺に預けられた子供であるという点では私と同じだ。これは私が十一回殺されたも同然ではないか。もう許せない。もうこれ以上殺させない。私が成敗する。しかも今は鉄丸、お前がいる。絶対に捕まえることにした。協力してくれ」

牛若は徐々に興奮し始め、最後は真っ赤になって涙すら浮かべていた。

寛念は反射的に、やめてくださいよ危ないです、と身を乗り出そうとしたが、童鬼に襟首を摑まれて床に転がされ、痛みで声も出ない。

「もちろん協力、する」鉄丸は大きく頷きつつも、戸惑いの表情で、「でも何をする、のだ。雲游様が下手人を探り、出すまで待ったほう、がよくはないか」

「駄目だ」牛若は断じる。「明日また誰かが殺されるかもしれない。それは許せない」

ここで童鬼が妙にのんびりした口調で、「でも、実際に何ができるんでしょうかね。下手人が誰でどこにいるのかまるでわからない。動機も目的もわからない。動きようがないと思いますがね」

この態度と台詞が童鬼の思慮であることは牛若にもわかった。牛若はあえて呵呵大笑して、「簡単なことだ。囮《おとり》を使って罠を仕掛ける」

「それは……」

さすがに慌てる童鬼を牛若は制して、「お前は駄目だ。行者の子供は狙われないんだろう。鉄丸も異人だから無理だろう。だから私と寛念が囮になる」

「私は嫌ですよ」寛念は泣き顔で、「牛若様は天狗から武術や兵法を学んでいるからいいですけど、私は何もできないんですよ。襲われたらどうするんですか」

「その時は私が助ける」

「下手人が牛若様よりも強かったらどうするんですか。それに下手人は一人とは限らないんですよ。大人数だったらどうするんですか」

「鉄丸も童鬼もいる。周玄だっている。心配するな。万が一の時も仇は討ってやる」

「死ぬのは嫌ですよ」寛念は本泣きになる。

「仏門では悟《さと》りを開けば、生死は同じだというではないか」

「まだ悟りなんて開いていませんよ。いえ、きっと死ぬまで開けません」

「でも牛若様、どうやって罠を仕掛けるんですか」童鬼が割って入って、「動機も目的もわからないんですよ。罠を仕掛けるには相手が乗ってきそうなことを、あえてやる必要がありませんか」

「それは……」牛若は言葉に詰まった。「とにかく全山を歩き回れば……」

「牛若様はともかく、寛念はお勤めもありますから無理でしょう。それに、ただただ用もなく山を歩き回っている者がいたら、向こうは警戒して手を出さないんじゃないですか。もっと当たり前に行動している者を狙うでしょう」

これは牛若も認めるしかなかった。下手人の目的を知らない限り、罠を仕掛けることは不可能なのだ。

「そうか……ならば、どうしたらいいのだろう。鉄丸、お前に案はないか」

鉄丸は申し訳なさそうに、「ない……」

「では、儂が知恵を貸そうか」

不動堂の扉が風で煽られたかのようにふわりと開いて、雲游が立っていた。鉄丸が、爺ちゃん、と駆け寄った。牛若も立ち上がって、

「手がありますか」

「あるとも。だからこうしてやって来たのだ」

見事に流暢な日本の言葉である。

「……つまりそれは、下手人の目的を知っているということなのですか」

「当然だ」

「教えてください」

牛若は思わず摑みかかったが、雲游はその手を柔らかく受け流して、

「まあ座りなさい」

自ら堂の真ん中に置かれた古畳の上に座る。そして牛若も自然にその傍らに座らされていた。その流れるような動きに、牛若は言葉が出なかった。雲游は穏やかな口調で、

「一連の事件の下手人が誰であるかは、儂にもわからぬ。だが目的には心当たりがある。それに基づいて罠を仕掛ければ、下手人が現れるかもしれんぞ」

「真実《まこと》ですか」

牛若は再び立ち上がりかけたが、雲游にふわりと抑えられてしまった。

「儂の策に乗るかね」

牛若は黙って大きく頷いた。

六

安念が殺された翌日以降、全山の様子が変わった。これまでのように子供たちを外に出さなくなったのである。使いなどは青年僧や、場合によっては僧兵が務めるようになった。しかも一人で出歩くことはまずない。さすがに用心し始めたようである。遅きに失したようにも思えるが、もともと子供がいなくなることなど日常珍しいことではなかった。自ら逃げ出したり、攫《さら》われたりすることは、山でも下界でも日常的にあったのだ。

そして、牛若の日常も別の意味で変化した。これまでのように太刀や槍、或いは弓を執《と》っての武術の稽古をすることはなくなり、雲游に学問を習う日々になったのだ。鉄丸と並んで漢籍の講義を受けるのである。日本語と唐土の言葉を交えての講義である。これまでも、山を往来する〝天狗〟を称する者たちから兵法の講義を受けることはあったが、それはこのようなきちんと坐して、師と向き合っての講義ではなかった。

そしてそれはある憶測を呼んだ。牛若は鞍馬を出ようとしているのではないか、さらには、唐土へ行こうとしているのではないか、というのである。日本では芽が出る見込みがないのであれば、唐土で勝負、というわけだ。寛念や周玄は寺の人々から問い詰められて往生《おうじょう》していたが、どちらもただ、牛若が学問に興味を持っただけなのではないか、と答えていた。形の上では師である蓮忍もまた無言を貫いていた。だがそのことが逆に、牛若の唐《から》行《ゆ》きの疑惑をさらに深めることになった。

京や福原にいる平氏の重鎮たちに使いが飛び、向こうから真相を調べるための役人が密かに送り込まれた。が、そもそも平氏の上層部では牛若をそれほどの大物だとは認識していない。すでに源氏に脅威など感じていないのである。その源氏の生き残りの中でも牛若の格は低いのだ。この段階で騒ぐことは、逆に牛若の名を高めることになりかねない、と用心していた。唐土へ行ってそのまま戻ってこないのなら、それでもいい、と考えていたぐらいである。ゆえに牛若の行いを妨げるような動きをとることはなかった。

結果、表向き鞍馬山は平穏だったのである。そして安念が殺されてから十日が経ち、ついにことは動いた。

夜明け間近、由岐神社に近い小さな観音堂から火の手が上がった。地位もない老僧が一人で守っていた古い堂である。眠りが浅かった老僧はすぐに気がついて逃げ出したため、微かな火傷もなかった。ちなみに本尊の小さな観音像も持ち出して無事だった。すぐに鞍馬寺や由岐神社から僧兵たちが消火に駆けつけて、大騒ぎになった。

が、これは囮だったのだ。

僧正ガ谷の不動堂。その扉がいきなり蹴破られた。燈明《とうみょう》は消えているので、漆黒の闇である。灯りが差し入れられた。複数の僧兵の装束が浮かび上がる。

「早く探して、お連れするのだ」

「いや、どこにもおらぬぞ」

照らされた褥《しとね》には人が寝ていた痕跡すらない。その時堂外から甲高い声が響いた。

「私に何用か」闇に白装束が浮かび上がった。牛若である。「お前たちはどこに属する僧兵か。すぐに答えよ」

僧兵装束たちの間に動揺が走る。堂外に出て薙刀《なぎなた》を構える。

牛若には動揺もなく、「答えられまい。どうせ偽僧兵なのであろう」

同時に無数の松明《たいまつ》が灯された。浮かび上がった六人の僧兵装束の男たちは慌てる。頭領格と思われる男が進み出て跪き、

「我々は決して遮那王様に危害を加える意図はございません。ですから——」

「私に危害を加える意図はなくとも、鞍馬や貴船の稚児や小坊主にはあったのであろうが」

牛若が叱りつける。頭領格は落ち着いた態度で頭を下げて、

「この場はどうか何も訊かずに、御同道いただけませんか」

しかし牛若は腰の太刀を抜き、「何の罪もない子供を殺すやつらについていくと思うか、

愚か者め。お前たちを成敗するためにここでこうして待っていたのだ」

頭領格はさすがに慌てて、「では我が主の名を申し上げます。さすれば遮那王様も――」

「そのようなこと、聞く耳持たぬわ。問答無用」

牛若は大きく跳躍すると太刀を横に払う。頭領格は跳び下がって刃を余裕で避けるが、次の瞬間、右足を押さえて後ろに転がった。右の脛に短い矢が二本立っていた。杉の陰から鉄丸が現れた。いつもの短弓を構え、矢を番えて頭領格の眉間に狙いをつけている。

「動け、ば死ぬ」

普段の茫洋《ぼうよう》とした鉄丸ではない。牛若は太刀の切っ先を頭領格の胸に向けて、

「お前たちが十一人の子供たちを殺したのだな」

「それは、いざ遮那王様を無事にお連れするための準備として――」

「認めたな。もう用はない」

牛若は一歩踏み込むと、太刀を横に払う。頭領格の首が飛んだ。牛若は血を吹きながら倒れる胴体を踏みつける。鮮血が牛若の白い装束にかかり、まさに龍田川《たつたがわ》に流れる紅葉の如く、である。牛若がさらに太刀を振りかぶって迫ると、残った五人の偽僧兵たちは、最《も》早《はや》これまで、とばかりに散って逃亡を図った。

その中で、一瞬遅れた者に、樹上から童鬼が襲いかかった。童鬼は身の丈よりも長い錫杖を頭上に振り下ろすが、男は紙一重で躱《かわ》す。しかしこれは誘いである。童鬼は錫杖の先

端を地に掠《かす》らせつつ旋回させると、下から顎を撃ち上げた。男は顎を砕かれ、さらに首骨が外れて、杉の幹に後頭部からぶつかって大量の血を吐いて息絶えた。

残る四人は急斜面を駆け降りていく。見た目ではほぼ直角、木の根が露出し、大小の岩が剝き出しになっていて、一歩足を滑らせれば転げ落ちて負傷は免《まぬが》れ得ないような地形だが、男たちに躊躇《ためら》いはない。

しかし牛若はさすがに足が止まった。その傍らを鉄丸は構わず飛びこんでいく。足元が定まらないままに矢を連射し、一人の両太腿を後から撃ち抜いた。撃たれた男は転げ落ちて背を杉の幹にぶつけて動けなくなる。

それを見た牛若は覚悟を決めて、斜面を滑り降りていく。

残る三人は谷底の渓流に逃げ込んだ。小舟が二艘舫《もや》ってあり、三人はその一艘に跳び乗ると舫いを解き、棹で激しい流れに乗った。

追ってきた牛若、鉄丸、そして樹上を渡ってきた童鬼は、残りの一艘に乗って舫いを解く。そのまま錫杖を棹代わりに使って流れに乗るが、意外にも鉄丸は舟の中で弓を放り出して四つん這いになり動けなくなってしまった。

「おいどうした。早くやつらを射《い》殺せ」

牛若は焦り気味に叫ぶが鉄丸は青い顔で、「水は苦手だ。大きな船、には慣れたが、このような小さな、舟は怖い。俺の故郷、にはこんな川はない、こんな川には近づかない」

「牛若様、どんどん離されてしまいますよ」

童鬼が叫ぶ。鉄丸は下を向いたまま、

「牛若が撃て。牛若は上手い。教えた通、りにやれ」

「わかった。やる」

牛若は投げ出されていた小さな弓と矢を執り、船首に片膝を突く。鉄丸はさらに、

「棹を持っているやつ、を狙え。そいつを殺せ、ば舟はどこかにぶつ、かって止まる」

「そういうことか。わかった」

合点した牛若は、揺れる船首から素早く三本の矢を放つ。二本は外れたが、三本目が棹を持つ偽僧兵の背に突き立った。棹を持ったまま激流に落ちて、岩に頭をぶつけて流血し、流されていった。二人の偽僧兵を乗せた舟は操る者もなく、ただ流されていく。

「舟を寄せろ童鬼」

牛若が弓を舟中に投げ捨て、太刀の柄に手をかけて叫ぶ。童鬼は必死で錫杖を操りつつ、

「無理言わないでください。下手にぶつかったら双方お終いですよ」

「ただ近づくだけでいいんだ。接触しなくてもいい」

「何をするつもりか知りませんが」童鬼は錫杖を握り直して、「そんな器用な真似ができるかどうか。さあお立会いですよ。摑まっていろよ鉄丸」

鉄丸がか細い悲鳴を上げる。童鬼は錫杖を旋回させて水底のみならず左右の岸の岩にも

突き立てつつ、強引に偽僧兵の舟に近づいていく。二間まで接近したところで、不安定な舳先から牛若が跳んだ。敵の舟にふわりと乗ると、平衡を保ちつつ太刀を振るって、一人を袈裟掛けに、もう一人の右腕と左腿を斬った。偽僧兵たちは、信じられないという顔で、激流に落ちて大きな飛沫《しぶき》を上げた。牛若は舟が岩にぶつかって砕け散る直前、再び跳んで大きな岩に着地、振り返って鉄丸と童鬼に手を振った。

七

「考え方が逆だったのですね」

牛若は神妙な顔で雲游に訊く。正面に座った雲游は応えて、

「左様、今までに起こったことをいくら分析しても答えは出ない。だが先を考えれば答えは簡単なのだ」

「何のために殺されたのかわからなかったのも道理、わざわざ、わからなくしていたのですね——すべては準備だった、と。そういえばやつら、そんなことを言っていました」

「重要人物が突然消えれば大騒ぎになる。すぐに追手が出るかもしれない。それを防ぎたかったのだ」

牛若は暗い顔になって、「つまり、連中が私を連れ出す、無関係な子供を一人殺して首

を切ってこれを隠した上で私の装束を着せる、私の装束を纏った首なし死体が発見される、首が見つからなくても私が殺されたと考えて追手を出さない、無事に安全圏に抜けられる——そんなことのために、何の罪もない子供たちが最低でも十一人、いや本当に私を連れ出す時にはもう一人殺されるわけですから、最低でも十二人の子供を殺そうとしたということなのですか。そんなにたくさん殺さなくても、私を連れ出す時に、一人殺せばすむのではありませんか」

「普段からそういうことが起こっていれば、それに紛れさせることができると考えたのだ。子供が数人死んだところで、たいして騒ぎもしない世の中なのであろう」

「ひどい話です……」

雲游も暗い顔で、「そこまでしてでも、お前の血がほしい者がいるということだ。お前が唐土に行くかもしれないという噂を流したから連中は慌てたのだ。簡単に引っ掛かってきた」

全山の警戒も、牛若の唐土行きの噂も雲游の計略によるものだったのである。

「しかし雲游様、そもそも我が源氏にこの先、目があるのでしょうか。平氏は最強の武力を持っているのみならず、帝《みかど》の外戚《がいせき》となって、もはや対抗できる者などこの世にいるとは思えません——もちろん唐土にはいるのかもしれませんが、日本に攻めてくることはないでしょう。ですから私は遠い未来、平氏の力が衰えた時のために、血を繋ぐことが使命だと思ってきたのです」

「理屈ではその通りだ。しかしそう思わない者もいるのだよ。そこが権力の怖いところなのだ」雲游は後の燕昌を振り返って、「誰の手の者かわかったのか」

燕昌は困り顔で、「五人は死んで、何とか生きていた一人は寺に連れていかれてしまっては――」

「愚痴《ぐち》を聞くつもりはないぞ」雲游はここで急に唐土の言葉に切り替え、「まさかお前の仕業《しわざ》ではあるまいな」

「そんなことをする理由はありませんよ」燕昌も唐土の言葉で応え、「こんな子供にそこまでの投資の価値はありません」そして燕昌は日本の言葉に戻って、「天皇位を継承可能な地位にありながら、平氏のせいでその目がなくなりそうな以仁王《もちひとおう》が最有力だと思うのですが、他にも法皇や文覚《もんがく》という怪僧の可能性もありまして――」

「私を、手段を選ばず必要とする者がそんなにたくさんいるのですか……」

牛若の表情が少し変わっていた。これまでの嫌悪の表情から、感嘆のそれに微妙に変わっている。それを敏感に察知した雲游は、

「おかしな気を起こすでないぞ。このような手を使う連中だ。関わればろくなことはない」

「もちろんそんな連中に関わる気はありません。しかし己の血には価値があるということ

がわかりました」

雲游は眉を顰めて、「これからどうするつもりだ」

「心当たりがあるのです――もちろん今燕殿が名を挙げられた人たちではありません。怪しい者ではないのです。都から遠く離れた地に大きな勢力を持っている武士の名門で、単独では無理ですが、周辺の諸勢力と連携すれば平氏に対抗できる力はありそうです。実は、過去にも誘いがあったのですが、源氏の再興など夢物語だと思って相手にしませんでした。しかし今回のことで、自分にそれだけの価値があるのだということになれば――」

「あの偽僧兵たちが、その者の配下であったのかもしれんのだぞ」

雲游は鋭い目で睨みつける。しかし牛若は、

「あんな手を使うようなお方ではありません。由緒ある血を誇るお方なのです」

そもそも以仁王や法皇は、この国では最も高貴な血を引いている存在であるという事実は、牛若の頭の中から消えてしまっていた。完全に夢見る眼差しになっている牛若を見て、雲游は苦笑を浮かべているだけだった。事実、牛若の心はすでに先に翔んでいた。

「お前も一緒に来ないか鉄丸。私の家臣になってくれ。私はこれまでお前のような男に会ったことはなかった。お前が一緒にいれば平氏を倒せそうな気がするんだ」

しかし鉄丸はかぶりを振った。

「悪いがそれ、はできない。俺は故郷、に帰ることにしたから」

「どうしたんだ急に」

「今、牛若を見て、いてそう決めた。俺は故郷、で命を狙われて、雲游様に助け、てもらって、ここまで逃げてきた。でもこのままで、は何も解決しない。俺が自分で何、とかしなけ、ればいけないいんだとわかった」

「だが鉄丸、戻って大丈夫なのか。命を狙われているんだろう」

「わからない。敵に殺され、るかもしれない。でも俺にも勇者、の血が流れている。牛若と同じだ。その血を偽るこ、とはできないしする、べきではない。そうだろう牛若」

牛若もこれには頷くしかなかった。そしてあえて笑って、「故国に戻って、どうにもならなくなった時には日本に来い。私の家来になれ。平氏を倒せたら出世は思いのままだ」

「ありがとう。牛若こそ失敗し、たら俺の故郷に来、ればいい。大きな馬、に乗れるぞ」

お互いに、そんな未来はありえない、ということがわかっていての会話だった。そして牛若は努めて明るく、

「頼みがひとつあるんだが」

「何だ」

「お前の本当の名前を知っておきたい。〝鉄丸〟というのは、この国に来てつけた仮の名前なのだろう――それとも、秘密にしておかなければならないのか。もしそうだったら無理には訊かないが」

鉄丸も笑って応えた。「構わない。俺の名は〝鉄木真《テムジン》〟。蒙古《モンゴル》族の勇者、の子だ」

＊

承安四年（一一七四）、牛若は自ら元服して源義経となり、鞍馬山を出て奥州平泉に向かった。治承・寿永の乱が始まると、兄頼朝の許に参じ、平氏を滅ぼす中心となって活躍するものの、鎌倉幕府と対立、破れて平泉の奥州藤原氏の許に逃げ込むが、文治五年（一一八九）藤原泰衡に裏切られて自刃、三十代前半で死んだ。

鉄木真は一二〇六年蒙古を統一、〝成吉思汗《チンギス・ハン》〟を称し、その騎馬軍団を率いて世界帝国を築き、〝滅国四十〟と称されたが、一二二七年、西域の西夏《せいか》国を滅ぼした帰途、死去した。

天狗火起請

高井忍

高井忍（たかい・しのぶ）

一九七五年京都府生まれ。立命館大学産業社会学部卒業。二〇〇五年に短編「漂流巌流島」で第二回ミステリーズ！新人賞を受賞。〇八年『漂流巌流島』を刊行。近著に『京都東山美術館と夜のアート』『近江屋 一八六七年 百五十年の真相』『妖曲羅生門　御堂関白陰陽記』など。

修験乃ち帰り去る時、伝鬼、行者に問ひて曰はく、君の術何流と称するかと。修験言はず、曜霊を指して去る。終に其の行く処を知らず。嘗て霊夢の瑞有るに由りて、潜かに天流と称し、又天道流と曰ふ。

——『干城小伝』

一

——彼女は海から訪れた。

そして、海へ消えていった——

月のない一日の夜で、満天の下はまるで墨を流したかのように暗かった。

海が騒がしい。間断なく打ち寄せる波の音が、それぞれの絶頂にいたって砕け散り、断末魔じみた怒号と白い泡沫を巻き上げる。旧暦十一月は霜月といい、暦の上では冬のさなか。風はなかったが波自体の勢いで、細かく砕けた飛沫はそのまま磯辺を乗り越え、宙を漂い、海辺の土地を凍てつかせた。

磯辺沿いに海からは遠からず近からず、岩場を踏み越え、灯火も持たずに前進を続ける男女の二人連れがあった。

岩場は海水に濡れて、水溜まりが多い。一歩ごとに足の下でぐしゃっと音を立てた。

「鳥居はまだなの」

女の方がふと口を開く。

「遠くはない。海沿いを歩いてきたのだから、迷いはしないだろう。それにじきに夜が明ける。山中なら知らず、神磯は海の上。明るい光の下で目につかぬはずはないさ」

男の答えは明快だった。

「大洗磯前明神《おおあらいいそさき》、文徳《もんとく》天皇の御代に二柱の大神が海中の奇岩に降り坐《おま》したのがその由来と伝え聞くが……かような時世ゆえに社寺は寂れ果てて見る影もない。往時の賑わいからいまも変わらぬのはただ海の美しさと、大神降臨の神磯の大鳥居ばかりか」

いったん言葉を切ると男は連れの反応をうかがう。どうやら相槌一つ戻らないと見て取ると、思い切って問いを発した。

「いったいぜんたい、いまになって神宝を探し求めて何になるのだ？」

「…………」

「神宝とは何なのだ？　そもそもどんな目的があって、磯前明神の神体を手に入れようとする？　明からか天竺からか、あるいはもっと遠いどこかの国からかは知らぬが、はるばる海を渡って求めるほどの値打ちがまことにあるものか——」

「知らぬが仏、という言葉を知らない？」

ようやく返ってきた女の答えはそっけない。

ふん、と不満らしく男は鼻を鳴らした。

「社の跡にさえ案内してくれたらそれでよい、知らないでかまわないことなのだとお考えか？　よいか、異人の姫君よ――」

「待って」

声に出して女が制した。人差し指を唇の前にそっと立てて、

「聞こえない？」

問われたことで男の方もようやく気づく。

後ろを振り返った。いままで歩いてきた方向を透かし見ると、色濃い闇の彼方に小さな光が揺れ動いている。一つではない。三、四、五……十近い数の松明の火の列だ。

「金色姫《こんじきひめ》、金色姫はいずこに」

「金色姫を捕らえるのだ」

「異人女を傷つけてはなるまいぞ――」

彼らの耳は潮騒に混じって、この時、複数の人の声を確かに聞き分けていた。

「しつこいな。夜通し追ってきたか」

溜め息気味に女が呟く。歯軋りするような男の声がこれに続いて、

「北条《ほうじょう》か佐竹《さたけ》か、それとも……玉造《たまつくり》の手勢か」

道らしい道もない磯辺を明かりも持たず、夜をかけて歩いてきたが、追手を振り切ることはかなわなかった。とうとう追いつかれた。追手の人数は不明だが、手元に明かりがある分、あちらの方が前進の速度は速い。

「先へ行け。ここまで来たなら案内はいらないだろう。追手は某《それがし》一人で引き受ける」

「相手は多いけれど、かまわないの？」

「まだ夜が明けない、この暗がりの中なら一人きりで立ちまわる方がやりやすい。まわりが全て敵なら、敵味方の判別を考えないでいい理屈」

「…………」

「某の役目は金色姫を神宝の在り処に送り届けること。神宝がどんなものか、この目で確かめたいという気持ちはあるが……それは知らぬが仏なのだろう？」

刀の柄をとんと叩いて、にやりと笑い——意識して作った笑い声で男は応じた。

「死なないでよ。こんなところで」

こちらも判断が早い。短く声をかけて女は一礼すると、くるりと背中を向けた時にはもう駆け足になっている。後ろ姿はたちまち闇に消えて、ただ潮騒の中を疾駆する足音ばかりが遠退いていった。

「何で死ぬものか」

男らしい笑いを莞爾と広げ、「某は鹿島の剣法者だ。覚えておけ、ヤオ殿——」

そして、逆の方向に向かい、自らを鹿島の剣法者と称した男は踏み出していた。

常陸の国南半の東岸――北は那珂川から南は常陸川（現在の常陸利根川）まで広がる鹿島灘に臨んだ沿岸部には、古来、異国船や異人の漂着譚が数多く伝わっている。別けても若くて美しい異人女が海辺に流れ着いたとなると大きな騒ぎになって、遠い昔の、北天竺より流された姫君の伝説に倣い、人々は彼女たちを金色姫と呼んで尊んだのである。

そして、この年にも金色姫が出現した。

場所は鹿島郡常陸原。常陸川の河口に近い舎利浜に、ただひと振りの刀を握って、異人女が打ち上げられた。

二

斎藤《さいとう》主馬助《しゆめのすけ》が初めてその女の存在を知ったのは元亀元（一五七〇）年の八月末、二十一歳の秋の出来事だった。

ようやく残暑が落ち着いたこの頃、主馬助は寺詣でが毎日の日課になっていた。信心のためではない。大殿様の平癒祈願である。

前年中から大殿様は患いがちだったが、夏頃からにわかに老耄してしまい、寝たきりの状態が続いていた。意思の疎通はままならず、周囲の人の見分けがつかず、戦況を報告されてもてんで理解ができていないというありさま。月初めには大般若経の真読が行われたが、回復の兆候はうかがえない。主馬助は父子二代にわたって小番衆として大殿様に近侍している。近頃の役目といえば寝たきりの大殿様の寝所の警備に宿直する程度。同役の人数ばかりが多くてやることがない。そこで主馬助は百度詣での行を申し出て、外出の許可を取りつけた。百度詣では「お百度を踏む」といって一日の参詣で百回祈願する。理屈の上では一日の参詣で百日詣でるのと同等の効験があり、十日継続したら千日詣でるのに等しい。何のことはない、連日の寺詣でにかこつけた憂さ晴らしの外出である。亡父の跡を継いだ形で出仕を始めて間もないこの男は大殿様にも主家にも思い入れがなく、いまの城勤めは何ら得るもののない、鬱屈ばかりの毎日でしかなかった。

参詣先に選んだ寺院は稲荷山一花院。後年に寺号を大蓮寺に改めている。本尊は阿弥陀如来だが、城のある八幡山からは離れており、むしろ船着き場に近いことから唐人たちの参詣が盛んで、いつからか道教神の福禄寿の信仰で参詣人を集めるようになっていた。福禄寿は長寿健康を司る福神だから、病気平癒を祈願するのはいちおう理にかなっている。

六日目のこと。

秋晴れの一日で広い境内は、幻術、曲芸、歌謡、管弦、画工、力士、卜筮や説経にいたるまで見世物の数々で賑わっていた。

刀剣を呑《の》み、火を食らい、水の代わりに石を含んで霧を吹く肥満体の大男。

高所に張った細い綱を渡る軽業の美少年。

双剣を七つ八つも上に投げ、難なく手玉に取ってみせる跳剣舞いの美少女。

竪琴をかかげ、遠い異国の旋律を奏でる胡姫。

操る糸も見せず、巧みに木偶を踊らせる傀儡《くぐつ》遣い。

なみなみと水を張った盥の中に鯨や海亀を泳がせている幻戯の老人。

その他、即興の似顔絵、物真似、小屋掛けの走馬灯、人語を売り物にする鸚鵡、猿まわし、地獄極楽絵図を地面に広げて抹香臭く絵解きを語る勧進聖《かんじんひじり》……

例によって朝から百度詣でに出かけた主馬助は、昼になる前には手順通りの参詣を終わらせて見世物を眺めてまわり、顔見知りの芸人たちに声をかけてから門を出た。

門前からはすぐに盛り場が広がっている。

往来に人だかりができていた。笑い混じりの喚き声が聞こえる。目が合ったの、肩が触れたの、詫びる気持ちがあるなら酌をしろだの、いいがかりをつけてからんでいるのだ。

「この国のならわしに不馴れなのは仕方があるまい」

「我らは感心しておるのだぞ。神州日本の威徳を健気に慕って、はるばる海を渡ってくるとは殊勝な心がけではないか」

「なれば、我らにも功徳を施してくれれば勘弁してやろうと申しておるのよ」

またかと思い、人垣を掻き分けて主馬助は前に出た。異国船の出入りが増えたことで異国の人々の往来は盛んだが、外見が目立つから徒者《いたずらもの》たちからはからまれやすい。

案の上、五人の男が女一人を囲んでいた。

男たちよりも女の姿を一瞥して、はてな、と主馬助の片方の眉が持ち上がる。いったい何者なのか、判断がつかなかったからだ。

盛り場を闊歩する人々の容姿や風体はさまざまだが、そんな中にあって、彼女のたたずまいはひときわ人の目を惹いた。浮いている、といっていい。

いったい、どこの国の者なのか。見慣れない異装をまとっているが、顔立ちから判断すると唐人か琉球人か、南蛮渡りの人々ほど極端に容姿の違いはない。まだ若くて、鞘ぐるみ刀を左手につかんで携えているところを見れば異国の剣術遣いだろうか。顔立ち以上にすらりと伸びた手足の長さが日本の女には珍しくて、この場合に主馬助はつい見惚れた。

まわりの野次馬はいちように眉をひそめるばかりで、助けに入る者も出てこない。

これは一つにはからまれている人物が異国風の装束で、日本の女には見えなかったからだが、いま一つの理由はからんでいる側の男たちの素性のせいだ。そこいらの無頼の輩ではない。年の頃はいずれも十六、七からせいぜい二十過ぎの若さ、好色に弛み切った顔つきだが、風体はいちおう尋常に整い、美々しく着飾っていて、いずれ高禄を食んだ武士の子弟に違いなかった。

「何とかならないものですか」

城勤めの侍だと見て、傍の男が話しかけてきた。

「お世継ぎ様のお側小姓ですよ」

別の見物人が囁《ささや》き声で教えてくれる。

いまのお世継ぎ様はこの年九歳で、まだ元服も終えていない。側小姓には上級家臣の子弟が当てられる。将来の出世をすでに約束されており、合戦には出陣せず、お世継ぎ様は行儀がよくておとなしい子供だから、厳しく監督されることもないまま、高慢で横柄で思い上がり、城下の盛り場に繰り出しては遊び惚けているような連中だ。

「どうしたものかな」

同じ家中の侍だけに主馬助は判断を迷った。彼ら自身の素行にまして、彼らの家柄が厄介である。

「いまからいっしょに茶屋へ上がれ。ならわしに暗いなら、わしらが手を取り、足を取って、親身に教えて進ぜよう」

若侍たちの中でも年長らしい、ひときわ華美に飾った男が恩着せがましくいいつのる。この男が兄貴分のようだ。追従するようにまわりの連中がげらげら笑った。

「何なら日本の男のよさも指南いたすぞ」

いやらしく相好を崩して兄貴分が片手を伸ばした。異装の肩につかみかかる。

ぱちん、と鋭い音が響いた。空いている手で女が打ち払ったのだ。

「失礼については謝罪しました。だから、汚い手で私に触らないでよ」

これは日本の言葉だ。発声や抑揚にやや違和感はあるが、意味はきちんと通じる。

若侍たちの顔色がたちまち変わる。野次馬からやんやと喝采が上がったことで彼らの逆上はいよいよ煽られた。

「汚い手とは誰のことだ」

「あんたたちでないなら、他に誰がいるの？」

異装の女はもう取り合わない。若侍たちに背を向け、足早に去ろうとする。そちらの人垣が慌ただしく左右に分かれて道を開いた。

「おのれ、日本の侍を愚弄するか」

兄貴分が気短に追いかけ、後ろから女の肩をつかんだ。いや、つかんだように見えた。

秋空の下を高らかに響いた鍔《つば》鳴りが一つ。

その時にはすでに刀身は女の左手にある鞘に戻った後で、抜打ちに額を叩き割られ、兄貴分は路上に崩れ伏している。まわりの野次馬たちには何が起こったか分からない。この男がひとりでに倒れたようなものである。

「死んだりはしない。ひらで叩いただけ」

感情のない声で女が告げる。怒りや侮蔑の色が声にないことが、かえって痛烈だ。

残りの連中の顔色は途端に青くなり、次いで真っ赤に変わった。女一人を恐れて逃げたとなったら、面目は丸潰れだ。四人、口々に喚きながら刀を抜いて斬りかかった。

野次馬の目には、きら、きらっと、秋の陽光が空中で反射したのが映っただけで、いつ女の刀が鞘走り、どのように動いたのか、それを追うことはかなわない。

剣戟の音はないが、代わりに悲鳴が四つ、立て続けに上がった。

若侍たちのうちの三人までが、あるいは手首、あるいは甲を打ち砕かれて、それぞれ刀を落とし、利き手を押さえてうずくまっている。最後の一人だけは刀の柄を両手でしっかり握ったまま、鼻柱を叩き潰され、派手に血飛沫を噴きながらのけぞっていった。

いったん野次馬はしいんと静まり返り、若干の間があって、どっと沸いた。

抜打ちの一撃で昏倒した兄貴分を除き、若侍たちはまだ喚きながら道の上を転がっているが、それ以上の関わりを面倒がるように女は踵《きびす》を返していた。

「待て」

主馬助が呼び止める。広い歩幅で女の背中をずんずん追いかけ、

「俺は……いや、某は斎藤主馬助と申す。いちおうはこのバカどもと同じ家中の侍だ」

三間を隔てたところでひとまず名乗った。

まわりの野次馬がまた静かになった。

異装の女は足を止めて振り返る。こちらも何もいわない。警戒の目で追ってきた相手を

じっと見返した。

「こいつらはお世継ぎ様のお側小姓だ。親たちも大身の偉物《えらもの》揃い、そんな連中の面目を大勢の前で叩き潰しておいて、ただで済むとは思わぬ方がよい。同じ家中の侍としてもこの振舞いはとうてい見過ごせぬなあ。いや、まことを申せばそんな面倒事はどうだってかまわんのだが……」

強い調子で主馬助が片手を振る。しかつめらしい口上がバカらしくなってきたのだ。

「女、某と立ち合え」

この男は性急に望みを口に出した。

「たったいま、お主が遣った刀の技はいまだかつて見た覚えがない。身震いがしたぞ」

「…………」

「某はあの技に惚れた。何としても刀をまじえて戦いたい、かなうものなら我がものとして修得したいと思った。だから、女よ、某と立ち合ってくれんか。いま一度、お主の太刀遣いを見たいのだ」

「…………」

「後生の願いだ。この勝負を受けてくれ。ほら、こうして頼んでおるではないか」

とうとう主馬助はその場に平伏した。両手をつき、地面に額を擦りつけて懇願する。

二度三度、女の頭が小さく横に揺れる。蛙のように平伏した男を呆れたように見下ろして、ようやく彼女は声をかけた。

「他人に教える技とは違うんです。稽古をつけてほしいなら、他にいいお師匠を探してください」

「いや、そこを曲げて何とか」

「お断りします」

取りつく島もない。再び踵を返してこの女は歩き出す。女、となおも主馬助は声をかけるが彼女は立ち止まらなかった。

間隔は四間に開き、五間に遠退いたところで、

「御免」

片膝を立てながら主馬助がひと声かける。上半身を起こしざま地面を蹴りつけ、ほんの数歩で、五間の距離を詰めて女の背中へ躍りかかっていた。

「いええええーい」

抜打ちの一刀が、吸い込まれるようにその女の後頭部に向かう。本気で殺傷する意図はない。否応なしに相手に刀を抜かせるための脅かしであり、これはけれんだ。

だが、女は刀を抜きもしなかった。

戛然《かつぜん》！　秋空に刀が撥ね上げられて高々と舞い、その真下で、女は刀身を納めたままの鞘ぐるみに繰り出して主馬助の鳩尾《みぞおち》を鞘尻で突いた。宙に飛んだ刀がくるくるまわって落

下する。切っ先から地面に突き立った時にはすでに勝負はついていた。

左右の膝からまず崩れ、長身をくの字に折るように主馬助はうずくまった。呼吸ができずに大きく喘ぐ。

「お、女、お前の流儀は」

やっと声を出せた。頭だけを持ち上げ、絶え絶えの呼吸の下から訊ねる。

間が空いた。女から答えは戻らない。

「どこからやってきた?」

さらに問いを重ねる。また無視されるかと思ったが、この時は反応があった。

女の頭はやや傾いた。語彙の選択に迷ったのかもしれない。ややあって、人差し指をすっと突き立て、彼女は何もいわずに頭上に向けて細い腕を伸ばしていった。真上にはちょうど中天にかかって輝く太陽。

「天、から……?」

それだけを声に出したところで力が尽きた。

主馬助のたくましい上体は前倒しにがくんと傾き、顔面から地面に叩きつけられた。

「そんなことで喧嘩を仕掛けたのですか」

サクラは左右の目を見開いた。長い睫毛に飾られた形のいい目が驚き顔になるとますます大きく広がる。晴れた空を映したように瞳の色は青かった。

「喧嘩ではない。尋常の勝負を申し入れた」

「嫌がる相手に強いるのでは同じです。それに後ろから斬りかかっておいて」

サクラの指摘は正しいから、斎藤主馬助は首を垂れ、硝子《ギヤマン》の酒杯を卓上から取り上げた。器を満たした液体は宝石を溶かしたような色合いの葡萄酒。舶来の美酒だが、いまは何も喉を通るという気がしない。気つけの代わりと考えてちびちび舐めた。

大陸渡りの酒と料理を出す酒肆《しゅし》だが、どうせ客たちは分からないという判断からか、調度といい、料理といい、あちらこちらの土地の風俗がないまぜで、雨の日などはサクラもここへやってきて南蛮の音楽を奏でている。

言葉を交わすようになったのは百度詣でに通い始めてからである。幻戯、軽業、跳剣舞い、見世物芸人たちの巧みな芸に心を奪われ、もしや剣術に応用できないかという魂胆もあって、主馬助の方から熱心に話しかけた。城勤めのおかしな侍に一番親しく相手をしてくれたのが、いま目の前にいるサクラだった。

盛り場の喧嘩騒ぎが伝わると一花院の境内からも芸人たちが様子をうかがいに走った。妹分の跳剣舞いに手を引かれてサクラもついてきた。そこで彼女たちは、近頃寺詣でに現れる大男の武士が後ろから女に斬りかかり、返り討ちになる場面を目撃したのである。

異装の女が去った後、若侍の五人組は互いを支え合うように逃げていったが、主馬助一人は悶絶したまま、路上に放置されている。毎日のように鳥目を投げてくれる奇特で金離れのいい見物人を捨てておくこともできず、芸人たちは酒肆に主馬助を担ぎ込み、介抱のためにサクラ一人を残して引き揚げていった。

「あの剣法はいかなるものか」

主馬助は唸《うな》った。南蛮渡りの美酒の味も考えごとのせいでよく分からない。

「それにあの女は何者なのだ。いったいぜんたい、どこの国からやってきたのか……」

こうしていても凄まじい太刀遣いが目に浮かんでくる。

「ヤオさんとは争わないことです。あの人はとても強い」

サクラの忠告を聞いて、思わず主馬助は顔を上げた。

「あの剣術遣いはヤオと申すのか」

ヤオ、ヤオ、と口の中で呟きを繰り返す。日本の女の名前としても通用はする。だが、異国の名前ではないかと再考するとなるほどそんな響きのようにも思えてくる——

主馬助はサクラの白い顔を覗いた。うかがうような視線の意味が分からず、サクラの頭がちょこんと斜めに傾く。

……彼女から初めて名前を教えてもらったのはつい先日のこと。思いがけない名前の響きに面食らった主馬助にくすくす笑い、

「サクラメントのサクラ、耶蘇教では神様の前での大切な儀式という意味です」

そんなことを話してから、まるで日本の神社にいまから参拝するように二度柏手を打ってみせたものである。

サクラは異国の音楽を生業《なりわい》にする胡姫。いったいどんな変転を経て、はるばる海を渡って日本へやってくることになったかは教えてもらっていない。

サクラメントのサクラ――名前の由来を思い返すたび、かえって主馬助は困惑する。彼の目から見たサクラという異人女の印象は春に花咲く桜の精霊そのものだったからだ。

「みんながヤオさんを知っています。でも、どこからやってきたかは聞いていません」

主馬助の疑問を先まわりするようにサクラは口を開いた。

「天狗の姫君だという噂もありますよ。人恋しさに山から下りてきたのだと」

「天狗？　南蛮者のお仲間ではないか」

髪の色、目の色が異なり、総じて赤ら顔に高い鼻、彼ら同士の話し言葉は人の声というより、日本人の耳には野鳥の囀りを聞くようでかまびすしい。装飾や小物類に鳥の羽根を好んで用い、衣装の印象も全体にどこか鳥類に似通っている。

明船に便乗して来訪した南蛮人の姿恰好を初めて目撃した折り、海から天狗が現れた、大山《おおやま》天狗の一類ではないかといって、人々が騒いだのはそう遠い昔ではない。相模の国の霊峰大山は天狗の巣窟として知られている。

「そうですね。頼まれて、バテレン様のお手伝いをよくしています」

戯れ半分の主馬助の軽口だったが、意外にサクラは頷いて認めた。

きっかけはこんな出来事だったという。

城下町には耶蘇教の宣教師も滞在していて、皆からはバテレンと呼ばれている。毎日のようにどこかの辻に立ち、イエスの福音を説いていたが、にわか仕込みの異国の言語なので、途中で言葉が出てこなくなって説法がつかえることがたびたびあった。

暦の上では秋になって間もないある日、辻説法を聞いていた群衆の中にヤオが居合わせて、バテレンが詰まったところから説話の続きを適切に引き継いで語ってみせた。日本語に堪能で、耶蘇教の教典にひと通りの心得がある者は数少ない。そこでバテレンは説法を切り上げた後で彼女に声をかけ、布教を手伝ってくれるように持ちかけたのである。

「天狗の剣法に天狗の宗門か。では、ヤオとやらも耶蘇教徒なのか」

首を捻って主馬助は訊いたが、問われたサクラの頭もはてなと傾いている。

「ヤオさんがどこで耶蘇教を知ったかは分かりません。あの人はどんな宗門にでも関心があるみたいなの。日本の神、唐土の神、私たちの南蛮の神……」

節操がない、と話を聞いて主馬助は呆れた。天狗の姫君とはいい得て妙な評判だ。

「主馬助は知っていますか？　耶蘇教で天狗は、アンジョ、と呼ばれているのですよ」

「アンジョ？」

「天のお使い。姿形は人に似ていて、翼があって空を飛ぶの」

「それはまさしく天狗だな。天狗は天の狗と書いて、天道の使わしめ、神使の謂だ」

主馬助はこめかみを指で叩いた。どこからやってきたかと問われて、天上の太陽をヤオが指し示したことを思い返していた。

「もしやサクラ殿は、その、ヤオとやらの居場所を聞いておらんか」

「そんなにヤオさんの剣術に関心があるの？」

「いままで見たこともない太刀運びだった。異国渡りの剣法かもしれない」

「教えてもらったところで役に立つの？　見かけは同じようでも、大きさや形が違うなら刀の遣い方だって違ってくるはずでしょう」

「飯篠長威斎《いいざさちょういさい》という武芸者がある。香取神道流を開いたおひとだ」

主馬助は別の話題を持ち出した。

飯篠長威斎は下総の国香取郡の住人。同地の香取神宮に参籠祈願して霊夢を授かり、遂に刀槍の秘儀に開眼して天真正伝香取神道流を創始した。足利義満《あしかがよしみつ》、義持《よしもち》、義量《よしかず》、義教《よしのり》、義勝《よしかつ》、義政《よしまさ》、義尚《よしひさ》、室町公方七代の治世をしぶとく生き抜き、長享二（一四八八）年に百二歳の長命で歿している。

「こいつは常州におった頃に聞いた話だがな。飯篠長威斎はたびたび鹿島にも足を運び、鹿伏兎《かぶと》刑部少輔《ぎょうぶしょうゆう》なる者に就いて刺撃の術を修めた。ところが、さらにその師筋をたどるとこいつはどうやら海から現れた河童が陸《おか》の人間に与えた兵法に由来するらしい」

河童と聞いて、サクラの頭はさらに傾く。ぴんとこなかったらしい。その拍子に肩に垂らした赤褐色の美しい髪がさらさら流れた。

「この昔話などは海辺に異人が打ち上げられた故事が粉飾されて伝わったものかもしれないな。衣服の違い、言葉の違い、髪や肌の色の違い……初めて目にする異人の姿恰好や立ち居振舞いが河童のように見えたのさ。こうした事例も伝わっているのだから、異人の剣法を修得する値打ちはあるはず」

自らを納得させるように主馬助は強調した。

「常陸の国にはこんな言い伝えがあちらこちらに残っておる。鹿島郡では殊更に多かったな。異人女の話もあるぞ。金色姫と申してな、北天竺のどこやらから海へ流されて、日本に蚕を養って繭から糸を取ることを伝えたのだ。この故事に倣い、常州では異人の女たちをいまでも金色姫と呼んで尊んでおる。サクラ殿も時世が違い、めぐり合わせが違っていたら、金色姫だと皆から拝まれておったかも」

主馬助は目を細め、眩しそうにサクラをうかがった。決まり文句のままの紅毛碧眼の胡姫のたたずまいはまさに伝説の金色姫の再来を見るようだ。

「ヤオさんがどこにいるかは知っています。けれども、刀の遣い方を教えることをあの人はきっと嫌がると思う」

言葉を選ぶようにサクラが切り出した。まことか、とこちらは勢い込んで主馬助は大きく身体を乗り出している。

「お百度を踏むのとやることは同じさ。あちらが根負けして、教えてもらえるまで百度だって二百度だって拝んでやる。だから、あの女の居場所を教えてくれ。あの刀法を何としても我がものにしたいのだ！」

両手を卓につき、がばと頭を下げた。

――この男、斎藤主馬助勝秀《かつひで》は常陸の国真壁郡井手村の産。父親はいっとき主家を牢人して、故郷の井手村に帰っていたが、その頃に土地の女を娶って彼を産ませた。やがて大殿様のお声がかりで主家に帰参がかなったが、父親はまだ幼かった彼を連れていかず、同国鹿島の住人で、当世の大剣豪として高名な塚原卜伝《つかはらぼくでん》の下で修行させたのである。流儀は鹿島神道流。父親は老いて奉公が困難になると、彼を呼びつけ、名乗りを主馬助に改めさせて自分の跡を継がせたのだが、彼自身にとって城勤めは恐ろしく窮屈なもので、いまだに馴染めないでいる。常州鹿島における剣術修行当時の、自らの前途への期待と高揚がいまになって懐かしく思い出されてならなかった。

「そんなに関心があるなら……」

仕方ないなという顔をして、それでもサクラはこくんと頷きを返す。

「ありがたい。礼を申す」

途端に主馬助のいかつい顔に童子のような喜色が広がる。サクラは酒杯を取り上げ、にっこり微笑んでみせた。

三

十六世紀後半に来日したポルトガル人宣教師で『日本史』を著したルイス・フロイスは、もっぱら西日本における伝道に取り組んだ人物で、織田信長《おだのぶなが》が新しく拠点を置いた岐阜城下の賑わいをバビロンに喩え、国際交易都市として栄えた堺の印象をヴェネツィアになぞらえたが、岐阜や堺の興隆と時期を同じくして、東日本において未曾有の繁栄を謳歌していたこの町を目撃したら、いったいどんな所見を披露しただろうか。

相模の国小田原。後北条氏の本拠地である。

早雲庵宗瑞《そううんあんそうずい》こと伊勢新九郎《いせしんくろう》は伊豆の国韮山城に本拠を置いて同城から動かすことはなかったが、子の氏綱《うじつな》の代にいたって、関東支配の足掛かりとして小田原城に本拠を移した。二代氏綱も智謀は父に劣らず、武蔵、下総方面へ版図を広げ、三代を氏康《うじやす》が継いでからは関東支配の展開がいよいよ進んだ。

小田原はこの当時、人口の増加に伴って城郭の拡張と町割りの整備を重ね、大陸の築城法を採用して、外周三里（約十二キロメートル）、長大な城壁をめぐらせて城と町の両方を囲い込み、日本史上に類例のない巨大城郭都市を形成していた。

文武に秀で、和漢の典籍に通じた教養人だった氏康は住人の生活にも心を配り、城郭の中に早川上水を引き、清掃を奨励した。天文年間に小田原を来訪した禅僧東嶺智旺《とうれいちおう》は、

〈町の小路数万間、地一塵無し〉

街路には塵一つ落ちていないと記録して、城下町の美しさを絶賛している。

前年中に甲斐の武田《たけだ》信玄《しんげん》を退けた籠城戦の後、この時の心労の反動のように氏康は患いつき、いまや老耄の一途という状態だが、それでも城下町の賑わいは変わらず、不安の面持ちで八幡山の城を仰ぎ見る住人はいなかった。

城下町を往来するのはこの国の人間ばかりに限らない。

相模湾には異国船も出入りしており、明船、琉球船、さらに遠く、東南アジアのあちらこちらから訪れたらしい船が数多く見られた。海上には大小の船舶が帆を連ね、物資の揚げ降ろしのために河岸との間をおびただしい数の艀が行き交う。城下町には唐人や琉球人の姿ばかりではなく、彼らの船に便乗して、髪の色、目の色、肌の色、民族も言語もさまざまでひとくくりに南蛮人と称される人々が海を越えて訪れていた。町では舶来の産品が売られているのみならず、異国の衣食、風習、娯楽、宗教、彼らによって持ち込まれた珍奇なものをいくらでも目にすることができる。唐人小路の街並みを覗いたなら、紅毛の胡姫が大陸の音楽を奏で、道教の廟と儒教の聖堂が並び、街角では耶蘇教の宣教師が福音を説き、拝火教徒が善なる光明《アフラ＝マズダ》と悪なる暗黒《アーリマン》の最終戦争《アーマゲドン》を訴えていても不思議ではない——

これが戦国小田原城下の風景だった。

九月になった。

北条氏康の重篤な容態は変わらない。家中の実権は名実共に次代の氏政《うじまさ》に移って、寝たきりの氏康自身はともかく、その下に仕える近臣連中は落ち着かない。

斎藤主馬助の寺通いはまだ続いている。この男にとっては日中から堂々と城下町に出る口実になって、かえって好都合というものだ。

あの日から、主馬助はそれこそ寸暇を盗むといった塩梅で、時間の許す限りヤオを追いまわした。

サクラが教えてくれた先は酒匂《さかわ》川沿いに屋敷を構える船問屋で、広壮な邸内にヤオは長屋の一軒を与えられている。これは例のバテレンの口利きだった。主人は耶蘇教を信奉するわけではないが、商売柄、唐人から南蛮人まで異人たちとの交際が広い。城下町での彼らの生活に何かにつけ援助を与えていた。

日中、たいていヤオは屋敷を出ていて、バテレンの辻説法に従っていたり、滞在中の交易商人たちから物見遊山の案内を頼まれたり、そうでないなら城下町の寺院や神社を一人で見てまわっている。

主馬助がつきまとうようになるとヤオは露骨に嫌な顔をした。

何とぞヤオ殿の太刀遣いを御教授いただきたい、と両膝を屈して頼んでも彼女の態度はけんもほろろだ。犬猫を見るような目つきで、主馬助に対する扱いは邪慳を極めた。

「そんなに私に刀を抜かせたいなら、殺すつもりでかかってきなさい。容赦するのは一度限り。次は斬りますよ」

ヤオは冷たくいい放つ。

「バカな。北条の侍を斬ってみろ、御城下にいられなくなるぞ」

主馬助は逆に恫喝した。とても教えを乞う態度ではない。

「そもそも、襲いかかる役まわりは某一人に限らない。お世継ぎ様のお側小姓連中を覚えているか？　あいつら、大勢が見ている前で女一人にやっつけられて、いまや御城下の笑いものだ。御城内にも悪い評判が広まっておる。ヤオ殿を恨みに思い、この頃は腕に覚えがある仲間を集めておるとも聞いたぞ」

そういっている主馬助自身、衆目の面前でぶざまに打ち負かされたことでは大差ないはずだが、こちらはけろりとしたものだ。

だが、側小姓たちが報復を企んでいるという評判に嘘はない。

「せいぜい用心を怠らぬようにしろ。人数を頼んで襲いかかるか、槍、鉄砲を持ち出してくるか、それとも寝込みに押しかけるか……ああした手合いは時も場所も斟酌しない。形《なり》振《ふ》りかまわず命を狙ってくるはずだ」

「おためごかしに親切面なこと。それとも、私に加勢してくれるというの？」

「心待ちにしておるのだよ。多勢に襲われたとなれば命を守るためにヤオ殿とて刀を抜かねばなるまい。某から斬りかからずとも、いま一度刀法を見せてもらえる理屈」

「……勝手にいってなさい」

迷惑扱いしながらも、それ以上にヤオが強いて主馬助を追い返そうとしなかったのは、奇妙なようだが、例のバテレンや他の異人たちからはこの男の行動が案外に好意的に受け入れられていたからだった。海外交易の目的で城下町の往来はいちおう容認されているものの、こうした現状が愉快でない者はいくらでもいる。小田原城のれっきとした侍が足繁く訪ねてくれることはそれだけで心強かったのである。

そうした異人たちからの好感触をいいことに主馬助はヤオにつきまとった。いかにも連れのような顔をして、どこにでもついていく。

内心、側小姓たちの報復を期待していなかったといったら嘘になる。見知らぬ徒者から喧嘩を吹っかけられるのでもかまわない。どこかでヤオが刀を抜くような騒ぎは起こらないものかと期待をかけたが、これは当てが外れた。ただでさえ人目を惹くのだから、ヤオという女は滅法強い、大山天狗の姫君に違いない、などといった評判は思いの外に盛り場とその周辺に広まっていたのである。それに加えて、見るからに屈強そのものの主馬助が付かず離れずに従っているのだから、誰だって争いは避ける。本人は意図せず護衛の役まわりを務めているようなものだった。

「ヤオ殿は耶蘇教の信徒ではないのか？」

ある時、例のバテレンに主馬助は問いをぶつけた。

「違います。けれども、どこで教えてもらったのかイエスの説話をよく知っています」

とバテレンは答えた。サクラに比べると日本語の会話はまだぎこちない。

「詳しくは話していただけませんが、いままでも遠い国々を旅してきたようでヤオさんはまだ若いのに見聞が広い。私たちの宗門についても聞き知る機会があったのでしょう」

「ヤオ殿は何のためにこの国へ？」

「探しものがあるようです。遠い国にあった宝物の行方を探索するうちにここまで」

「途方もない話だな」

途方もないといったら、主馬助の感覚ではバテレンやサクラたちの存在だって充分以上に途方もない。いったいどんな衝動に駆られ、はるばる海を渡って最果ての島国へやってきたのか。

ヤオの剣技を再見する機会はなかったが、あの日、側小姓の五人と主馬助自身を打ち負かした剣技は鮮烈に目に焼きついている。野次馬たちのように彼女の太刀筋がまったく見えなかったわけではないのだ。

主馬助は毎晩毎夜、数え切れないくらいにそれらの場面を反復した。

心覚えのために直接の印象と後日考察した所見の双方を巻き紙につらつら書きつづり、文章、絵図に整理した。さらにもうひと束、文書の写しを作成する。これは剣術の師匠の塚原卜伝に送りつけ、未知の剣法について所見を仰ごうと思い立ったからである。塚原卜伝はこの年八十二歳。主馬助が門下に入った時点ですでに高齢だったが、頭脳はいまなお明晰で古今の兵法に明るい。

小田原城下には諸国から人が集まってくる。行商人も旅芸人もいる。一日、いつものようにヤオを追う代わりに城下町の旅籠と木賃宿を訪ねてまわり、荷馬を連ねて奥州へ向かう道中の一隊を見つけた。常陸国内は霞ケ浦の東側を北上する予定だという話だから、途中で鹿島を通過する。主馬助は荷馬隊の頭領にそこばくの金子を渡して、卜伝宛ての荷包みを託した。

側小姓の例の五人はそのうちに城に出仕しなくなった。いちおうは病気を理由に休養を届け出ている。不穏な噂はさまざま聞こえてくるものの、表立った動きはない。

九月も半ばになると山々は色づき、にわかに晩秋の気配を深くした。小田原城を思いがけず塚原卜伝が訪れたのはそんな頃だった。

塚原卜伝高幹《たかもと》は初名新右衛門《しんえもん》といって、常陸の国鹿島の産。本姓は卜部《うらべ》氏で、常陸一の宮鹿島神宮の神官の家系だ。

南方三十三館と総称される南常陸の小豪族群中、塚原城主に男子がなかったため、長じてから養子に乞われて跡を継いだ。小なりといえども一城の主である。だから、壮年の頃は他国へ出る場合にも一城主たる格式をよく整えて、供まわりに八十人余の家来を従え、鷹を据え、乗り換えの馬三頭を引かせて、その行列を華美に飾ったと伝わっている。

といっても、この時点の卜伝はすでに城主を退いており、同行の家来は十人に満たず、他には馬一頭に口取りの綱を引く老僕ばかりという小人数の供まわりだった。

表向きには北条氏康の病床見舞いのため……と来訪の目的を挨拶したが、本心だとは誰も思わない。実権が氏康の手から離れて、これからの北条方がどう動くかは関東一円の大名豪族にとって等しい関心事。現当主の氏政と重臣たちもその程度は承知で、卜伝の来訪を歓迎した。塚原卜伝という男、塚原城主という前歴にまして、室町幕府十三代公方足利義輝《よしてる》にかつて剣術を指南したことで当世の剣豪として名望の高さはいまなお群を抜いている。生きながら伝説の存在と化しているといってもいい。北条方としてもこの人物を無下にあしらうわけにはいかなかった。

北条氏政による引見を終えて、城を下がった卜伝は八幡山の麓にある旅籠に入った。

その夜、師匠の卜伝から呼びつけられて斎藤主馬助は旅籠を訪ねた。

「異人女の剣術遣いが現れたと申すか」

開口一番、卜伝が切り出す。

白髪白髯、中背の体格からは目立って肉が落ちたが、まだ背筋はまっすぐ伸びて、姿勢に揺るぎがないから老いを感じさせない。双眸の鋭い光も衰えていなかった。

「どこの国から訪れたとも知れず、ただ、いまだ見知らぬ奇怪な刀法を遣いました」

身振り手振りをまじえて主馬助は語る。最初にヤオと出会ってからこの日にいたるまでの長い話を卜伝は黙然と両腕を組み、どこか茫洋とした面持ちで聞き入っていた。

「卜伝先生はいかがお考えか」

ひと通りの経緯を語り終えると主馬助は意見を求めた。

「聞き伝えのみでは確かなことを申せぬ」

卜伝は瞑目する。そのまま夢現の境に沈んでいくような面持ちでこの老人は呟いた。

「ヤオ、ヤオ、八百比丘尼《やおびくに》のヤオ……見たいの、異人の姫君を」

翌日も朝から卜伝は城に召し出された。氏政の懇望に応えて鹿島神道流の剣理を説き、組太刀の演武を行い、やっと下城する頃には秋の太陽は箱根山へ傾いていた。

この日は主馬助一人を伴い、卜伝は盛り場へ赴いた。深編笠をかぶっての微行である。

「隔世の感があるの。世の変転はまことにめまぐるしい」

往来する異人の多さに卜伝は目を瞠る。

「ひと昔前まで東国で異人を目にすることはまれでございましたか」

「まれもまれ、海辺に異人が打ち上げられることがあるとそれは大騒ぎになったものだ」

「さようなことが起こればどのように？」

と主馬助からの問い。そうだな、と宙を睨んで卜伝は間を空けた。

「まずは地主神の前で起請文を書かせる。よんどころない仕儀で日本国を訪れたが、断じて悪さを働こうとは考えていない、何とぞこのまま当地に置かせてほしい云々――と、おおまかにはそんな文言を書きつづらせた」

「この国の仮名や漢字で？　海の向こうからやってきた異人が読み書きできたのですか」

「いいや。言葉も通じぬ者たちだぞ。たいていは審理を行う側で代わりに用意した起請文に手形だけを押させて、神前に納めた」

「ははあ……それから？」

「神判にかける。湯起請や火起請を行い、神意に当否を問うのだ」

湯起請は熱湯や湯泥に手を差し入れ、釜の底から小石を取り出して神棚に置かせるというもの。火起請は鉄火すなわち赤く焼いた鉄片を手に握らせ、神棚まで運ばせるというものである。いずれもその行為の成功失敗によって無罪有罪を判定した。

「湯起請にせよ火起請にせよ、成就したならそれでよし、異人は土地に留まることを認められ、丁重にもてなされる。石や鉄火を取り損じたら、こちらはもういけない。起請文に違約がある、神意を欺いたと見做される。そうなった場合は早々に小舟に押し込め、海へ再び流し去ってしまった。よってたかって打ち殺したり、縊り殺したり、焼き殺したりといったことも少なからずあったと聞く」

「では、たとえ陸に流れ着いても……」

主馬助は表情を曇らせる。

「再度海へ流されるか、殺されるかした者が多かったはず。西国とは違い、異国とは船の行き来そのものがなかったからの」

「しかし、海から現れた異人が幸をもたらしたとの言い伝えはあちらこちらに」

「湯起請や火起請をやり遂げた者もまったくなかったわけではない、ということだな」

「古老からはかつて現れた金色姫の話を聞きました。どこぞの浜に異人の女が打ち上げられたことがあったと」

「わしにも覚えはある。五十年……いいや、もう六十年も昔になるか」

傾く卜伝。彼自身がすでに古老といっていい年齢だ。

もともとの金色姫伝説はこのようなものである。

欽明《きんめい》天皇の御代とされているから、この当時からは約一千年前。北天竺の霖夷《りんい》大王の娘に金色姫といって、素晴らしい美貌の王女があった。ところが、大王の後添えに迎えられた新しい后は金色姫の美しさを憎み、大王の目を盗んではたびたび継子の命を奪おうと企てる。後添えの后の所行を知ることになった大王は恐れをなして、桑の葉を編んでうつぼ船を作らせると、これに姫を乗せて海に流してしまった。北天竺から海へ出て、東へ、東

へ、姫とうつぼ船は漂流を続け、やがて常陸の国の豊浦湊に流れ着いたということである
……

「その頃は折り悪しく合戦続きにひどい飢饉が重なって、民百姓らは草木の根をかじり、土を食らって冬を越すというありさま。外から異人が災いをもたらしたと決めてかかり、神判にかけず殺してしまえとの声が多くあった。それを我が師松本備前守《まつもとびぜんのかみ》様が仲裁に入って、古法に従い、神前にて鉄火を握らせたのだ」

異人はすなわちまれびとであり、常世《とこよ》の国から来臨する客人《まろうど》神。その時々の状況によって福神として歓待されたり、あるいは疫神として処断されたりすることになる。

「その金色姫は助かったのですか」

「神慮にかなったのだな。二、三十年前まで、異人の扱いはそんなものだった」

感慨の溜め息を吐き出して、それから卜伝は前方の人だかりを目で示した。

「あれではないか？　ひと昔前ならこうして人前に出る前に生かすか殺すか、あの者たちも、日本の神祇の前に引き据えられて鉄火を握らされたであろうな」

例によってバテレンが辻に立ち、群衆に向かって福音を説いていた。

ヤオの姿はないかと見まわすと、見物人の輪からは少し外れたところに立っている。異風の装束に鞘ぐるみ刀を携える彼女の姿はこの人だかりの中でもやはり目を惹いた。

「あの女です」

主馬助が教えたが、その前にすでに卜伝はヤオの姿を見つけていた。深編笠の下から両目を薄く開いて、卜伝はヤオの横顔を凝視した。声はない。長い、長い間、この老人はそうして異人女のたたずまいに視線をそそいでいた。

塚原卜伝の言挙げが実現する形になり、評判の天狗の姫君、ヤオという女が神判の場に引き出されたのはこの五日後だった。

四

小田原城下にとんでもない騒ぎが持ち上がった。

城の侍たちが斬り殺されたのである。

犠牲者の数は十一人。発覚した時には酒匂川の河原に累々と死人が横たわっていた。全員が抜刀していて、全員が斬られている。刀傷はさまざまで、唐竹割りに頭頂から割りつけられた者、頸部を刎ねられた者、両腕を断たれた上で心臓をえぐられた者、中には逃げようとしたのか後ろから斬られた者まである始末だ。

死人の身元はただちに判明した。全員が大身の家臣の子弟だった。仲間同士で連れ立って城下町の盛り場を遊び歩くたぐいの、素行不良の連中揃いで、家柄のよさを笠に着た暴れ者も一人二人ではない。その意味では喧嘩狼藉に巻き込まれても不思議はないが、このうちの五人までが世嗣国王丸《くにおうまる》の側小姓だったことから事態が大きく動いた。盛り場でヤオに叩き伏せられた例の五人だったのである。城の内外に悪評が広まってからというもの、面目を失い、彼らは揃って出仕を控えていた。酒匂川の河原からはヤオが寝起きする船問屋の屋敷が近い。徒党を組んで決闘を挑んだが全滅した、あるいは闇討ちを仕掛けたものの返り討ちにされたという憶測はこの場合に誰にとっても充分な説得力を持つ説明だった。

十一人殺害の疑いはヤオにかかった。

戦いの現場を目撃した者は現れなかったが、投げ文はあった。若侍の一団が異人の若い女を囲んで河原へ下りていったという。十一人の親たち、兄たちの怒りと憎しみはヤオに向かった。誰が書いたともしれない投げ文では確かな証言ともいえず、疑いだけでは罪に問えないが、戦国武士にとっては知ったことではない。公に仕置きにかけられないなら私に起つまで。彼らは一族郎党に糾合を呼びかけ、戦闘の準備に取りかかった。小田原城中の不穏な雲行きはすぐに城下町にも伝わる。町の住人たちはますます騒ぎ立った。

ところが、ここで思いがけない人物から仲裁の声が上がった。

「古来、本朝を訪れた異人の善悪吉凶の別は神慮をもって判ずるのが定法でござる」

いまだ小田原城下に留まっていた塚原卜伝からの言上である。

「神慮をもって判ずる——だが、いかがして」

単純明快な解決方法に思わず首を突き出しながら、北条氏政が下問する。眉一つ動かさないで卜伝は答えていた。

「神前にて鉄火を握らせればよろしい」

盟神探湯《くがたち》というものがある。これは古代に神事として行われていた裁判方法だが、戦乱が続いて秩序が揺らいだ中世期になると湯起請という形でにわかに復活し、さらに簡略に手順を変えた火起請ともども、さまざまな争論の解決に採用された。現代人の常識としては熱湯や焼けた鉄片に触れて火傷しないということはずがない。神がかりの、不合理といえば不合理の極みではあったが、それだけに裁断は明快で疑いを容れない。ちょうどこの頃、中部日本から台頭してきた織田信長がこれらの神判を信頼してたびたび行わせ、時には自ら鉄火をつかんで、火傷も負わずにやり遂げてみせた逸話はよく知られている。

小田原城主北条氏政は塚原卜伝の進言を採用して、神判によってヤオの罪状を審理するように命じた。場所は八幡山の東に鎮座する鶴の森明神。別に松原大明神の神号があり、後年には小田原宿十九町の総鎮社になっている。

神判の当日、鶴の森明神の境内は朝から大勢の見物人であふれ返った。

呼び出しの命令に違背して、逃げるのではないかといった見方もあったが、約定の時刻にヤオはちゃんと神社に現れた。表情は硬いが、素振りに臆したところはない。かえって付き添いのバテレンの方が青くなって、祈りの文句を唱えるのに声を励ましていた。

斎藤主馬助もこの日の百度詣でを終えると、鶴の森明神に急いで駆けつけた。

「いかんな。こいつはどうしたものか」

社殿の前はすでに途方もない人だかりで、力ずくで掻き分けても前進は困難だ。だからといって、人垣の後ろからでは人並み以上に背の高い主馬助が爪先立ちになって伸び上がっても神判の場を覗き見ることはかなわない。

「主馬助」

境内の大銀杏の下にサクラが立っていた。まわりには仲間の芸人たちも集まっている。

「日本の宗門のサクラメントをこの上からは見通せるんです」

サクラの説明に樹上を振り仰いだら、まるで番《つが》いの小鳥のように枝の上に美しい人影が並んでいる。これは軽業の少年と跳剣舞いの少女だった。主馬助と目が合うなり、跳剣舞いが上から手を振ってみせた。

「本当にヤオさんがやったことだと思いますか？」

青い瞳を翳らせてサクラが訊く。主馬助は何とも答えられず、曖昧に頭を揺らすことしかできなかった。

「それよりも神判がどうなるかだ」

サクラに劣らず、主馬助の表情は暗い。意見を乞うように一同を見まわした。

「罪がないなら何事も起こらず、罪があるなら罰をこうむる。明快な理屈ではないか。賢しらに言挙げしたとて詮ないこと。天神地祇が人の分け隔てをするものか」

唐人の幻戯を操る老人は白い髯をつまんで笑っている。主馬助やサクラとは違い、他人の見世物芸をいまから見物するような気楽さだ。

「案ずるな。ヤオ殿は大山天狗の姫君よ、いったい何を危ぶむことがある」

傍らの火食い男に老人は顔を向けると、ひ、ひ、ひ、と愉快げに笑い合った。


神判の方法は火起請だった。

これは神前における儀式だから、執行までには厳《いか》めしい作法がある。神前に出る前に潔斎を行わなくてはならない。潔斎すなわち禊《みそぎ》は身削《みそ》ぎの謂であり、心身の穢れを流して清浄を保つものである。古式に則って、ヤオはいつもの異装ではなく、白衣白袴の白装束に着替えさせられた。潔斎には海水を汲んできたものを用いる。ふのりの煮汁でよく髪洗いした上で、頭から手足から水浴びして全身を清めた。

ひと通りの潔斎が終わり、ようやくヤオが社殿に上がった時には時刻は昼九つ、午の正刻（午前十二時頃）――太陽はちょうど中天にかかろうとしていた。

神前には当事者のヤオ自身と付き添いのバテレンの他、審理役の禰宜や検使の役人たちが居並んでいる。

最初にヤオから起請文を取る。あらかじめ審理側で誓文を書きつけておいた奉書に当事者から手形を取り、形式的に承認を得たことにするという手順だ。ヤオは指示されるままに右のてのひらをかかげ、たっぷり朱墨を塗りつけさせると奉書の上に押しつけた。起請文はそのまま神前に奉納された。

ここからがいよいよ神判ということになる。

ひと抱えもある火鉢が神判の場に運ばれる。炭火の上に鉄片が置かれ、真っ赤になるまで焼かれた。

神棚は火鉢から三歩の位置。

「よろしいかな」

神前の一同を禰宜が見まわした。社殿の上はもちろん、外の見物人からも咳《しわぶき》の声一つ上がらない。検使役人の上席者が無言で頷き返したきりである。

白装束のヤオがすっくと立ち上がる。

無造作に火鉢の上へ左手を伸ばし、彼女は鉄片をつかんで持ち上げた。

そのまま三歩進んで、神棚に鉄片を運ぶ。

この間、ヤオに声はない。代わりに見物人から歓声がわっと沸き上がる。誰の目からも火起請の成功は明らかだった。興奮はいきおい熱狂的なものになった。

桶の水でよくすすいだ後、ヤオは鉄片を握った側のてのひらを広げて、禰宜の前に差し出した。火傷の跡はない。さらに彼女は同じてのひらを役人たちに向け、見せつけるようにゆっくり動かした。

「神意を得た。この者に失はなし」

禰宜が宣言する。無罪放免だ。

人垣の後ろまではどよめきに掻き消されて禰宜の言葉も届かなかったが、群衆の反応をうかがっても成否は明らか。斎藤主馬助はほっと胸を撫で下ろした。幻戯の老人と火食い男が頷き合い、大銀杏の枝の上でも少年たちが両手を叩いて大はしゃぎだ。

「よかった。ヤオさんに恩寵を……」

安堵の思いにサクラが涙ぐみ、十字を切って彼女たちの神に感謝を捧げていた。

五

旧暦十月は神無月という。次の一年間の諸事を決定するため、日本全国の天神地祇がこの時期は出雲の国の大社まで出かけるので、他の六十余州からは神々がすっかりいなくなる。神無月と呼ばれる所以である。

月が変わり、暦の上では冬の始まりとなる一日。

この日、小田原城下から斎藤主馬助とヤオの姿が消えた。

主馬助はヤオを連れ出すように指図を受け、一方のヤオは主馬助の要請とも懇願ともつかない申し出を聞き入れて、早朝から二人連れ立って城下町を発っていたのである。

同じ相模国内の鎌倉に入る頃には午の正刻に近づいていた。

恐ろしく風が強い日で、由比ヶ浜を進んでいると海鳴りの音と潮の匂いと波飛沫の中に土地が沈んでいくような錯覚を覚える。鎌倉幕府の滅亡から二百三十年余。いまはただ山と野と海ばかりの寂しい土地だった。

「あれが鶴岡《つるがおか》八幡」

前方を示して主馬助が教えた。

鶴岡八幡宮はたびたびの戦火に焼かれ、見る影もなく荒廃したが、天文年間にいたって北条氏綱によって再建されている。この当時からは約三十年前である。

公称六十一段からなる大石段の真下、天を衝かんばかりに梢の高い、立派な枝ぶりの大銀杏があった。そのてっぺんは大石段の高さを越えている。鎌倉三代公方 源 実朝《みなもとのさねとも》が襲殺された際、刺客の公暁《くぎょう》が待ち伏せに隠れたとも伝わる巨木だ。

その大銀杏の幹に寄りかかって一人の武士が待っていた。

主馬助とヤオの接近を認めて身体を起こす。袖なし羽織に括り袴という行装で、深編笠を取ってあらわになった顔は老人のものだった。

「わしが卜伝だ。ヤオ殿と申すか、よう来てくれた」

塚原卜伝の方から声をかけた。

「私の探しものを持っている、というお話でしたが」

ヤオからは直截に用件を切り出す。

卜伝は一つ頷くと、大銀杏の根元から細長い袱紗の包みを取り上げた。包みを解く。錦の袱紗から覗いたのは大きさ一尺（約三十センチメートル）余り、鉱物の塊とも金属器の残骸ともつかない物体で、見ようによっては形の歪んだ神像のように見えないでもない。

「少彦名神《すくなひこなのかみ》——磯前明神の片割れよ」

袱紗に置いた神体を卜伝は胸の高さにかかげてみせた。

「どうして、それが私の探しているものだと？」

「昔々、常陸の国に金色姫が現れたのだよ。六十年前……いいや、あれはわしが二十三の年だから、五十九年前になるか。常陸原の舎利浜という場所に異人女が打ち上げられた。ヤオ殿と同じく、ただひと振りの刀を握ってな」

「——」

「金色姫はどこか遠い国から旅してきて、神宝の行方を追っておるという話だった。その在り処の一つが鹿島郡大洗の磯前明神。半信半疑のまま大洗まで金色姫を案内したが、果たして神磯の大鳥居の下に古い壺が埋まっておった。壺の中からはこれと同じものが出てきたのだよ。そちらは大洗磯前明神二柱のうちの、大己貴神《おおなむちのかみ》の神体だったが——」

時に斉衡三（八五六）年の冬の一夜。常陸の国大洗の海に光りものが落ちた。夜が明けて、土地の老人が海に出て確かめると海上の岩礁に一対の奇石が見つかった。神霊が人に依って託宣したところでは出現した奇石はそれぞれ、大己貴神、少彦名神の二柱の神の分霊で、いったん国造りを終えて常世の国へ旅立ったものの、国土と人心の安寧のために再びこの国へ帰ってきたというのである。これが大洗磯前明神社の起こりとなった。

「後になっての、思いがけず磯前明神のもう一柱の神体が手に入ったのだ。少彦名神よ。この神体をわしは手元に置いておくことに決めた。いずれは金色姫が神宝の行方を追いかけ、再び出現することもあろうかと考えたからだったが……」

「昔に現れた異人の姫は、神宝を得てからどうなったの？」

片眉をひそめてヤオが質す。

「消えたよ。わしが見ていた前で」

呪文のようにト伝は呟いた。「彼女は海から訪れた。そして、海へ消えていった」

再び袱紗を畳んで神体を包み直す。それをもう一度足下の地面に置くと、大銀杏の下からこの老人はつかつか進み出た。

「長かった。まことに長いこと待たされた」

ト伝は懐に手を入れると、ふた束の奉書を取り出した。一方はまだ新しく、もう一方は全体に古色がついて傷んでいる。

「古来、異人の処遇は神慮によって判ずるのが定法であった。起請文を取った上で、神前において鉄火を握らせる。神判の成否によって生かされるか、殺されるか……例外はない。あの時の、わしらの前に現れた金色姫も同じように火起請にかけられたのだよ」

そうか、とヤオはいった。表情が険しくなる。双眸が射抜くような光を帯びた。

「それが狙いだったのね。だから、城の侍たちを殺して、疑いを私にかぶせようとしたんだ。火起請にかけて起請文を取らせるために」

ああ、と声を上げたのは主馬助である。

卜伝の表情に何ら動揺はない。陰々と言葉を継いだ。

「あの者らを誘い出すことは難しくなかった。異人女の剣術遣いを成敗すると申して、加勢を約束するとあっさり信用しおったわ。それでも頼みになるのは人数だと考えたのか、仲間を掻き集めて、酒匂川の河原にぞろぞろとやってきた。命のやりとりを遊びくらいにしか心得ておらぬ阿呆揃いよ。あれでは合戦の場に出てもとうてい役に立つまい」

「投げ文もあなたがやったこと？」

「さよう……」

「火起請を仕損じて、罪を得ることになるとは思わなかったの？」

怪しむようにヤオが訊ねる。

「五十九年前の金色姫はちゃんとやり遂げたではないか」

ト伝は声を出さずに笑った。「何を危ぶむことがあるのだ。同じ火起請にかけられるのだから、同じやり方で神判に臨んだらよい——ふのりと味噌岩を用いたのだな?」

この指摘はヤオの虚をついた。言葉に詰まり、茫然となる。

「ふのりの煮汁は糊としても使われる。水を浴びせればただちに溶けて、汚れとともに流れ落ちるが、浴びせないなら乾いてそのまま固まる。これを髪洗いに用いるのだから、潔斎の折りにふのりはいくらでも手にすることができた。案ずるにかつての金色姫もヤオ殿も水浴びの後に隙をうかがい、鉄火を握るために左のてのひらにふのりの煮汁を塗りたくり、乾かぬうちに味噌岩を砕いた粉をまぶしたのではなかったか。味噌岩は火に強く、熱を通さぬ。粉々に砕いた破片ですっかり手を覆ってしまえば鉄火をつかむこともかなう理屈。失のあるなしを確かめる前には必ず水で手をすすぐ。たちどころにふのりは溶け落ちて、鉄火をつかんだ手をいくら調べたところで何も見つからない。これで神判の成就に疑いを持つ者はあるまい——」

味噌岩とはすなわち珪藻土の古称である。これは珪藻の化石が堆積したもので、一見すると何のへんてつもない岩であり、土なのだが、アイヌ語でチエトイ——「喰土」とも表記されるように食用が可能だ。古来、飢饉の非常時などに土を食って飢えをしのいだという事例の数々はどうやらこの珪藻土を食べたものだったようだ。『常陸国風土記』久慈郡の条には〈有る所の岸壁《きし》は、形、磐石《いはほ》の如く、色黄にして坑《あな》を穿《うが》てり。獼猴《さる》集り来て、常に宿り喫噉へり〉〈其の里の大伴の村に涯有り。土の色黄なり。群鳥飛び来りて、啄咀み食《は》めり〉——黄色い土を猿や鳥類が食らっているといった記述があり、常陸国内においても珪藻土の産出があった事実がうかがえる。

また珪藻土には、不燃、断熱の特性があり、これは漆喰の耐火性にほとんど匹敵する。そのため後世においては建築素材として使用され、七輪の原材料にもなっている。

「年を経るとな、いろいろと知恵がつくものなのだ。ヤオ殿はわしが知る金色姫に似ておる。あまりにもよく似ておる。顔形といい、たたずまいといい、五十九年の歳月を隔てても何ら変わらず……金色姫にできたことならヤオ殿にも同じことができるはず。火起請の成否は案じておらなんだよ。それよりも気がかりは——」

沈黙するヤオを見据えつつ、卜伝の手が動いてふた束の奉書を広げた。

六十年近い歳月を隔てて同じような経緯で作成され、同じく神前に納められた新旧の起請文。強い風に煽られ、はたはたと音を立てて翻った二つの奉書には、どちらも誓文を書きつづった上から朱の手形が押されていた。

まだ新しい起請文は先日の神判に際してヤオが手形を押しつけたもの。

古びて色のくすんだ方の起請文は五十九年前に常陸の国に現れたという金色姫のもの。

鹿島から卜伝が持ち込んでいたのである。

「わしは知りたかったのだよ。いったい、あの金色姫は何者だったたか」

「お望み通りの答えを知ることができたの？」

声を低くしてヤオが問う。

「あるいは知らないでいた方がよかったかもしれぬな。知らぬが仏、という言葉がある」

寂しく笑って、起請文を卜伝は手放した。風の中にふわりと浮いた新旧の奉書がもつれ合い、吹き流されて、そのまま空高くへ舞い上がっていった。

「あなたの望みは？」

ヤオはまっすぐ卜伝を見据えた。

「立ち合いを所望したい。塚原卜伝にあらず、常州鹿島の一剣士卜部新右衛門として」

そう告げるや、卜伝が大刀を引き抜いた。

「何のために」

「知れたことを」

渋い笑いを満面に広げて、「わしは、某は鹿島の剣法者だ。覚えておけ、ヤオ殿――」

八相の構えに刀身をかかげ、卜伝が滑るような足運びで進み出た。

ヤオも抜刀する。鞘は投げ捨て、こちらも両腕で刀をかざして卜伝に向かった。

刹那、一陣の風が渦をなして、地上に堆積する銀杏の葉を凄い勢いで巻き上げた。にわかに黄金の彩りに吹きくるまれた中、同等の速度で突っ切って、ヤオと卜伝の影が行き違う。二条の銀光が交叉し、鏘然と剣戟の音が鳴り響いた。

風の勢いがやんで銀杏の葉は次々に舞い落ち、すぐに視界がもとに戻った。二人の剣士は数歩ずつ駆け過ぎて、それぞれ刀を斬り下ろしたままの体勢で静止していた。

「お見事」

ゆっくり片膝をつき、首だけを後ろに向けて、卜伝はにやりと笑いかけた。

「本懐だ。いま一度、金色姫の太刀遣いを見ることが願いだった」

もう一方の膝もがくんと折れ、黄金色の銀杏の葉が堆積する上へこの老剣豪は沈み込むように倒れていった。

ヤオは悲しげな目で一瞥しただけで、無言のまま、大銀杏の木に向かった。途中で鞘を拾い、肉厚で幅の広い、古風な造りの刀身を納める。巨木の下にいたって、卜伝がそこに置いた袱紗の包みに右手を伸ばした。

包みの中身を取り出し、それの正体を確かめるように彼女は陽の光にかざす。

大銀杏の梢の高みから降りそそいだ光線が、半ば袱紗でくるんだままの神体にいったん凝集し、そこに白い光の車輪を描き出した。弾けるように光の輪が広がった。

「おお!」

それまで麻痺したように動けず、塚原卜伝とヤオの対決を傍観することしかできなかった主馬助が、この時にいたって正気に立ち返った。反射的に細くした視界の中でヤオの姿形が黒一色の影絵に塗り替えられる。

得体の知れない衝動にこの男は叫んだ。

「いったい……ヤオ殿はどこからやってきたのだ？　そして、どこへ行くのか――」

ヤオから答えは返らない。

ただ影絵と化した彼女の立ち姿から、真上に向けて右腕が緩慢に持ち上がり、ちょうど中天にかかった太陽をまっすぐ指した。

光の輪はすうーっと薄らぎ、同時にヤオの影もおぼろに揺らいで、主馬助が見守るその前で、冬十月の薄い陽の光に溶け込むようにそのまま消えていった。

元亀元年――斎藤主馬助すなわち後の天流伝《てんりゅうでん》鬼坊《きぼう》二十一歳の年、神無月の一日の出来事だった。

――彼女は天から訪れた。

そして、天へ消えていった――

色里探偵控

安萬純一

安萬純一（あまん・じゅんいち）

一九六四年東京都生まれ。東京歯科大学卒。二〇一〇年『ボディ・メッセージ』で第二〇回鮎川哲也賞を受賞しデビュー。他の著作に『モグリ』『ポケットに地球儀　探偵作家アマンと謎の密室魔』『ガラスのターゲット』『青銅ドラゴンの密室』『王国は誰のもの』『滅びの掟――密室忍法帖』。

吉原五十町から揚屋がなくなり、太夫もいなくなる三年ほどまえのこと。古きよき吉原が終わりのはじまりを迎えるころ、と称してもよろしいかと存じます。このあと、宝暦がすぎますともういけません。吉原もそこらの岡場所と代わらないたんなる色里と化してしまいます。

そんな吉原が最後の輝きを放っていたころ、とある事件が起こりました。

一

「トクさん、おいでですか——」

「はい——」

目明かしをしている染井岩徳《そめいがんとく》の女房、おこうが出てみると、町で口利き屋をやっている龍三《たつみ》という男が立っていた。抜けめのない面構えをした四十男である。仕事の話だ。中へ上げると、おこうは奥に引っ込んだ。

「なんだ、昼行灯《ひるあんどん》かい」

岩徳が畳の上に寝転がり、片肘を突いて煙管をふかしているのを見て龍三がいう。

「今日は非番さ」

岩徳は普段、奉行所の下働きをしているが、いくつかの難事件を解決したことで独自に調べもしていいという承認を得ていた。こうして口利き屋が仕事の話を持ってくるのもめずらしいことではない。

「今度のはちょっとでかい話だよ」そんなふうに龍三が話しだした。

なんでも、昨日、吉原で一番という評判の店、吉田屋で人が殺されたのだという。それも、とびきり不思議な殺され方をしたのだと。

「——なにせねえ、閉じている障子の向こうから毒矢を射《い》込まれたってんだからね」

「障子の向こう側からだって？　じゃあそいつは、相手が見えない状態で矢を放ったってのかい」

「ああ、すまない。ちょっと言葉が足らなかった。矢といっても弓矢じゃない。吹き矢だ。そいつの先に毒を塗ったやつが、部屋の中にいた客の喉に刺さったんだ。客はたちまち気を失って倒れ、そのまま逝っちまったらしい」

「ほう、吹き矢ねえ」

「同じ部屋にいた者が障子を開け放ったんだが、誰の姿もない。だいたいその離れはねえ、仕切られた庭になっていて、どこにも逃げ場がない場所なんだ。どこへ行くにも高い塀を越えなきゃならない」

「それじゃ相手は忍者かい」

「またトクさん。忍者にしたってできることとできないことがある。ちょうどそのとき塀の向こう側には芸姑がひとりいたんだが、そいつは誰も塀を越えてきたりしなかったといったんだ。つまり下手人は誰にも姿を見られずに消えてしまったんだよ」

「ほう。たしかに不思議だねえ」起きあがろうともせず、岩徳は煙管をくゆらしている。

「いやな仕事だね」

「へっ？」

「だってそうだろ。吉原でそんなことがありゃ、まず首代たちの出番だ。あいつらはほかの誰もよせつけねえ。吉原のためとなりゃ、自分たちの首だって平気で差し出す奴らだ。そんなとこへ俺にのこのこ入ってけって？　いやだね俺は」

首代というのは吉原の用心棒とでも呼ぶべき者たちのことである。普段はいるのかいないのかわからないような存在だが、ひとたびことが起きるや、どこからともなく集まってきてその処理に当たる。そのやり口は概して荒っぽく、吉原のためとなると殺しもいとわないという。そうしてあとで奉行所に身代わりが出頭するのである。奉行所の役人もおいそれとは手を出せない。吉原がこれまで大過なくやってこられたのも、陰にそういう存在があってのことだった。

「まあそういいなさんなって。この仕事はねえ、トクさんご指名なんだ。トクさんこれまで、いろいろと奇妙な事件を解決しなすったろう。そういう話は伝わるともなく伝わるもんさ。その、依頼人の旦那はね、このままじゃ首代たちがよってたかってうやむやにしちまうに違いない。だから吉原の息のかかってない人に頼みたい。そうやってはっきり、きっぱりと下手人をあげてもらわなきゃ、仏が報われないっていってるんだ」

「てやんでえ。自分《てめえ》は金を出すだけだから調子のいいことをいいやがって。吉原へ入っていって首代たちを敵に回すとなりゃ、こっちははなから命がけじゃねえか。冗談じゃねえ」

煙をひとつ吐くと、ぷいと向こうを向いてしまう。

「たしかに命がけだ。そこを軽くいうつもりはないよ。トクさん、依頼人の旦那はね、そこんとこもちゃんと見積もった上で頼んできてるんだ。そこまで連れてきてる。ちょいと見てくんないか」

龍三が岩徳の腕を引っ張って体を起こさせる。そのまま外へと連れ出す勢いだ。

「あんだよタツ、なにを見せようってんだ」

仕方なしに岩徳が龍三について外に出ると、そこには見たこともない奇妙なものが待っていた。早くも近所の者たちが集まり始めている。

「おっ、おいタツ、こいつはなんだい」

「今度の仕事であんたの用心棒を務める者だ」

「よ、用心棒？　これが？　おいおい、冗談もそのくらいにしとかねえと――」

「冗談なんかいいやしない。さあ、この人が岩徳さんだ。ご挨拶なさい」

「ヨロシク！」

威勢良く挨拶してくる。見たところ二十歳は超えていまい。女子だ。岩徳が見たこともない頭の結い方をしている。恰好の方も変だ。だがよく見えない。なにしろ、胴体が太紐でぐるぐる巻きに巻かれているのである。大きな白犬の上に腰掛けている。どうやらそれに乗ったままここまで来たらしい。段平のように太い、鞘付きの刀らしき物を腰から下げている。

「なんだよこりゃあ。こんなのを連れて歩けって、俺を大道芸人にでもするつもりか」

「腕はたしかだそうだ。こうして縛られているのは本人の希望なんだ。こうしていないと余計なものまで斬ってしまうとか。依頼人の墨田屋さんはね、ほうぼうにいろんなツテを持っている方だろ。そんなこんなで――」

「墨田屋だと。はあん。読めた。あんたも断りきれねえわけだ」

「わかってくれるだろうトクさんも。だからさあ、仕事の方、さっそく始めておくれよ。おいおいみんな、見せ物じゃないよ。ほら行った行った」

何ごとだと集まってきた人々を龍三が手を振って追い払う。

二

面喰らっているうちにまんまと丸め込まれた形の岩徳だったが、依頼人が墨田屋となると、結局は受けさせられただろうと思わざるを得ない。

殺されたのは墨田屋の次男の清矩という若者だった。放蕩息子として好き放題に暮らしていた男である。だが、この清矩には知らぬ人とてない噂がくっついていた。時の老中、酒井忠清の隠し子だというものだ。名前の清の字がそれを表しているといい、墨田屋が長男の幸之助には厳しくしつけをしているのに清矩はほったらかしているのもそのせいだという。あちこちで乱暴狼藉をはたらき、たびに墨田屋が尻拭いに奔走していたという話もある。

酒井忠清といえば、歴代の幕府の閣僚においてももっとも苛烈に吉原を敵視した老中として有名である。些細な御法度違反を楯に幾人もの亡八や首代を伝馬町の牢獄に送り込んできたし、ことあるごとに吉原のせいにしてその威勢をそごうと目論んでいる。そういう人物だ。

公式に認めていないとはいえ、その忠清の息子が吉原で殺された。これがただですむはずがなかった。

墨田屋が廻船問屋として幕府関係の荷を一手に引き受け、飛ぶ鳥を落とす勢いで繁栄しているのも、そうした幕閣との繋がりあってこそのものだろう。それが切れればどうなるか、墨田屋本人が一番承知しているに違いない。廻船問屋はただでさえ荒っぽい連中を多く抱える商売である。闇の仕事をやる者にも事欠かないはずだ。今回の件がこじれれば、下手をすると吉原対廻船問屋の戦争が引き起こされる可能性もある。うまく下手人が上がり、ことが収まればいいが、下手に転べば江戸の市中がどうなるかわかったものではない。

岩徳は、自分の両肩にずしりと重い荷が乗ったように感じていた。たんに事実を見つけるだけではすまないかもしれない。下手人がどういう人間かにもよるが、一件の落としどころをどうするか、そこが一大事になるような気がする。

ともあれ、相当な気合いを入れてかからねばならない。

なのに――。

「さっきのあの龍三、あなたのことをトクさんって呼んでたね。あれはないな。せっかくガントクって結構カッコいい名前してるんだからさ、わたしはまんまガントクって呼ばせてもらうわ」

そんなことをいって隣を歩く者がいる。いや正確には歩いていない。犬に乗って移動している。この白犬がまた不思議な奴で、ぴたりと岩徳の横をついて歩く。岩徳が止まれば一緒に止まる。吠えもせず、よだれひとつ垂らさない。

「こりゃ、あんたの犬かい」

「違う。ここへ来てから調達した。こんなおっきなもん持ってくると負荷が大きいんだよ」

わけのわからぬことをいう。

「ガントクさあ、ちょっといい男だよね。同級生のタツヤをうんとシブくした感じ」

これじゃ気合いを入れるどころか調子が狂って仕方がない。ひとたび道を行けば、会う人会う人から一目置かれるはずの岩徳が、今日はべつな意味で一目置かれている有様だ。通りがかる人がみな一様に目を剝き、やがて小走りに去っていく。一日でさぞ口さがない噂のタネになっていることだろう。

奉行所に断りを入れにいくと、なんとすでに話が通っている。こちらの仕事は大丈夫だからしっかりやれとハッパをかけられる始末だ。こうなると墨田屋の次男坊が老中の子供だというのは本当としか思われない。そうでもなければこんな方面に力が及んでいるはずがない。あきらかに武家ではない妙ちきりんな娘が大刀を下げて街中を歩くことに対してもまったくお咎めがなかった。

「ガントク、尾けられてる」

「えっ」

「振り向いちゃだめ。その先の角を曲がって」

まさかと思いつつも娘のいうとおりに角を曲がって細道に入る。

「縄を解いて」

「どうするつもりでえ」

「斬ってやるわ」

「ちょっ、ちょい待て。こんな場所で人斬りはいけねえ」

じれったそうに全身をくねらせる娘にいう。腰の大刀も揺れている。手で動きを制するよう指示し、そのまま待った。しばらくすると、ふたり組の大柄な男たちが現れた。辺りを見回すようにし、こちらを認めたとたんぎくりとする。

「なんか用かい」

男たちは、いや、なにも、などともごもごいって去っていった。

荷揚げ人夫だ。むろん刀は持っていない。匕首くらいは懐にのんでいるだろうが。岩徳は去っていくふたりの背中を見ながら思った。自分がちゃんと仕事をするか見張るつもりなのか。

「にしても、よくわかったな」

娘にいうとにやりと笑った。

「わたしはガントクの用心棒だ。ちゃんと守るよ」

吉原大門をくぐり、廓内に入る。吉田屋はさすがに立派な店だった。一見して遊女を扱う店には見えない造りだ。だが入ってすぐの帳場に、夕刻からひと晩中座りっぱなしの番頭がいたりするのはやはりこの商売ならではだろう。

「目明かしをしている染井岩徳って者《もん》だ。例の件を調べに来た」

「へい。少々お待ちを」

そういって番頭が引っ込む。しばらくして出てきたのは年のころ四十を少しすぎたかと思われる丁寧な物腰の男だった。店の亡八をしている喜三郎という。

「これはこれは、聞きしに及ぶ名目明かしの親分さんで——」

「昨日の件を受け持つことになった。さっそくだが現場を見せてくれ」

まずはお茶でも、というのを手を振って断り、中へ上がり込む。現場は離れだということだけは聞いている。

「あのう、そちら様は、そのままでは困りますな。特に、犬に座敷内を歩かせては——」

岩徳のうしろに向かっていう。どうするのかと思っていると、

「わかった。じゃあここで待たせる。いい子で待ってな」

娘がそう白犬にいい、その背中から下りた。犬が店の上がりがまちに座りこむ。娘が岩徳について歩きだした。胴体ごと両腕が縛られているので見るからに危なっかしいのだが、歩く様からはそんな感じは受けない。重そうな刀をぶら下げているにもかかわらず足取りもやけに軽い。

「さあさ、こちらでございます」

喜三郎の案内で店内を移動する。中庭を横目にわたり廊下を歩く。庭には池があり、大きな鯉の姿が見えた。

「あちらの二階でございます」

「ほう、二階で起きたのか」

その離れは一軒茶屋のようだった。入っていこうとする喜三郎に「ちょいと待ってくれ」と声をかけて裏側へ回る。池とつながっているらしい細い水路がある。切れめのない高い塀があった。そこ以外、どちらへ逃げてもこの庭の中である。まずはそのことを確認した。

中に入って二階へ上がる。両手が使えない娘もぴたりとついてくる。喜三郎が襖を開けて内部を見せた。

「殺しがあったときとそのままかい」

「はい、とくに替えたりはしておりません」

部屋は縦長で、途中襖で仕切ることができるようになっている。まるで遊女屋には見えない。硯《すずり》の載った机、文箱、床の間に屏風、壁には山水画がかかっている。ふん、こんな場所でよくそんなことをする気になるな。岩徳は狭い我が家と比べている自分に気づいて嫌になった。傍らの娘はここがどういう場所なのか知ってか知らずか、ぼうっとした目つきで辺りを見回している。

「障子はもう張り替えたのかい」

「ええ、左様で」

「どの辺りに穴が開いてたんだ」

喜三郎が窓際へ行き、下から三つめのマス目の上の方を指差した。

「この辺りでございます」

「刺さった矢は吹き矢だったといったな」

「へえ、おそらく。あたくしはその辺はあまりよくわかりませんで」

「そのときここにいた者は」

「お客様を案内したさえという者がおります」

「呼んでもらおう。直《じか》に話が聞きてえ」

呼ばれて来たのは背の低い若い女だった。下ぶくれのかわいらしい顔をしている。

「あんたが当日お客をここまで上げたってことだな。そんときのことをいちから詳しく話してみてくれ」

「はい、あのう、お客様はおふたりでお見えになりました」

「なに、ふたり？　この部屋へふたりで来たってのか」

「ええ。まずはおふたりでなにかお話がおありのようでした。それがすんだら呼ぶからまた来ておくれといわれました」

「ふうん。死ななかった方のもうひとりは誰なんだ」

「そのときのお口ぶりでは、どうもおふたりはご兄弟のようでした。亡くなったお方がもうおひと方のことを『兄さん』とお呼びになっておりましたから」

兄さん、ってことはもうひとりは墨田屋の長男の幸之助ってことか。岩徳が喜三郎の方を見ると、「ええ、墨田屋さんのご兄弟でございました」という。こんなとこへ一緒に来るってことは、噂に聞くほどふたりは仲が悪くはなかったってことか。

「それで、どうした」岩徳は先をうながした。

「はい。おふたりをこの部屋にお連れいたしまして、あたしはお茶をいれたら引っ込むつもりでおりました。ちょうど、お兄様の方が奥へ座られ――」

いまも並んでおかれている座布団の一枚を指差す。絵柄のついた、見たこともないほど分厚い座布団だ。

「弟様の方が手まえ側に座ろうとしたそのときでございます――」

語るさえの顔が心持ち青ざめた。そのときのことを思いだしているのだ。

「突然ぷつっと音がしまして、弟様の方が『あっ』と声を上げられました。なにごとかと思って見ますと、その喉になにやら矢みたいなものが突き立ってございます。あれ、なにごとだろうと思っているうちに見るまに弟様が苦しみ始めました。お兄様が『どうしたんだ一体』といって、倒れた弟様の体を助け起こそうとしましたが、当のご本人はもう白目を剝いて口から血のついた泡を――」

声が震えている。そのときの恐怖がいまだまざまざと思いだされるといったところ。

「――そのまんま息を引き取ったってんだな。障子は開けてみたのか」

「いいえ。あたしはもうおろおろしてしまって。お兄様がふと気づいたように立ち上がって障子を開けられました。障子にはたしかに、首の高さ辺りに穴が開いてございました。『うぬっ、誰もおらぬ』お兄様はそうおっしゃり、すぐに人を呼ぶようあたしにお申し付けになりました」

「あんたと、その兄のほかに、現場に居合わせた者はいるのかい」

さえがいいえと首を振る。岩徳は喜三郎にいった。

「そんとき裏に逃げた者はいねえって話だな」

「ええ。裏も表も、下手人らしき者は誰も見ていないのでございます」

「首代たちが見回ったんだろうな」

これには黙ってうなずく。

「ここ、飛び降りても大丈夫そうだけど、その塀を越えるには道具が要《い》りそう」

縛られ娘がいつのまにか障子の向こうをのぞいていた。岩徳も隣へ行って見る。あらかじめ障子の外に取りついていた者が吹き矢を放ち、すぐさま下の地面に飛び降りたと見るのが無難な線だろう。だが、そこからどう消えた。こういう奥まった上客の部屋で騒ぎが起きれば、首代たちがそれこそ恐ろしい速さで駆けつけてきただろう。それに少しも姿を見られることなく逃げる。口でいうのは簡単だが、実行するのはかなり骨だろう。

あるいは、この店自体が仕組んだことなのか。

いや、それは考えにくい。相手が誰か知っていたら、決して自分のところの店で殺したりしないはずだ。そうでなくても酒井の老中は色里全体を毛嫌いしている。どこか外でやればよいものを、わざわざ巻き込まれるようなことをするはずがない。

奇妙だな——。

下手人は、いっさい誰にも姿を見られることなく消えてしまったように聞こえる。いやそもそも——。岩徳は障子の紙に目を近づけてみた。

「障子紙はこれと同じ物か」

「へい」

さすがに上物を使っている。目を近づけても向こうを透かし見ることなどかなわない。これが閉じたままだったとしたら、下手人はどうやって向こう側の相手の喉に一発で当てることができたのか。

「これヤバくない？　なんだかんだで密室トリックじゃん。こんなとこで出会えるなんて」

縛られ娘が小声でいっている。

「なんでぇ？　ミッシツなんだって？」

「いやなんでもないなんでもない。忘れて忘れて。いまガントクがそれ知って広めたりしたら歴史が変わっちゃうから。少なくともミステリーの歴史が。最初はポーって決まり事だし」

またしてもの意味不明さに放っておくことにする。

見るものは見た。これ以上いても仕方ないだろう。岩徳はさえに話してくれた礼をいい、吉田屋を出ることにした。

――こいつはやっかいな殺しだ。まるで手掛かりらしき物がない。こうなると殺された者への恨みとか、そっちの方面から当たるしかない。

離れから出ると、向こうにひとりの女が立っている。遠くにいるだけでこちらの目を引きつけずにはおかないような色香を放つ女だった。岩徳の目も自然と釘付けになる。

「うちの太夫にござります」喜三郎が如才なくいった。

「へえ、いわゆるこの店のナンバーワンね。さっすがすごいフェロモン」

縛られ娘までが興奮している。相変わらずなにをいっているのかわからない。

その娘が、やがて太夫の顔を見つめたままぽつりといった。

「めっけ」

大門を出て歩きだすと、縛られ娘はちゃんと白犬に乗ってついてきた。

「ねえガントク。あなた、これまでにも不可思議な人殺しを解決してきたことがあるんでしょう」

「ええっ？　ああ、龍三にでも聞いたか。まあな、一見奇妙だったが、わかってみりゃあどうってことのないもんだったよ」

「へえ、どんなのがあったのか話してよ」

「ここでか？」

犬の上の娘がこっくりうなずく。仕方なしに岩徳は最近解決した殺しの件を話した。どうもこの相手に頼まれると断りにくい。なぜだろう。自分は犬じゃないのに。

「――伝馬町の牢屋内で起きたんだ。見回りをしてた牢番がなに者かに刺し殺された。どうやら牢の格子の間からなにかで刺されたらしい。だが肝心な得物がどこをどう捜しても見つからねえ。罪人たちはそれこそ、尻の穴まで探られたんだが、人を刺し殺せるような刃物を持っている者はいなかった。

俺がそこへ入っていったとき、牢ん中はすごい臭いがしてた。罪人がひとり、牢の中で死んでいたんだ。こいつは殺しじゃねえ。病が進行してたらしい。壊疽かなにかで体が腐っていたらしく、死んだばかりだというのにすごい臭いで、こいつら、よくもまあこんなとこにいられたもんだと感心したたな。

俺もひととおりの調べはした。むろん刃物なんぞ出てこねえ。牢番たちも仲間が殺されたんだ、そりゃあ苛烈な調べ方をしたはずさ。あとから行ったって見つけられるわけがない。

俺は殺された者の傷口を調べてみた。牢番は首のうしろをひと突きにされていたんだが、その傷は決してきれいなもんじゃなかった。俺は昔、犬に嚙み殺された人を見たことがあるんだが――」

いいながら思わず娘の下の白犬の方を見る。犬はなにも知らない顔でついてきている。

「――そんときの、犬の牙がつけた傷によく似てた。こりゃ普通の刃物じゃねえなと思った。

牢の中もしらみつぶしにしたが、なにも見つからねえ。こうなりゃ罪人をひとりずつ拷問にかけて吐かせるより仕方ねえかって感じだった。戸板とゴザを運んできた者たちが、病で死んだ罪人を運び出そうとしている。それを眺めるともなく眺めていたとき、ふと妙なことに気づいた。運び上げられようとしている死人の足の具合がどうにもおかしかったんだ。体が持ち上げられたとき、あり得ねえ角度にねじ曲がった。俺はちょっと待て、といい、その死体をあらためさせてもらった。死人は足が腐っていたと見えて、ぼろぼろになった足のあちこちから黒い血がじくじく滲んでいた。俺は十手でその足を叩いてみた。結果、わかったのはこういうことだ。夜中過ぎに死んだその死人の太腿の骨が武器だったんだ。そいつを一本折り取って、先を削って尖らせ、それでもって格子の間から牢番の首を突いたんだな。使ったあとはまた死体の中に突っ込んどいた。それがわかりゃ、あとは吐かせるだけだ。すぐに下手人がわかったよ」

「へえ、密室状況から消失した凶器ね。アメリカ銃のパターンだ」

「はぁ？　なんかおめえ、ときどきさっぱりわけのわからねえことをいうなあ」

「いいのいいの。こっちの事情っつうか趣味ね。さあガントク、次は墨田屋でしょう。張りきって行こう！」

「てっ。けったいなのを押しつけられたもんだぜまったく」

三

墨田屋は吉田屋に負けず劣らず立派な店だった。いや、廻船問屋であるこちらの方が大きさではるかに上回っている。活気があるのは共通しているが、その質が違っていた。あちらは女でこちらは男。大きな樽や長持を担いだ大勢の男たちが威勢良いかけ声を上げながら出たり入ったりしている。

「へえ、おっきなお店ねえ」

「ここいらじゃ一番でけえよ」

岩徳と縛られ娘のふたりは番頭に声をかけて奥に取り次いでもらうことにした。こちらは岩徳の依頼主である。話はすんなりとおるかに思われた。が……。

「――ふん、あんたが大旦那に取り入ってるっていう目明かしかい」

出てきたのは、狭い額に怒り肩の、目鼻が中央に集まったような顔をした男だった。体は大きい。近寄ると岩徳よりかなり上背がある。なによりはなから喧嘩腰だった。ふたりを強引に自分の部屋へ連れていく。

「あたしは大番頭の虎綱《とらつな》だ。あんた、清矩ぼっちゃんを殺した下手人を本当にあげられるんだろうね」

会っていきなりのこのいい草にあっけにとられていると、相手がなおもまくし立てる。

「あたしはくやしくてくやしくて仕方ないんだよ。いつもならあたしがご相伴するところをさあ。そういうときに限ってあんなことが起きるんだ」

「ほう、いつもならあんたさんと一緒で」

「そうさ。なにせこの店であの清矩ぼっちゃんの本当の味方はこのあたしだけだったんだから」

「また。そんなことはねえでしょうに」

「ふん、あんたねえ、なにも知らないでよくもそんなことをいうよ。清矩ぼっちゃんのことを裏でみんながなんていってたか、あたしが知らないとでも思ってるのかね。穀潰《ごくつぶ》しとか落ちた種だとか、さんざんなもんだったよ。ああっ、このあたしが一緒だったら決してあんな目には遭わせなかったのに」

「どうしてあんたと一緒なら大丈夫だったたっていうんで」

こういう相手は興奮させるに限る。そうすればあることないことしゃべりまくるのだ。

「そんなの当ったりまえじゃないか。このあたしはねえ、あの方の楯であり鉾だったんだよ。あの方が危険な目に遭えば身を挺してお守りするし、矢だってなんだってこの体で受け止めてやったんだ。

もうあたしもおしまいだよ。もう、顔向けできない。ここにもいられないよ」

虎綱の勢いが急に落ちてきた。もうひと押しだ。

「昨日はたしか、お兄さんとご一緒で吉田屋に行かれたとか――」

そのときがらがらと部屋の戸が開き、ひとりの男が顔を見せた。

「あっ、若旦那――」

「これ虎綱、大切なお客をこんな部屋に閉じ込めちゃいけないね。さあ、おまえはもう出て仕事をなさい」

細面の、どこか女性じみた男だ。如才ないしゃべり方をするこの男こそ、当日弟と一緒に吉田屋に行ったという長男の幸之助だろう。

「わたしがお相手いたしましょう。なんなりとお尋ねください」

もっとべつな部屋へ案内しようというのを岩徳は断って話を聞いた。だがこの幸之助の口から聞かされた話はすべて、これまですでに知ったことばかりだった。その幸之助が会話の中でただ一度だけ動揺を示した。

「弟さんが亡くなったとき、矢を放った者の姿を見ませんでしたか」

「ああっ、あのときはわたしもどうしていいかわからなかった。ぶつっと音がして障子に穴が開いたとき、たしかに向こうに影が見えたんだ。すばやく開け放てば見ることができたろうにね」

「ほう、相手の影を見なさった、と」

「……いや、影ってほどのもんじゃない。ちょっとした気配、というか気のようなものだったかもしれないな。いや実際、ほとんどなにもわからなかったよ」


「ねえ、ガントクは一体なにが起きたんだと思う？」

帰り道、娘に犬の上から尋ねられる。

「さあな。まださっぱりだ。やっぱり忍びかなにかがいたのかなあ」

「でもさ。忍者にしてもさ、なんであんな店の奥まった離れなんかでやったんだろう」

「そうだよな。そこが不思議だ。そこんところと、あの殺され方にはなにやらつながりがあるかも知れねえな」

「さっすがガントク、いいんじゃないその線。いよっ、名探偵――じゃなかった名目明かし！」

「そんなことより、おめえ、今夜はどうするんだ。泊まる当ては」

娘が首を振る。それで岩徳は家につれて帰った。女房のおこうは娘の妙な恰好に目を見張ったものの、生来の面倒見の良さから甲斐甲斐しく世話をした。縛られたままじゃないと自分でもなにをするかわからないというのでそのまま口もとに箸を運んでやった。白犬に餌も与えてやる。子供のいないおこうは、それらの手間がなにやらうれしそうだった。

狭い家のことで、三人で川の字になって寝た。

「ありがとねガントク。あしたもよろしく」


その晩、もうひとつの事件が起きた。

四

「なんだって。同じ部屋でか」

子分に使っている韋駄天銀二が朝いちで駆け込んできて知らせた話によれば、昨夜、吉田屋の同じ部屋でまたしても人が射《い》殺されたという。それも、殺されたのはあの墨田屋の番頭、虎綱だというのだ。昨日会ったばかりの相手である。色めき立った岩徳はすぐさま現場に駆けつけた。娘もいわずともついてくる。むろん白犬連れでだ。

虎綱の殺されたさまは、岩徳が聞いてきた清矩のものとまるで同じだった。喉もとに一本の吹き矢が刺さっている。先に毒が塗られていたのは確実だ。でなければそれだけで死ぬはずがない。赤黒くまだらになった顔もそのことを示している。

調べているうち、岩徳は妙なことに気がついた。畳が濡れている。拭われたような感じだが、たしかに誰かが水をこぼしたらしい。

「昨夜ここへ虎綱を案内した者は」

呼ばれて来たのは清矩たちのときと同じ、さえという娘だった。

「ここが濡れているのに気づいたかい」

「はい。実は——」

「なんだい。いってみな」

「こないだのときも畳や障子が濡れていたんです。昨日尋ねられたときは思いだしませんでした」

「ふうむ。こないだもね。濡れ方は今回とおんなじかい」

さえが一瞬下を見る。そして首を横に振った。

「いいえ。あのとき畳はもっとはっきり濡れていました。こんなふうに拭いたあとはありませんでした」

「あんたが拭いたわけじゃないってことだね」

さえがうなずく。岩徳は今回のことも詳しく話させた。その結果、いくつかの点で前回と違いがあることがわかった。まず、来たのが虎綱ひとりだけだったということだ。これはのちにわかったことだが、虎綱はどうやら、岩徳たちが帰ったあと、自分でこの件の真相を見つけてやるといきまいていたらしく、夜になると出かけてきたらしい。虎綱は自分でいっていたように、あの墨田屋で唯一の清矩の擁護者だった。どうやら、老中によって清矩の面倒見役、あるいは後始末役として送り込まれたらしいのだ。だから清矩がいなくなったいま、墨田屋にも居場所がなくなってしまった。老中に対しても申しわけが立たず、もはや世の中のどこにも立つ瀬がないという状況だった。自棄になっても不思議ではない。明るいうちから真相を暴いてやるとわめき散らし、夜になると酒を飲んだ勢いで本当に吉田屋に向かった。そういうことらしかった。

もうひとつ、前回と違う点といえば、それは殺されたまさにその瞬間の話だ。前回では殺された現場に、あとふたりの者がいた。兄の幸之助とさえである。だが今回さえは、同じ部屋にしろといい張る虎綱を案内してきたあと、いったん部屋を出てきている。だからそのあいだに死んだ虎綱の死の瞬間に立ち会わせていないのだ。誰も見ていないときに虎綱は死んだ。だが死に方は前回とそっくりである。障子には穴も開いている。今度は岩徳もそれをとっくりと拝むことができた。穴はたしかに外側から内側へ向かった矢によって開けられている。穴の縁が内側へ向かってめくれていた。矢は間違いなく部屋の外から放たれたのだ。たった一発、障子の外から、それで確実に相手を仕留めている。穴の周りにも水が飛んだあとが残っていた。

外の状況は前回とまったく変わりなかった。這うようにしてみてもなんの手掛かりも見つからない。

手掛かりは水だ。あの部屋に水はなかった。まずは酒を持ってこいといわれたさえが出ていったあと、誰かが水を持ち込んで振りまいた。そうとしか考えられない。そしてその水を、今回は誰かが拭っている。それはなんのためなのだろう。

「――だめだ。頭がさっぱり回らねえ」

調べがすみ、引き上げて帰る途中、ふたりきりになると岩徳の口から弱音が出た。

「そんなことないよ。ガントクの頭はいまフル回転してる」

「ふる――なんだ？　もうわけのわからねえことはいわねえでくれ。だめだ。俺にはもともと、あんなものを解決できるような頭なんかねえんだ。いままでのは運か偶然なんだよ。そういうもんがふっと俺の頭に立ち寄っただけなんだ。それにすぎねえんだよ」

「なにいってるのよガントク。あなた、おこうさんを一生食べさせてあげなきゃならないんだろう。だったら弱音なんか吐いてる場合じゃないよ。頑張って、無理矢理にでも答えを見つけだすんだよ」

「そうはいうけどなあ」

「やるんだガントク。また最初から関係者を当たって真相を探り出すの！」


そういわれて関係者のあいだを調べ歩いた岩徳だったが、今回は前回以上に旗色が悪く感じられた。なにしろ、前回の件であやしいと思われた清矩の兄の幸之助は昨日、夕方から商用で駿河に出かけてしまったというのだ。これでは昨日の殺しがやれたはずがない。

「アリバイ確保ね。かえってあやしいじゃない」

「あっ、ありばい？　なんだい。ともかく下手人は奴じゃねえ。かえってあやしいとはどういうわけだ」

「行動がわざとらしいっていうのよ。きっとなにか裏があるんだわ」

——いわれてみればたしかにあやしい。だがわからない。一体全体どうやったんだあの殺しは。肝心なことがわからなければ、おまえがやったんだと責めることもできない。

そのとき、道の向こうから瓶《かめ》を積んだ大八車を押す男がやってきた。

「はあい、危ないよ。どいたどいた——」

男がふたりの方へ近づいてくる。

「おっと、おもしろい恰好のお嬢ちゃんだね。大道さんかえ。どうだいひとつ。お安くしとくよ――」

いいながら瓶の蓋を取る。

「いっ、ひいいーっ」

縛られたままの娘がうしろに飛び退いた。不思議なことに乗っている白犬も同じだけうしろに下がる。まるっきり一心同体だ。岩徳も瓶の中をのぞく。液体がためられた中で細長いものがとぐろを巻いて浮かんでいる。

「へい、万病に効能ありの蝮《まむし》だよ」

「いっ、いいわよ。あっちへ行って」

蝮売りの男がにやにや笑う。が、岩徳の懐から十手の柄がのぞくのを見るとすばやく去っていこうとした。

「おう、ちょいと待ちな」

「どうもすんません親分さん。ちょっとふざけただけで悪気は毛頭ございません。どうかご勘弁を」

「聞きてえことがある。おめえはその蝮の精を抜いて売ってるんだな」

「へえ」

「じゃ、その、抜かれた後の蛇はどうする。ただ捨てるのか」

すると蝮売りが屈んで着物の裾を持ち上げた。膝の辺りになにか黒っぽいものが巻き付けてある。

「へえ、この膝当ては蛇皮でさあ。こいつは丈夫でしてね、なんにでも使えますんで」

男が去っていく。岩徳はなにやら遠い目で空を見ていた。

我に返った岩徳が歩きだす。娘と犬も歩く。ふたりと一頭はやがて長屋が並ぶ辺りに来た。幼い子供らが遊び回っている。水の入った大きな盥《たらい》に腰掛けた幼児が、近づくほかの子供に両手で水を浴びせかけている。きゃっきゃと騒ぐ声がかしましい。見ていると、年嵩の子供はなんとか水のとどく距離を測り、そこからすっと近づいて盥の子供の頭を叩こうとする。盥の中の子がばしゃばしゃと慌てて水をすくって浴びせる。年嵩の子供が、それが届かない場所まで退却する。それを繰り返すうち、盥の子供が体を折り曲げた。そしてふたたび持ち上がった顔は、頬がぱんぱんに膨れている。遠くに立っている年嵩の子に、細めた口先からぴゅーっと水を吹きかけた。これはかなり距離がいき、とうとう年嵩の子の着物も水浸しになってしまう。

「ねえ岩徳、次はどうするの」

娘が訊く。振り向いた岩徳の顔にはもう弱気なところはなく、なにか輝いているような自信に満ちていた。

「ああっ、俺はいっつも忘れちまう。どうにもこうにも困ったとき、いつも助けてくれたのは町のみんなだった。どういうわけか、みんながみんな、寄ってたかって俺を助けてくれたんだ。俺は、ちゃんと目を見開いて歩いていればいいだけだった」

娘がきょとんとしている。ふふ、いったことの意味がわからねえか。お返しだ。

「ふたりがどうやって殺されたのか、俺はわかったぜ」

五

岩徳と縛られ娘はふたたび吉田屋の離れにいた。出迎えた亡八の喜三郎とさえもいる。全員で、殺しの現場である二階に上がった。部屋の障子はまたしても張り替えてあった。しかし今回見たかったのは障子ではない。その下の部分だ。自分の考えが当たっていれば必ずあるはずだ。岩徳は畳に貼りつくようにしながら障子の桟の下をあらためた。

——あった。指が通るほどの穴。位置もばっちりだ。岩徳は障子を開け放つ。穴が外までつうじていることを確認する。これ以外のものはもうここにはない。あるはずがなかった。これがわかっただけで充分だ。

「なあ喜三郎さんよ、ここにある穴は、昔からあいてたのかい」

喜三郎が近寄ってきて目を細める。

「いやあ、あたくしは存じませんで。さえ、おまえはどうだ」

さえもやって来ていう。

「あたしは知っていました。はじめてここに来たときからありました」

「そうかい。じゃあべつのことを訊くがね、喜三郎。この部屋で死んだのは、あれで何人めになるんだい」

「……と、おっしゃりますと？　お言葉の意味がわかりかねますが」

いいながら喜三郎の指が床柱の節をそっと触るのが見えた。

「ふん。まあいいだろう。墨田屋の次男坊、清矩が殺《や》られたとき、この部屋には兄貴の幸之助とそこのさえがいた。だが昨日、番頭の虎綱が殺られたときにゃ、ここにはほかに誰もいなかった。喉に刺さった矢はたしかに障子の向こう側から飛んできてる。まさに、下手人が障子の外に貼りついていたみたいな話だ。

だが実際には、障子の外になんて誰もいなかったんだよ。最初のときも、二度めのときもそうさ。下手人はちゃんとこの部屋の中にいたんだ」

「部屋の中に、ですか」

「そうだ。ところで、吹き矢ってのはなにも人の息で飛ばさなきゃならねえってもんじゃねえだろう。水の力でも飛ばすことができる。いやむしろ、息の力より水の圧の方が確実で強い力が生まれるな。ここで使われた矢は、水の力で飛ばされたんだ」

「畳が濡れていたことは聞いておりますがしかし――」

「まあ聞きな。あの矢の太さからして、使われた筒の方は指の太さくらいだろうな。ちょうど、いま見せたあの穴にはまるくらいのな。筒に使われたのはきっと、節を抜いた指くらいの太さの竹だろう。この部屋にはどうも余計なもんが多すぎる。使われている座布団も妙に分厚い。竹筒は、上からは見えないよう、そのあいだをまっすぐ這って、あの穴から外に出ていたに違いない。

いったん外に出た竹筒はそこからこっちに向かって折り返し、ちょうどあの障子の穴の辺り、つまり、そこにあった座布団に座った者の喉の辺りを向いていた。筒先に、先端に毒を塗った矢が仕込まれてね——」

「ちょっとお待ちくださいよ親分さん。黙って聞いておればまた随分と空想的なお話だ。竹筒が外に出る。これはまだわかりましょう。ですが、それが外でこちらへ折り返していた？　なんですかそれは。到底聞き入れられるお話じゃございませんな。あの硬くて融通の利かない竹をどうしてこちらへ折り返せたもんでしょう。そんなことをしようとすればたちどころに折れて使い物にならなくなってしまいますでしょうに」

「ははは、そうさ。そこさ。そここそがこの仕掛けの肝心要《かなめ》の部分なのさ。たしかに竹だろうとなんだろうと、完全な反対方向にまで折り返しゃひとたまりもない。まして吹き矢を飛ばすためとありゃ、筒そのものに隙間やひびができたってうまくいかねえ。だから竹が使われたのはまっすぐな部分だけだ。その折り返し、強く曲がるところにゃ別なもんを使ったわけさ」

「ほほう。是非とも聞かせていただきとう存じますな。そんな、反対方向まで折り返しても折れて壊れることなく竹と竹をつなげる物なんぞがありましたらな」

「ああ。あるともさ。蛇の皮だ」

「なっ、蛇の皮ですって？」

「そうさ。蛇皮だ。こいつは丈夫な材質だぜ。太さだってちょうどいい。水漏れもしねえ。見たわけじゃねえが、俺はそれに違いないと思ってる。

竹と竹を蛇皮で繋いだ仕掛け、そんなもんが最初からこの部屋に仕込まれていたんだ。直角に曲がるところを二カ所作れば、高さだって自在に調節できる。それを固定するため、竹で台座を組むなんざ朝飯まえだろう。ただ、そこまでの長さとなりゃ、人の吹く息の力だけじゃちと足りねえ。そこで水の力さ。はるかに強い力が出るからな。

さて、じゃあ矢を発射したのは誰で、どうやってやったのか。それを話そう。

清矩のときはおそらく、空の手箱かなにか、そんなもんの中に、水の詰まったふいごが隠してあった。それをな、下手人が、清矩が座るのを見計らってぐいと押したんだ。すると中の水が勢いよく筒の中を流れて、先にある矢を飛ばす。それが飛んでいく位置はもちろん、あらかじめ試してあったはずだ。殺される者が間違いなくその位置に座るよう、座布団が置かれていたわけだな。こいつはあっけないほどうまくいった。

問題は二度めの虎綱のときだ。こいつはどうやったんだろう。なにしろ同じ部屋に誰もいなかったことがわかってる。虎綱は部屋に入るなり、さえに酒を持ってくるよう命令し、それからひとり、どっかと座布団に腰掛けた。つまりこの場合、ふいごは座布団の下に隠してあったってことだ。それしか考えられない。虎綱は結果的に、自分で死の矢を放っちまったんだよ。そしてこの二度めのときには、すぐさま俺が駆けつけてくることがわかってた。だから仕掛けを隠すと同時に、こぼれた水を拭いておいたんだ。

矢の先にはかなり強い毒が塗ってあった。だから必ずしも急所に当たらなくていい。体のどこかをかすめさえすりゃ、相手を葬ることができる。その場に誰もいなくても人を殺せる仕組みだったわけだ」

「なんと、そんなことが本当にここであったとおっしゃるのですか――」

「もちろんさ。あんた、いまのよりもましな、あのふたりの死を説明できるような話ができるか？　できるってんなら聞いてやるぜ」

そういわれて亡八の喜三郎も唇を噛むしかなさそうだった。岩徳が続けていう。

「もちろん、そんな仕掛け、外の者がひとりで仕込めたわけがねえ。この吉田屋の中に、必ず協力した者がいたはずさ。

俺がさっき尋ねたのはな、喜三郎。ここが、この部屋がこれまでにも人を密かに葬るのに使われたんじゃねえかと思ったからなのさ。

――どうなんでえ」

「そんな問いにはお答えできませんな」

そう答える喜三郎の顔が先ほどまでと違っていた。おどおどと下手に出ていた感じがなくなり、どちらかというとふてぶてしい落ち着きが感じられる。

「そうかい。そんな強情を張ってると、こっちも考えなきゃならねえ。この仕事の依頼主は墨田屋の主人だ。まあ首謀者は自分の長男の幸之助だから自分でどうにかするんだろう。だが、それだけじゃすまねえことくらい、あんたもわかるよな。俺がこの件をこのまんま報告したらどうなるか。たしかにあんたのとこにも首代っていう荒っぽい連中がいるな。しかしそれは墨田屋も同じだ。荒っぽい連中には事欠かねえ。このまま殴り込みなんて大げさなことに発展すりゃ、ここ吉原を目の敵にしてる御老中に、店の取り潰しの恰好のネタを投げてやることになるんじゃねえのかい」

しばらく、岩徳と喜三郎の睨み合いが続いた。やがて喜三郎がため息とともにいった。

「わかりました。さすがは聞きしにまさる親分さんだ。お見それしました――」

「ガントク、この紐引いて――」

こちらも、いままで聞いたことのないような口調で娘がいう。岩徳はいわれるがままに娘の示す紐を引っ張った。そのとき、階段の上がり口から何者かが部屋に飛び込んできた。銀色に光る物がきらめく。

「うっ――」

小刀を逆手に持った男が、岩徳にあと半歩というところで動きを停めていた。その顔のすぐまえに、娘の持つ幅広の大刀がある。小刀を持った男の顔に赤い筋がうかんだ。ぽたり、と血が落ちる。男が止まらなければ、間違いなく顔がまっぷたつになっていた。そういう娘の刀術と、その刀の切れ味だ。

「玄喜、下がっておれ」

ドスのきいた喜三郎の声が飛ぶ。小刀を畳に落とした男が、顔面から血を垂らしながら四つん這いのまま下がっていった。

「負けました。親分さん、すべてあなたのお見通しのとおりでございます」

ドスのきいた声のまま喜三郎がいう。

「――それを認めた上で、どうかお聞き入れ願いたい。我らの願いをどうぞお受け下さいまし」

深々と頭を下げ、額を畳にすりつける。

「今日、我々はひとりの下手人を差し出します。その者が墨田屋幸之助の依頼を受けてやった。先方には是非とも、そういうことでお願いできませんでしょうか」

「取引か。まあ、あんたの方の窮状もわからなくはねえが」

老中、酒井忠清の締め付けが年々ひどくなっているというのはむろん聞き及んでいる。

「俺の方にはこれといって、あんたからもらいてえ物なんかねえんだがな」

「ねえガントク、わたしあるの。いっていい？」

突然娘がいった。刀を紙で拭い、鞘に収める。

「なんでえ。ここは娘が用のあるようなところじゃねえんだが」

「あのさ。ここの太夫さんが頭につけてた物の中で欲しいのがあるのよ」

◇

娘が欲しがり、手に入れたのは決して派手な髪飾りなどではなく、どちらかいうと地味な、鈍い光を放つ鏡の破片みたいな物だった。太夫が簪《かんざし》のように髪に差し込んでいたのだという。もらったそれを衣服の切れ込み《ポケット》になったところへ大切そうにしまい、娘がいった。

「ありがとうガントク、これでお別れだわ」

「そうかい。帰る当てがあんのか」

「うん。あなたのことは決して忘れない。ずっとずっと、何百年も離れていても忘れないわ」

「おめえさん、最後までわけのわからねえことをいうんだな。犬は連れてくのか」

「ううん、置いてく。よかったら飼ってあげて。それより、おこうさんを大事にね」

「んなこたあ、いわれるまでもねえよ。——そうだ。礼をいってなかったな。——ありがとうよ。本当に命を救ってもらったな。たしかにすげえ腕まえだ」

「ふふっ」

犬から下りて歩きだした娘が、峠を越えて姿が見えなくなるまで、岩徳は目で追っていた。

それから一年たち二年たち、岩徳はふとあの変な恰好の娘を思いだす。あれだけ目立つのだから、風のたよりにでもどこかに現れたという噂くらい聞いてもよさそうなものだが、それっきり行方は知れなかった。

あの出会いが本当のことだったと思える唯一の証拠は、残された白犬だけだった。

天地の魔鏡

柄刀一

柄刀一（つかとう・はじめ）

一九五九年北海道生まれ。一九九四年、鮎川哲也編『本格推理3』が初掲載。一九九八年『3000年の密室』で長編デビュー。主な著作に『或るエジプト十字架の謎』『ミダスの河』『月食館の朝と夜』『密室キングダム』など。

一

大気は冷え切っていて、吐く息はたちどころに白くなる。運動の最中なので息は弾んでおり、呼気の量は多くて、自分の息の白さが視界の邪魔でさえあった。

その白い靄《もや》が横へ流れた時、博朋《ひろとも》は、思いがけないものを視野に入れた。

凍りついた湖の畔《ほとり》に佇《たたず》む、一人の人物の背中だ。

湖の上の空気は白く凍てついていて、固定されているかのように微動もせず、ただ、湖岸へと流れ出た一部が人の形を成したかのようだった。

上半身に身につけているのは、どこか海軍の制服を思わせる白い装束。下に穿《は》いているのは、洋装のスカートと呼ばれる物かと思われるが、黒く、やけに丈が短い。日常的な着衣とは思えなかった。

だがそれらは奇異の範疇《はんちゅう》で、驚きの思いで捉えなければならない要素は他にあった。太刀を佩《は》いているのだ。飾りや玩具のように形だけ真似た作り物とは思えない。廃刀の時代に、そのようなことをわざわざする者もおるまい。

ゆっくりと振り返った少女は——そう、少女に違いなかった——柔らかな肌に、心なしか幼さも残る面差しで、ただ、瞳には凜《りん》として底光りするものがある、その彼女が、

「奥川《おくがわ》駐留練学所《れんがくじょ》の方《かた》ですか?」

と、足の止まっている博朋に声をかけてきた。

すぐに返事ができなかった。

明け初《そ》めたばかりの寒気の中。刀をさげた少女。突然の人影だ……。

あやかしに遭《あ》っているかのようで、思考がまとまらない。

それでも少女の目が真剣なので、博朋の口はかろうじて動いた。

「練学所の者です。証《あかし》分析役巡査をしている松方《まつかた》博朋といいます」

彼女は、「ヤオ」と名乗ったように聞こえた。ヤオが姓なのか名なのかは、よくは判《わか》らなかった。まだ若い博朋には、異性に根掘り葉掘り尋ねる気質が育っていなかった。


多摩川の上流、村里《むらざと》も疎らな奥川という地に、東京警視庁の訓練施設である奥川駐留練学所がある。小規模な人員であり、指揮官である所長以下、総勢が三十六名だ。

二月の声も浅いこの時季、早朝の空気の中の湿り気は、毎朝霜《しも》となって大地に沈殿する。近くのあの湖の影響も大きいだろう。水蒸気を提供し、盆地状のこの一帯を冷やしもする。

博朋は湖の正式名称は知らず、霜底《しもぞこ》という、湖のことでありこの一画の地名でもある通称だけは耳に入れていた。

その湖に背を向け、博朋は今、ヤオと名乗った少女と共に、練学所への下り傾斜を歩いていた。一面、白く凍てつく大地には、駆け足の自主訓練をしていた博朋の、往路の足跡があるだけだった。

ヤオの足跡は？　と、瞬時、博朋は思案した。霜が降りる前から彼女はやって来て、ずっと待っていたということはあるまい、この軽装で。湖畔を歩いて来たのだろう。

（それにしても……）

若い身空で、婦女子が、脚を露出しすぎではないだろうか。目をやることもできないが。

「寒くはないですか？」

「問題とするほどには感じません」

強がりでもなんでもないことは、表情から明らかだった。心身を鍛練し、質実剛健を体現しようとしている同輩たちの仮面めいた虚勢とは明らかに相違するものがあった。ヤオは至って涼しげに応じている。

「この装束は、わたしが仕えているある流派の決まり事なのです」

と言われて博朋は赤面した。遠回しの問いの底にあった好奇の眼差しをかわされたような具合だ。

（しかし、この年若い娘でも、このように変に鋭い感覚を持ち得るものなのか？　女子とはそういうものなのか？）

解答を求めたわけではないが、博朋は、ヤオから渡されていた一枚の書簡の文面に視線を落とした。東京警視本署からの紹介状である。総監官房情報課の高官が発行している。本状の持参者と山本奨《すすむ》の面談に、格別の便宜を図ること、との内容だ。

総監官房情報課――。

博朋には想像もつかない組織的な高所、お偉い部署だ。

そこのお墨付きをもらっているこの少女は何者なのだろう。明らかに、玩具で遊んでいるような少女や、良縁を求めて身繕いしている娘たちとはまったく違う雰囲気を持っている。ただ者ではないから、この若さにもかかわらず、単独での行動を容認されているに違いない。

山本奨。国学者であるらしい初老のその男は確かに、当練学所に一泊している。朝食を摂《と》ると早々に出立《しゅったつ》するということであったから、対面するためには、ヤオはかなり早く来る必要があったということであろう。

地面は平らになり、練学所の全景が見えてきた。短時間で造られたにしては粗末な感じはない、平屋の建物だ。練武場は奥にある。

手前、東の端に位置する一角からは湯気が目立って立ちのぼっている。炊事担当が働き始めていることもあるが、風呂場の排気口からは常時湯気が出続けている。温泉が引かれているのだ。湯をさらさらと溢《あふ》れ流れるままにしてある贅沢さで、この寒冷の時季は特に、なによりありがたく息をつけるのが入浴時間であった。

だが一方、畑など作れるはずもなく、新鮮な野菜を得られない中、炊事担当は苦労をする。各々が健康管理に気を配らなければならない環境ともいえた。士族《しぞく》たちはなおさら、脱落は名折れとの強い意識を持つ。

「証分析役巡査とは、どのようなことをするのです？」

白い息と共に、ヤオが好奇心を向けてきた。

「はあ。証分析方《がた》とも呼ばれていますが、事件現場における証――証拠を細かく検証する役目です。細緻に観察し、比較検討できる事例を集め、統計的な確かさを確立していく過程にあります」

「証拠を調べる専門職なのですね」

「それだけではなく、本官の上役である江崎《えざき》少警部殿は、証拠を重視する法律草案に献策できるお立場にもおられます」

しかし……。巡査の肩書きは与えられていても、博朋には、邏卒《らそつ》の流れを汲む外回りの巡査たちとは違い制服も与えられていない。彼らから軽視されている向きもある。彼らには、この激動の時代に剛力を振るう武人めいた自負があり、文字と取り組み書面と向き合っている博朋などは書生に毛が生えた程度の裏方にしか見えないようだ。

政策顧問の名目でやって来た山本奨は、江崎少警部と密な討論を交わしているようだった。

「大事なお役目ですね」

「えっ？」

「証拠というのは誰でも納得できる証ということですものね。身分も権力も関係なく、公平な価値が行き渡るのが新時代だとしたら、証拠を法的に扱うのはそれにふさわしいことでしょう？」

と続けるヤオの口調には、奇妙に大人びた、真摯《しんし》な落ち着きが感じられた。

「え、ええ……」

「被害の与え手も受け手も、双方が納得できる落着がないとだめですよね。強引に、形だけで事件を終わらせてもだめでしょう、きっと。裁きが偏っていると、優位な者はますます都合のいい振る舞いをするようになって、反対に不満を感じた側には復讐の気運が高まったりして、かえって騒乱が起きてしまう」

「ふふっ。その若さで、実感のこもった話し方をしますね」

「もちろん、ただの空想ですけど」微妙だが、ヤオの表情が初めて少し緩んだようだ。

「法律こそが……」博朋は、自分の言葉に初めて思いがこもったような気になった。「万民の倫理的価値の基準になるような今後、か」

「法律が整っているはずでも」小声で言うヤオは、博朋とは逆に、また少女っぽさからは遠ざかる気配だった。「戦争は起こったりするようですけど」

二人は、練学所の玄関に着いていた。

二

博朋は、六郷《ろくごう》二等巡査と二人組での早朝当番で、ストーブに火を点けて回った後、足腰の鍛錬のために湖まで走ったのだ。今また、ストーブの燃え具合を確認してから、彼はヤオを案内しておいた小さな入所待機室に顔を出した。

ヤオは、まだ一人で座っていた。

「間もなく見えると思いますよ」

安心させるように言って、博朋は傍らに立った。

紹介状は、指揮官である兵藤《ひょうどう》中警部の世話係に渡してある。いうまでもなく、外部の者を勝手に山本顧問に会わせるなどは論外である。とにかく上の指示を待つ。

建物の中も気温は低く、ともすれば両手をこすり合わせたくなるが、ヤオの手前、博朋は姿勢を保っていた。その代わりというか、ぽつぽつと会話の穂をついでいった。

「とうこうかん、ですって?」

山本顧問と会う目的をさりげなく訊《き》いていく過程で、耳慣れない言葉が出てきた。

「支那《しな》の言葉です」ヤオが言う。「不思議な和鏡のことで、透明な光の鑑《かがみ》と書きます」

「どのような鏡なのです？」

「反射させた光を壁などに当てますと、そこに映像が浮かびます。光の中に。禁教令の時、身を隠していたキリシタンたちがこうした透光鑑を所有していて、十字架やマリア像を密かに映し出していたといわれます」

「不思議だ。鏡面は平で、普通に鏡として使えるのですね？」

「そうです」

「どのような原理なのでしょうか？」

一度ひらきかけた口を閉じ、それからヤオは改めて言った。

「はっきりとしたことは判りません。ただ、鏡面の後ろの凹凸に秘密があるようです。絵柄が彫られている鋳型に素材を流し込んで銅鏡や青銅鏡を作ったうえで、薄くなるまで磨き込むと表面には背面の絵柄と同じ微妙な凹凸が生じ、反射光の中に陰影が映るのかもしれません」

「なるほど」

博朋は心から感銘を覚えた。興味深い話である。……しかし、いささかの奇異も感じた。先ほどこの透光鑑という言葉を彼女が持ち出したのは、山本顧問とヤオに共通する、万象との調和的な共存を求める思想について語っている時だった。

「ヤオ殿。大きな自然の鼓動とその謎めいた鏡とが、どう関係するのでしょうか？」

考えるような間をあけてから、ヤオは答えた。

「透光鑑の理《ことわり》は、大地どこにでも存在するのです。そうは思いませんか？　先ほどの湖だってそうです」

「はっ？」

「湖水が、透明な氷であったならどうでしょう？　氷全体が鏡の実体であり、湖底は、その地の歴史を彫った鋳型です」

「――――」

「充分な光を与えれば湖底の像は、焦点を結ぶ天空に姿を現わすのです」

息を呑《の》んで、博朋は胸中唸《うな》っていた。理屈が通っているとは思わないが、博朋には響くものがあった。意表を突かれる見方で、あまりに空想的ながら、ひとつの自然観察的な思弁として奇妙に共鳴する。

「湖だけではありません」と、ヤオは淡々と続けていた。「雨上がりに生まれる溜まり水も同じと見ることができます。きらきらと光る、人々の往来の地や、田園。すべて、その底に刻まれた人の世の濃淡を照らしあげて、陰影の像を天に結ぶのです」

人の世の濃淡――と彼女は言った。やはり、地の歴史を彫った鋳型というのは、地質的意味ではないのだと、博朋は得心した。

「映る像は、魔像なのか、瑞兆の像か……」

そう語るヤオを見て、博朋は直観した。彼女は——このヤオは、巫女なのではないか。それも、何代も続いた巫女の血を受け継いでいる。だから、幼いまでのこの若さで、不可解なほどに沈着で深い雰囲気をすでにまとっているのではないか。そう考えれば、出で立ちの特異さにも納得がいく。彼女は、流派の決まり事と言っていた。巫女が着用しなければならない聖なる装束なのだろう。

正統な神眼《しんがん》で、彼女は天に映る陰影の意味を読み解く。

（だとすれば……）

鏡がらみで山本顧問との共通点も見えてくる。本来は神仏分離令であったものが廃仏毀《はいぶつき》釈《しゃく》の嵐を日本中に巻き起こし、それがほぼ終息して十年弱。明治政府は神道を主軸にした国民強化運動（国家神道）の体制作りを続けている。山本顧問はこの信仰政策にかかわる活動をしているらしく、博朋には思えた。

廃仏運動は、ご神体を曖昧にする神社も生んだ。仏像をご神体としていた神社はこれを禁止され、神職へ転向した僧侶などの受け皿としての神社が必要とされたりなどしたためだ。こうしたご神体不在の神社に政府が提示する祭神は、無論、天照大神《あまてらすおおみかみ》である。そして、ご神体として鏡を祀る。

こうした、鏡と信仰を巡る関連性でもって、ヤオは山本顧問と対面しようとしているのではないだろうか。

博朋がそうした想像を巡らしたところで、廊下から、軍靴や金属的な装備が鳴らす音が聞こえてきた。

勢いよく戸がひらき、博朋は直立して二人の上官を迎えた。

指揮官の兵藤義助《ぎすけ》中警部と、その副官ともいえる江崎藤剛《とうごう》少警部だ。

中警部は、房状の肩章《けんしょう》や並ぶ金ボタンも凛々《りり》しい制服姿で、少警部の制服はそれに準ずる。江崎少警部は、慌てて整えた服装に乱れがないか確かめるように、上着の裾を引っ張ったり、全身を見回したりしている。気さくな人物であり、巡査にすぎない博朋でも率直にものが言える関係を作ってくれていた。二人だけの時には江崎さんと呼んでくれてかまわないとまで言う。

両警部とも、四十代半ばといった年齢。

兵藤中警部は、黒々とした口髭を両側に立ちあげて厳《いか》めしく、その性質も見た目どおりだった。高圧的態度、怒声が板につき、権威と規律の権化である。権柄尽《けんぺいず》くともいえる。

その中警部が、紹介状と、立ちあがって名乗ったヤオとに、にらむような視線を行き来させた。ほとんど瞬時に表情は険しくなり、激情をこらえようとするかのように血の色が顔面に漲《みなぎ》った。

その心中、博朋には手に取るように判った。こんな小娘に本署からの推薦書簡だと？

なんだこの風体は！

そう叫びたいのは間違いない。

それは当然、江崎少警部も察していて、さすがの、間をはずすような口ぶりで、

「よほどの事情があるようですね。深入りせずにご高官の意向にお応えするのが得策ですかなあ」

と、上官の理性というか階級意識を飄々《ひょうひょう》と触発する。

憤懣がまだおさまらない兵藤中警部が目をつけたのが、ヤオの腰にある太刀だった。

「なんだ、それは！　帯刀禁止令から何年経っていると思う」

大声を発すると、奪おうとするような勢いで刀に腕をのばす。反射的に、ヤオはそれを阻止しに動いた。攻防の姿勢で二人は硬直し、視線がぶつかり合う。

博朋は思わず言上《ごんじょう》していた。

「ヤオ殿は、神道系の巫女であるらしく、その太刀は儀式用と思われます」

上官からの求めや許可がないのに発言などしたのは、博朋は初めてだった。

帯刀禁止令とも言われる、通称・廃刀令の正式名称は、大礼服並《たいれいふくならび》軍人警察官吏等制服着用の外帯刀禁止の件で、その名のとおり、認められた制服か特定の儀式など以外での帯刀を禁じるものだ。二年前、明治九年に発せられた。警部ともなれば軍刀をさげているが、博朋たち巡査には棍棒などが与えられているだけである。

不測の発言をしてしまった博朋は瞬間的に青ざめ、全身に冷や汗を帯びていた。

しかし幸い、中警部にはそれを咎《とが》めだてる余裕がなかった。ヤオとの対峙に神経を注ぎ尽くし、彼女に対していきり立っている。先にヤオが体から力を抜き、刀を差し出すように小さく動いた。中警部は刀を握り、荒々しく手元に引き寄せた。

博朋も改めてその刀の造りを見たが、柄《つか》や鍔《つば》を中心に精緻で流麗な模様も入り、いかにも格式ある祭祀に奉られそうな品だった。

鞘《さや》からわずかに抜いてその刀身を見た中警部は、両目を厳しく窄《すぼ》め、どこか得意そうに吐き捨てた。

「これが、儀式用だと？」

肉厚な刀身が、博朋の目にも見えた。実戦向きの重厚さがある。無論、真剣だ。

「それで」ヤオが、泰然と口をひらいた。「山本先生とはお会いできますか？」

「いやいや、それがねえ」気まずそうに応じたのは江崎少警部だ。「山本顧問が見当たらないのだ」

これには博朋も、えっ？　となった。

兵藤中警部から太刀を取り戻していたヤオも、一瞬、戸惑いで動きを止めた。

「山本顧問は、この江崎少警部と同室だったのだ」兵藤中警部が説明した。

「夜遅くまでいろいろ話し込んでいたのだが……。先ほど呼び起こされてみると、もぬけの殻《から》だ。まったく気づかなかった。厠《かわや》にもおらず、布団もすっかり冷たかった」

部屋を抜け出してから時間が経っているということになる。

博朋は江崎少警部に控えめに問いかけた。

「出立したということでしょうか？」

「いや。靴はないが、手荷物がそのまま残っている。それで、ヤオ殿」今度は江崎少警部が問いを発した。「あなたは、山本顧問を追っているのかね？」

「いいえ」話し相手を真っ直ぐに見詰めているだけで、ヤオの面《おもて》には余計な感情が窺えない。「一刻も早く助力いただきたいことがあり、参ったのです」

「ふむ。さようか……」

忌々しそうに、兵藤中警部は紹介状をヤオに突き返した。「全員起床させ、所内と敷地全域を検《あらた》めさせるところだ」

続いて、ヤオと出会った時の詳細を話すように命じられ、博朋はかしこまって答えた。

ちょうどそれが終わった時に、廊下から声がかけられた。

あけられた戸の外には久世《くぜ》警部補が立っており、

「欠員なく、捜索を始められる態勢、整いました」と報告した。

「そうか」

と応じた兵藤中警部は、久世警部補が太刀を佩いている娘に興味を示したのを敏感に察した。久世は、この練学所の剣術指南役である。

「帯刀にはなんらかの許可を得ているらしい」中警部の説明には、侮りの調子が多分にある。「真の武士から刀剣が奪われたのに、見かけ倒しのこんな使われ方が認められるとはな。大ぶりの刀、このような小娘が扱えるはずもない」

ヤオに視線を走らせた警部補は、しかしこう応えた。

「お言葉ではありますが、兵藤中警部殿。その女子《おなご》、剣を振るう基礎的素質は有しているように見受けられます」

「なにっ？」

眉をあげた中警部は、それから、暗い興味の色を目に浮かべた。

「では、お手並み拝見も時間つぶしになるかな」

三

場所は練武場で、空気は徹底的に冷えている。山本奨顧問の探索を命じた後、兵藤義助中警部は、結果を待つ間、体も冷えているだろうから、剣術の練武で少し汗をかいてはどうかとヤオを誘った。

探索には加わらない上級職の十名ほどが、観戦を命じられたともいえる。松方博朋は完全に階級違いだったが、江崎藤剛少警部の配慮というべきか、近侍《きんじ》として伴うのが当然といった目立たない采配でここへ引き連れられて来ていた。一団とは離れて、同じく正座している博朋は身を小さくしていた。

早朝当番である博朋は門衛の任に着く予定であったが、それも六郷二等巡査が引き受けてくれていた。薩摩《さつま》出身である六郷は博朋より一歳年下で、気のいい奴であった。締まってきてはいるがまだ小太りの体形をしている。この所内において一番馬が合う。

窺うように博朋が視線をあげた先、練武場の中央では、ヤオと久世警部補が向かい合っていた。警部補は胴着に着替えていたが、ヤオのほうは、端然としているとはいえるがどうにも奇態な装束のままだ。男所帯にも、武術道場にもおよそふさわしいとは思えない。だが、これはなんともしようがないのだろう。

二人が握っているのは木刀だ。

兵藤中警部としては、「帯刀は格好だけですから……」と、ヤオが尻込みし、男の剣術の前に膝を折ることを期待したのだと思われる。しかしヤオは淡々と、「お手合わせで鍛えてくださるならありがたいです」と受けたのだ。

ヤオが打ち据えられ、大怪我を負わないか、博朋としては不安でならなかったが、ヤオが断ろうとしなかった点に一縷《いちる》の望みを見いだしていた。それに、久世警部補は無体なことをする人物ではなかった。腕は立っても乱暴ではなく、弱い者いじめなどはしたくてもできない。

三十を一歳超えており、やや小柄だが、引き締まった顔の中で目が鋭い。

兵藤中警部の号令で、手合わせが開始された。

初手で打ち合わされた木刀の音が、冷気を切り裂くように場内に響いた。

しかし、腕前の差はすぐに歴然となった。久世警部補を前にしては、ヤオはどうしても初心者だった。探りにいっていた警部補も、気合いを緩め、相手に合わせる調子になった。

なにがしかの期待も懐《いだ》いていたであろう観戦者たちも、失望の色を見せ、緊張感を解いていった。兵藤中警部でさえ、冷笑を浮かべる価値もないとばかりに、興味を失っている。

これは仕方ないのだろうと思いつつ、博朋は、久世警部補に感謝していた。痛めつけるように打ちかかることなどせず、まさに指南しているかのように手合わせをしてくれている。

それが、十手、二十手と交わされ……。

足運びの音の間隔が短くなり、木刀の衝突音に重みが増すように感じられ始め、それがそのうち――

(……んっ?)

ヤオの動きが格段によくなってきているように、博朋には感じられた。久世警部補ほどの手練《てだ》れを相手に、剣術の形になってきている。

間違いない。上達している。この短時間で見違えるほどだ。

体が温まってきたということを超えている。急速に学習して才能が開花しているようでもあり、そんなことは有り得ないが——身体《しんたい》すべてがなにかを思い出しているかのようでもある。

観戦者たちも集中力を取り戻し、闘う二人に視線を据え始めていた。

江崎少警部、そして兵藤中警部も、真剣な目になっている。

（おおっ）

あっ！　と驚くような一撃をヤオが放つ。

速さ、身ごなし、それは様《さま》になっているというだけではなく、まさかと思うが——博朋もまだ経験したことがない、実戦めいた自在さやしたたかさまでも発揮し始めているようだった。

観戦者たちの感情も乱し、場は、異様な空気にもなってきている。

剣技全般ではまだ久世警部補のほうが上だったが、受けには、正確に止めないと一本取られかねないという懸命さが見え始めていた。全身に緊迫感がある。

このままでは致命的な衝突が起こるとばかりに、久世警部補がスッとさがって間合いをあけた。

この瞬間、練武場入口に視線を向けた江崎少警部が、

「兵藤中警部。探索班のまとめ役、権少警部《ごんしょうけいぶ》の野木《のぎ》が戻ったようです」と、少しのんび

りと聞こえるほどの口振りで言った。「報告を聞けるようですよ」

場に満ちた熱気が冷まされるようでもあった。

複雑な表情の兵藤中警部が、渋々口をひらいた。

「では、ここまでとしよう」

少し息を切らしているヤオが、久世警部補に礼を述べていた。

清々《すがすが》しいその様《さま》に、博朋は見惚れる思いだった。彼女は、華族でもあり剣士でもあるようだ。


探索班に成果はなかった。一面の霜の敷地に残されていた足跡は数えるほどだったらしい。博朋と六郷二等巡査が営舎周辺を見回った足跡。湖へと駆けた博朋がヤオと共に戻る足跡。炊事担当が、氷を割りながら使っている井戸へと往復した足跡。どれにも説明がつき、問題はない。

山本奨顧問の姿は営舎内のどこにもなく、井戸も調べたがここにも異状はなかった。これ以上調べるためには、山狩りをするか、村落へ聞き込みをかけるしかないだろう。

博朋は、江崎少警部と交わした初歩的推理を思い返していた。山本顧問が営舎から去ったのは霜が降りる前、夜のうちということになるだろう。霜が溶ければ、その下にある山本顧問の足跡も現われるのではないかと博朋は期待をかけた。しかし江崎少警部はこれを否定した。積雪があったわけではなく、地面そのものが固く凍りついているから、足跡はほとんど残らない。その上に霜が降りて、そして溶けたりすれば、地表を充分に変化させてしまう。夜に歩いた者の足跡など見分けられないというのが、江崎少警部の見方だった。

山本顧問が立ち去った方角は不明なわけだが、最寄りの村落に向かったと見るのが妥当だろう。

だがなぜ、誰にも告げず、身の回りの品を残したままで、明るくなるのも待たずに遁走《とんそう》するかのように消えなければならないのか。

不可解な話であり、ヤオは今、山本顧問の身の回り品を検分している。

「憂国の士の気概があるのか！」

兵藤中警部のがなり立てる声で、博朋は我に返った。

今は全員、営舎前で整列させられていた。予想外の探索行動で定刻より遅れたが、教練の日課を揺るがすわけにはいかないと、訓示朝礼が始まっていた。朝食が抜かれている。

雲に隠れていて、朝日は弱い。

「民であろうと官であろうと関係ない。今が国家最重要の時局と知るのであれば、男子たるもの、こそこそと猥雑で卑俗な行動など取れるものではないはずだ」

山本奨顧問の行動をあげつらっているのは明らかである。指揮下に置いている隊内で面倒事を起こされたのであるから、憤りは判らないではない。またその一方、紹介状では両者の面談に格別の便宜を要求しており、できなかったでは済まされない。こうしている今も、兵藤中警部の頭脳においては対処を練ることに余念がないのではないかと博朋は想像する。追い詰められているような苛立ちが、中警部の言動を荒らげているのは間違いない。

隊列の前を右に左に歩き回りながら、中警部は唾《つば》を飛ばしている。

それにしても、〝憂国〟とは少し古い。西南戦争も過去のものとなったこの時局は〝建国〟へと進んでいるのではないかと、博朋は胸の奥に隠しつつ思う。

「そのような行ないを羞《は》じない一般平民――」言いかけて、兵藤中警部はそれでも咄嗟に訂正した。「民衆に、国軍などまかせられるのか！」

国民皆兵《かいへい》。政府は徴兵制度を採用した。こうした大改革に、士族たちの反発が激しかったのは博朋も肌身で知っている。武士たちも特権的階級を失い、俸禄《ほうろく》である扶持米《ふちまい》が黙っていてももらえる身分ではなくなり、生業《なりわい》を求めなければならなくなった。そのうえ、階級的な表徴であり、魂と感じる者もいた刀を放棄させられた。そうした社会制度に憎悪を滾《たぎ》らせる士族に徴兵制度はさらに追い打ちをかける。

軍部に入って力を振るい、立場を得るしかないと将来像を切り替えていた士族に、兵は国民から一律に徴用すると伝えられたのだ。職業武士などいらず、いわばクジで選ばれた民が近代兵士になるというわけだ。

反乱、動乱が起きても当然といえただろう。

「治安部隊も同じだ！　貴様らは、この練学所で魂魄《こんぱく》を勇壮に鍛え、帝都の治安を維持する官憲以上の存在となり、市井の者との覚悟と技量の違いをまざまざと示さなければならない」

兵藤義助中警部自身、誇り高き士族の出であり、入隊以前は不平分子的な活動もずいぶん行なっていたと博朋は耳にしている。四民から人員が募られている警視庁警察官がすでに、民も官もない構成になっているが、兵藤中警部はともすれば、士族や軍人に重きを置く偏りを見せた。しかし部隊員の中には、年齢層こそ違え同じ士族出身者が多く、

「士道を継承する者こそ、どの部隊をも掌握し得《う》る！」

という中警部が飛ばす檄《げき》には、内心強く頷《うなず》いている気配で、意気軒昂に顔面を紅潮させている。

博朋はあれこれ思考することをやめ、表面的には中警部の話に集中した。気を抜いていると捉えられたら、張り倒されかねない。

湖のほうをしばらく眺めていた兵藤中警部が、険しい形相で振り返ると、「江崎少警部、前へ！」と、号令めいた音声《おんじょう》を発した。

中警部の命令は、「山本顧問の如きは、開明に名を借りた軟弱思考を持ち込もうとしていたのではないのか、その点を全隊に説明せよ」というものだった。

軟弱思考はともかく、博朋は、山本奨顧問がどのような用件でここへ来ていたのか、ヤ

オと対話する上でも知りたいと思った。おおよそのところは、江崎少警部から聞いてはいるのだが……。

叱責を受ける者や、伝令事項を伝える役の者は正面に出されて立たされることもあるが、江崎少警部は、右手の脇のほうに直立させられていた。

中警部はまず、「顧問は、貴官に何用だったのだ?」と少警部を問い質した。

無論、顧問の訪問目的は指揮官である中警部にも伝えられているが、改めて、その内容を周知しようということだ。

「山本顧問は、なにかを伝えに来たわけではありません。本官に尋ねたいことがあったのです。本官の叔父の職分に関係があります」

「貴官の叔父はなにをしていた?」

「大政奉還から政府樹立初期まで、神道家として宗教政策を担当しておりました。社寺局に籍を置いたところで病没したのです」

変転する宗教政策の中、内務省社寺局は去年設置された部局である。警視庁も同じく内務省に属している。ヤオの〝密命〟はその辺に関係しているのであろうかと、博朋は思いもする。

尋問同然の矢継ぎ早の問いに、江崎少警部は答えていく。山本顧問に伝えた、少警部が知り得ている限りの叔父の活動内容だ。将軍家から朝廷に大権が移るという激動の中で、天皇が最高祭祀者として祖神――つまり天照大神を祀るのだと方向付け、制度的に天皇を位置づけていく過程での論争。神社神道と皇室神道を結びつけていく宗教政策立案における舞台裏……など。

兵藤中警部は、消息を絶ってしまった山本奨顧問が、有害な詭弁家であるとか、不敬の民であるという言質を少警部から取ろうとしているようで、博朋はハラハラしながら問答を聞いていた。しかし幸い、江崎少警部は、最後までうまく切り抜けそうであった。

大国主命《おおくにぬしのみこと》も祀るべきだとする勢力が発言力を強めている流れもあり、政府は、神道界を体系的にまとめることすら困難であると苦慮し、よって、国民を復古神道的に統制するのは断念すべきではないかとの認識に至りつつある……と、これが山本顧問との話の結論めいた内容であったと江崎少警部はまとめた。

兵藤中警部はかなり異様に苛立っていた。

そしてさらに、江崎少警部が、

「他、洋式兵制の話にもなり、久世警部補と意見を闘わせていたようであります」

と口にした瞬間、中警部の目はぎらついた。

鞘から軍刀を抜くと、その切っ先を隊列の中の警部補のほうへと突き出した。

「久世警部補、前へ！」

久世警部補は、江崎少警部の右側奥、営舎側へと並ばされていた。

「洋式一辺倒の軍備の拡充論などには、貴官は毅然と反対したのであろうな？」

返答までにはわずかな間があいた。

「兵器の質においては、西洋の優位を認めざるを得ませんでしたが」

兵藤中警部の顔は、みるみる怒気の朱色に染まった。

「祖霊が血を注いで残してきた美風を顧みないのか！」

髭を震わせて刀を振り回す中警部を前に、久世警部補は冷静さを保っている。見ている博朋の心胆のほうが縮みあがりそうだった。感情が爆発し、斬りつけたりしないだろうか。

「兵藤中警部殿。本官は軍部への提言をしたわけではありません。山本顧問と交わした、一警察官の私見にすぎません」

「言い抜けようとするその軟弱さに気づかぬのか！　腑抜けだから警視隊にも選ばれず、腰にさげたそれも飾りになる」

そう吐き捨てる中警部の剣先が、久世警部補の刀をガチャガチャと叩いた。それこそ武士の時代であれば、これは相手の面目に泥を塗る挑発行為だ。久世警部補は表情を変えなかったが身を固くしている。

前年の西南戦争の折、陸軍を支援するために編制された、剣術に優れた士族たちの部隊が警視隊である。そこからさらに精鋭が集められた抜刀隊も名を馳せた。

「だから、婦女子一人にも手こずるのだ、久世警部補。顧問のような頭でっかちの文官が時代を歪めてきた。西洋への劣等意識もそうだ。貴官はそれらに瞬く間に毒されてはいないか」

「山本顧問は、強硬な意見の持ち主ではありませんでした。武者《むしゃ》の忠義高徳の精神は堅持しつつ、国と法律を護る力の近代化を図ればいいとの認識のようでした」

「近代化！」兵藤中警部は軍刀を地面に突き立て、「それは日本本来の姿を消すことだ！」と悲壮に叫んで仁王立ちする。「誉れある歴史を捨てさせ、一部の者が利権を得ようとしているだけのこと」

急に姿を消した山本奨顧問も、なにか欲にまみれた後ろめたい策謀をしに来ていたのかもしれないと、兵藤中警部は自説を展開した。顧問の消息に関する情報に気を配りながら、清規を取り戻せと命令が下され、荒れた訓示朝礼は終了した。


いつの間に出て来ていたのか、ヤオが後ろのほうに立っていたことに博朋は気がついた。空を見あげている。雲が薄く、青空の光が滲み始めている辺りを一心に。

四

営舎内に戻りながら博朋は、山本顧問が残した品からなにか判ったかとヤオに尋ねたが、めぼしい発見はなかったようだ。彼女は今、今後の方策をまとめるために、兵藤中警部と指揮官部屋へと向かったところだ。

廊下を進みながら、憲兵的な役目もこなす野木権少警部が、

「山本顧問には、ただの文官らしからぬ目的が、なにかあったのでしょうか？」

と江崎少警部に問いかけるのが博朋の耳にも届いた。

「先ほどは口にしなかったが、山本顧問はなにかを調べているようではあったのだ。役目というより、気にかかることが生じたかのように……」

この時、廊下の奥のほうから、ただならぬ物音が聞こえてきた。悲鳴のような大声であり、物がぶつかるような、倒れるような響きもある。

たちどころに、そちらに向かって江崎少警部らが走り、博朋もそれに続いた。

薄暗い廊下を曲がると、すぐにその光景が目に飛び込んできた。青ざめた兵藤中警部が廊下に尻を着き、その体にヤオが抜き身の太刀を向けている。

「ヤオ殿!?」

博朋がそう声を発した瞬間には、太刀の切っ先が動いていた。中警部たちも反応できない。

切っ先は、中警部の軍刀の鍔《つば》に当てられ、払い飛ばすようにして鞘から刀の本身を抜き出していた。刃を光らせ、ゴロリと、中警部の刀が廊下に転がった。

誰も口をひらけずにいるうちに、

「刃先を調べるのです」とヤオが凛と声を出した。

「こ、この乱心者を引っ捕らえろ！」

中警部はわめきながら刀ににじり寄ろうとしたが、それよりも早く、江崎少警部が先に手を出していた。軍刀を拾いあげる。そして、ヤオに言われたとおり、刃先に視線を注いだ。博朋も目を凝らした。

かすかに、赤く、脂《あぶら》っぽい濁りが刃先にはあるようだった。

（まさか――）

江崎少警部も顔色を変えていた。

「無礼者！」とか「勝手をするな！」と、兵藤中警部は目を血走らせて怒鳴っていたが、江崎少警部の両眼《りようがん》は冷ややかな光を浮かべた。

少警部は刃先に鼻を近付けてにおいを嗅ぐ。

「兵藤中警部殿。これは血ですな。付着して間もない。これはどういうことでしょう？」

江崎少警部は上官に、重い視線をぶつけた。「あなたはなにをしたのだ？」

ヤオは素早く踵《きびす》を返しながら、ある予測を語った。

博朋たちは、兵藤義助中警部が先ほど深く軍刀を突き立てた場所に集まっていた。彼らの手ですでに穴が掘られており、埋まっていたものの大半が見えている。人体だ。仰向けに埋められていた山本奨顧問の体である。死亡している。

当然土にまみれているが、衣服の胸の辺りには赤い染みがあり、それは見えた。

なにがなにやら、博朋には訳が判らなかった。

江崎少警部が遺体を検めたところ、ほとんど冷え切っているが、胴体中央部にはかすかに温かみも残っているという。絶命して間もないのだ。推定される死亡時刻は、まさに……。

全部隊員衆目の中で、とんでもない犯罪が行なわれたということなのだろうが……。

ただ一つはっきりしているのは、ヤオが大きな目的を失ったらしいことだ。

大きな失意の重さにつぶされるかのように、穴のそばに膝を落としている。声もなく、沈痛な気配だった。

それでもしばらくすると、呟くように、「あなたたちにとっても大きな……」と言ったように博朋には聞こえた。

五

兵藤義助中警部の身柄は拘束されていた。伝染病者の隔離や懲罰房として使われる小部屋に押し込められている。事態を伝える伝令は、地区本部にすでに走っていた。

大混乱を無節操に広げないために、遅ればせながらの朝食を摂るということで部隊員は食堂に集められて私語を禁じられていた。

食堂にいない例外は六人。門衛、中警部を隔離している部屋の前での張り番である久世警部補。後の四人は、集会部屋のストーブのそばに集まっていた。

ヤオ、松方博朋巡査、江崎藤剛少警部、野木権少警部。着席している二人の上官のそばに控えるように博朋は立っており、ヤオも傍らにいた。

「拘束される時に兵藤中警部が口走っていた内容によりますと、神社への放火計画がどうだとか……」野木権少警部は、やや困惑を残す視線を上官に向けている。「自分は断固として関係していないと主張していましたが」

わめいていたというのが博朋の印象ではあった。

「神社への放火というなら、明治六年の大教院神殿が思い浮かぶが……」江崎少警部はそう応じた。「中警部がそれに連座していたのか、新たな類似犯罪の計画が進んでいたのか……。山本顧問は、なにか嗅覚的に察するものがあったのかもしれない」

「両者の間で、昨夜、その辺から衝突が起こったのですね？」

博朋が尋ねてみると、江崎少警部は頷いた。

「厠へでも行く時に鉢合ったのか、昼間のうちに、二人だけで会うことを約していたのかもしれない。屋外での話し合いだろうな。意見が交わされ始めた。放火計画の件の真偽はともかく、兵藤中警部は元々あぁいう人だ、顧問の主義主張や求める方向性とは水と油。過剰に敵対視して激高したのは容易に想像できる。そして中警部は顧問の首を絞めた」

「扼殺の痕跡があったのですね」野木権少警部は再確認の口調だ。

「この見立てに間違いはないはずだ。顧問の首には指の痕《あと》が残っていた」

ヤオが口をひらいた。「中警部は急遽《きゅうきょ》、遺体の始末をしなければならなくなった」

「そう。そこだ。中警部はこの後、どう行動したと思う、松方巡査?」

名指しされて一瞬息を止めた後、博朋は頭を働かせた。

「手早く埋めてしまおうとしますよね。誅伐とも、大義のためとも偽装困難な人殺しと考えたから、部下を動員することも回避した。一人で穴を掘ったはずです」

「簡単に掘れる地面ではないぞ」

(あっ!)

一面、大地は強固に凍りついている。穴掘りという作業が、しごきや懲罰的強制労働でありさえするのだ。ツルハシの刃が弾き返される時もある。

「……しかし、江崎少警部殿。現に、顧問は地面に掘られた穴に埋められていましたが……」

「営舎のあの東端からは常に、湯気が立ちのぼっているようだが」

と指摘したのはヤオだ。

しかし、博朋がそこから意味を見いだす前に、江崎少警部が言った。

「浴場の湯気だな、松方巡査？　常に湯が溢れている。流れ出ていくのだ。地中に染み通っていく」

文字どおり、博朋は「あっ」と声をあげるところだった。

「この一帯でも、あの営舎近くの地面だけは凍りついてはいないのだ。地表はさほど変わらないが、少し掘れば扱いやすい土になる。そのことを中警部は知っていたか、遺体の隠蔽場所を必死に探して発見したのだ」

「ああ……っ」博朋は小さく呻《うめ》いた。

「湖も遺体を捨てるには適さない」さらに江崎少警部は言った。「あそこまで遺体を苦労して運んで行っても、湖面が厚く凍りついているのは同様だ。その氷に穴をあければ、原状回復は不可能であり、一目で判る異変を残す。ところが、地面であれば周囲との違いはあらかた消えてしまう」

そうなのですか？　と問う博朋の視線に、江崎少警部は応じる。

「この時季、風のない朝は必ず霜が降りる。どの地表も一面、白く覆われる。その下にある土の、細かな様子は判別できない。均《なら》しておいた土の上に霜が降り、それが溶け、そうした変化の後では穴を掘った場所も平均化されているだろう」

実際そうで、ヤオたちに続いてあの現場に駆けつけた時、博朋は目立つ変化をあの地面には見つけられなかった。

「ただ……」と、野木権少警部が言葉を足した。「暗闇での作業であったから、中警部は、自分がどのような場所に遺体を埋めているか、今ひとつ実感を伴っていなかったのではないですかね。あそこは営舎のすぐ脇、正面の広場と地続きです。我々の行動範囲の中にあるといっても過言ではない。あんな目のつきやすい場所に……」

「陽の光の下《もと》で見て、中警部は冷や汗を流したかもしれないな」江崎少警部もそう言う。「視線を浴びまくる場所だ。些細な異変もすぐに気づかれるかもしれない。——いや、だが、選択肢がなかったのだからと、受け入れるしかなかったのかもしれないな。あの場所の上に、レンガなどの建築資材を積ませるとか、石炭置き場を作らせるとか、次の手を打ち出せばいいと考えていた」

そうした方法を取るしかなかった兵藤中警部の行動は理解できたが、では、今朝、いったいなにが起こったのか？　それを博朋が尋ねると、江崎少警部が答えた。

「遺体は浅くしか埋められていなかった。そして、その遺体が動いたのだろう。遺体が遺体ではなくなったのだ」

辺りの空気がひんやりと、痺《しび》れるような重さを持つ。

博朋は小さく口を動かした。

「蘇生した……」

「そうだ。そうとしか考えられん。地面の下に埋められて二、三時間が経過した遺体であるなら、すっかり冷え切っていたはずだ。だが先ほど検分した時、かすかに体温らしきものが残っていた。刺された傷からの流血もわずかながらあった」

「埋められる時、山本顧問は、完全には亡くなっていなかったのですね？」

「頭部への打撃や窒息においては有り得ることだ、松方巡査」丁寧に江崎少警部は答えていく。「専門家が診断しても、かなり経ってから息を吹き返すことがある。まして極寒の夜間だ。判断するには条件が悪い。脈を診《み》ようとしている者の指がかじかんでいる。被害者の体温は急速に低下し、仮死の状態を作り出す」

　この先を野木権少警部が加えた。

「体のすべての機能を極限まで低下させた低い体温の状態だから、呼吸もほとんど必要とせず、土の下でも完全な死には至らなかったのですね」

「そして、湯を染み込ませている土の温度がじわじわと影響を与え、蘇生へのきっかけになったのだろう。この頃には朝日も射し始め、霜も消えて地表も多少緩みつつあった。地表からのこのささやかな温度が蘇生に影響したとは思えないが、土の中の動きが表に表われやすくなったのは確かだ」

　ヤオが落ち着いた声で言った。

「土の表面が動いたのを、朝礼の最中、兵藤中警部は見たのでしょう」

身じろぎたくなったかのように、江崎少警部は体をひねってヤオを見あげた。

「ヤオ殿。あなたはいつ、それらに気づいたのです？」


「朝礼での兵藤中警部の行動には、不自然なことが多かったですよね」

ヤオは静かに話した。

「江崎少警部を、そして次には久世警部補を呼び出して立たせた位置。ずいぶんと脇のほうでした。通常でしたら、もっと正面に立たせるものではないでしょうか」

「いつもはそのとおりです」頼もしさすら感じる眼差しを、博朋はヤオに送った。

「隊列の左側からですと、感情的にうろうろと動く兵藤中警部の姿が営舎の陰になって見えなくなるほどの場所です。さらに、あの時の、訓示ともいえない兵藤中警部の難詰めいた物言い。わたしは途中からしか聞いていませんが、言いがかりめいているという以上に、論調の不安定さが気になりました。まるで、自分を激高させる沸騰点を求めているようでした」

「なるほど……」江崎少警部が呟いた。「目的はそれだ。剣を振り回す一応の理由も作っている」

「山本先生を埋めた場所の上の土が動くのを見た時、兵藤中警部の五体は凍りついたでしょう」
そのヤオの言葉を聞き、兵藤中警部が湖のほうを遠く眺めるようにして立ち止まってい
たのがその時だったのかもしれないと、博朋は想像していた。斜め左に目をやれば、あの
埋葬場所である。
「放っておけば罪を暴きに男が甦ってくる、と窮地に立たされ、兵藤中警部は必死に対応
策を練ったはずです」
と、ヤオは確かな口調で推測を進めた。
「集合させたばかりの朝礼を解散させるのも大勢の不審を誘うだけの愚行ですし、それ以
上に、とにかく早急に手を打たなければなりません。中警部にすれば、地面からいつ被害
者の腕が突き出されてきてもおかしくない戦々恐々の状態だったはずです。そして、刀を
振るいたがる士族にとっては、解決策は一つです」
「突き刺してとどめを刺すのだな」江崎少警部が言う。
「彼は、地面に刀を深く突き刺す理由がほしかったのです。それを求めて二人を隊列の前
へ呼び出すと、都合のいい場所に並べ、うろつきながら、地の下の山本先生の胸部がどの
位置にあるか目星をつけていったのでしょう。そしてその場所に剣先を突き立てる時も、
万が一にでも被害者の呻きなどが近くの者に聞こえないように、怒声をあげ続けたのだと
思います」

……恐ろしい瞬間に立ち会っていたものだと、博朋は心が冷えるような思いで慄然としていた。

「あの後一人になれば、中警部は剣先から血なまぐさい犯罪の痕跡を消し去るつもりだったのですね」罪深い光景を述懐するかのように野木権少警部が言った。「そして、先ほど話に出たように、遺体が埋まっている場所の上に長期的な目隠しを作りあげる腹だった……」

野木権少警部は、上官に身を近付けるようにして囁《ささや》いた。

「以前、兵藤中警部から聞いた話を思い出しました、江崎少警部殿。神仏分離令の頃、中警部が仕えていた藩では、歴代藩主たちの亡骸が、神道式に埋め戻されたりしたそうです。さらには、藩主の菩提寺まで廃されたとか。中警部の憤りは相当のものでした」

「そうか……」

「神道政策を進める山本顧問と、地の底との連想は、中警部の中では結びつきやすかったのかもしれませんなあ……」

博朋も一つの想像をしていた。

兵藤義助中警部は本当に、動く地面を見たのだろうか。錯覚ではなかったのか。

例えば、霜が崩れる様《さま》や、飛ぶ鳥の影が、土の動きに見えたとか……。

罪の心を持つ者だけが、告発の幻を見るのではないか。

（ああ、まさに――）

罪人の眼球という鏡に映る、地の底の彫り型が結ぶ魔像だ。

ヤオに目をやろうとして、そこに誰もいないことに博朋は気がついた。慌てて周りを見回してみるが、どこにもいない。

「失礼します」

と上官二人に一礼すると、博朋は室内を横切った。廊下に出ると足を急がせる。

戸外はまだまだ冷気に満ちていた。

粗末な細い丸木を組んだだけの正面の柵のほうで、六郷二等巡査が振り返った。

「あの女子《おなご》を捜しとっと？」

無言で頷く博朋に、六郷は湖のほうを指差した。

博朋は走ってそちらに向かった。

息を切らし、長い坂道をのぼる。

湖畔まで駆けつけ、立ち止まって辺りを見回すが、どこかで予想していたとおりの光景が広がるだけだった。

少女の姿はない。

表面の霜が溶けて透明度が増した氷の湖面があるばかりだ。

ヤオ最後の冒険またはエピローグ

芦辺拓

芦辺拓（あしべ・たく）

一九五八年大阪府生まれ。同志社大学卒。一九九〇年『殺人喜劇の13人』で第一回鮎川哲也賞を受賞しデビュー。主な著作に『時の審廷』『異次元の館の殺人』などの森江春策の事件簿シリーズや『スチームオペラ　蒸気都市探偵譚』、『新・二都物語』など。

……そして、ヤオの時空を駆け抜け、謎と出会う旅はその最後のエピソードを迎えた。

少しずつ——といっても、時に百年単位でジャンプしながら時間線の上をたどっていった。

これまで六つの時代で、ヤオはさまざまな人たちと、そして事件と出会ってきた。それに深くかかわることもあれば、素通りしてしまうだけのこともあった。

彼女にとって大事なことは、砕け散った鏡のかけらを拾い集めることだった。

それは、この国、この世界そのものを映す鏡。だが、その全てが嘘偽りで塗り固められ、正しい記録や証言はねじ曲げられ、あるいは丸ごと破棄された結果、そうした歪みに耐えきれなくなって、自ら壊れてしまった。

その結果、鏡に映される側だった、ヤオたちのいる世界が狂い始めた。電子化された文字や言葉が、ディスプレイからあふれこぼれて人々に襲いかかり、安っぽいファンタジーのような異世界風景が、現実のそれにとってかわった。

幸い、ヤオはただ一人、それらに巻きこまれることを免れた。それは、今や珍しくなった〝紙の本〟に護られた結果だった。

だが、それはただ一人、この世界の狂いを正すことのできる人間として選ばれたことを意味していた。

そして、その使命はまもなく完了されようとしていた。完了されれば、彼女は元の世界、元の時代に帰れるはずだった。少なくとも、そう信じていた。

うまくすれば、前回の旅をラストとして、そのまま現代に帰れるかもしれない。なぜなら、残された鏡のかけらはどうやらあと一個。だとしたら、それはヤオにとって懐かしくも見慣れた世界にあるとしてもおかしくはないのではないか——。

だが、ヤオの予想ははずれた。しかも、今度の旅は、彼女にとって最悪だった。

何しろ、その時代の大地に降り立ってまもなく、ドヤドヤと現われた兵士たちに捕えられ、高手小手に縛められてしまったからだ。

「ちょっと、やめてよ……こら、やめろってば！」

そう言ったところで聞いてくれる相手ではない。必死の抵抗もむなしく、荷物のようにかつがれて運び去られてゆく。叫ぼうがわめこうが、聞くことではない。

それどころか、ヤオの訴えなどかき消して鳴り響き、やがて耳をつんざくまでになった声は、みごとなまでに一つの言葉に統一されていた。すなわち、

——コロセ・ころせ・殺せ、あのお方を殺《あや》めた罪人《つみびと》を！

——コロセ・ころせ・殺せ、できる限り苦しめ苛んで！

——コロセ・ころせ・殺せ、遠い国から来たこの娘を！

これまでそうだったように、しだいしだいにその時代の言葉が聞き取れるようになるに

つれ、さすがのヤオも青ざめずにはいられなかった。

(ここで殺され、それでこの物語は終わり? まさか、そうなることが私の使命? じょ、冗談じゃない! 何が何でも、何とかしなくちゃ!)

必死に身をよじって逃れようとし、だが無駄なことを思い知らされながら、ヤオはどうしてこんなことになったか、記憶をほんの少しばかり巻きもどしてみた——。

最初、この世界に降り立ったとき、ヤオにはここがいつの時代なのかわからなかった。もっともそれは、これまでもあったことだし、山の中や森の奥であったとしたら、たとえそれが遠い未来であっても(自然が死に絶えてでもいなければ)判別はつかないに違いなかった。

ヤオが最初に見た風景は、それらとは違ってまちがいなく人工物だった。だが、それがおそらくはいつの時代も変わらないがゆえに、とっさにはわからなかったのだった。

(これは……神社の参道かしら?)

ヤオは、思わずそうつぶやいたが、あながち誤ってもいなかった。

前を見ても、後ろをふりむいても、目の前にはただ真っすぐな一本道があるばかり。左右は、こんもりと葉を繁らせた木々にはさまれ、それら全てを宵闇の藍色が包んでいた。

それだけならよく見えなかったろうが、一本道には等間隔を置いて灯りが立てられていた。

ヤオのいたところからは、前後とも少し離れていたので、独りトボトボと歩いてゆくと、すぐにその正体がわかった。

もし、それがガス灯だとかアーク灯とかであったなら、時代の見当もつけられたろう。だが、この一本道に並んでいたのは、そうしたたぐいではなく、およそヤオが見たこともないようなものだった。

だから、そこから推し量ることはできそうになかったが、だからといってヤオはあきらめなかった。これぐらいで、現代に帰ってきたのではないとは言えない――そう決めつけて、ほかに何か時代を推察するための手がかりはないかと暗がりに目をこらした。

すると、前方には何か建物らしいものがあり、後方には城壁らしいものがあるのが、目の慣れるにつれ見えてきた――と思った、そのときだった。

突然、前方から駆けてくる人影があった。

(あ、あれは……？)

ヤオは驚きに目をみはった。まずは静謐と沈黙を破っての人影の出現そのものに。次いで、そのいでたちの異形さと、それがどこの時代とも異なるがゆえに未来的にも思えることに。さらには、やがてはっきりと見えてきた表情の必死さと、にもかかわらず少しも損なわれていない美しさに……。

向かい風になびく長い黒髪、衣服を飾るアクセサリー、そして長いスカート──それらの全てが、疾駆をさまたげる以外の何ものでもなかった。にもかかわらず、その人影の足取りのめまぐるしさと軽やかさは、それらの存在すら感じさせなかった。

「あの……」

声をかけようとして、出かけた言葉をのみこんだ。ここがどこで時代はいつ、ついでにあなたは誰なのか訊こうとしたのだが、とても話しかけられるふんいきではなかった。

「えっと……」

と口ごもっているうちに、その人はどんどんヤオの視野の中で大きくたくましくなり、すれ違いざま振り向けば、みるみる城壁の方へと小さく遠ざかっていった。

美しい人だった。その顔を見たのはほんの瞬間のことだったが、それでも十分印象に残る美貌だったし、ヤオの間近を駆け抜ける刹那、確かに彼女を見てくれた気がした。

(いったい何者だったのだろう、今の女性《ひと》は……)

ヤオは、心につぶやかずにはいられなかった。彼女は、何であんなに必死に走っていたのか。胸元の珠飾りをちぎれんばかりに揺らせてまで……ん? 何だか不思議なものもまじっていた気がするけど……まぁ、そんなことはいいや。

彼女が駆けてきた建物の方で、その身に何があったというのか。あのようすから考えて、ただごとでないに決まっているが、ならば助けてやるべきだったのではないか。少なくとも事情ぐらいは知っておくべきではなかったのか。

だが、今さらそんなことを言っても、当人がもうここにいないではどうにもならない。そして、今さらそんなことを悔いても始まらないし、美しい人が去ったあとの余韻に浸っている場合でもなかった。

というのも、突然の大音響が、美しい人の去ったあとの静けさに慣れたヤオをひどく驚かせたからだった。

ドドドン！　と轟くは太鼓の音、ブオーッボーッと尾を引くのはラッパとか法螺貝のたぐいだろうか。それが何を意味するのか考えるまでもなく、答えは出た。

ヤオの立つ一本道の後ろから、ドッとばかりに寄せてきた人数。いずれも装甲らしきものをまとい、武器とりわけ飛び道具を携えている。後方の城壁の方から来たらしい。

一目でこの時代の兵士とわかるそいつらは、ヤオを見つけるやオオッとどよめいた。そしてそのまま歩調を速め、一気に彼女との間合いを詰めた。

どうやら彼らがとんでもない勘違いをしていることにヤオは気づいて、

「誰か追っかけてるのなら、それは私じゃない！　誰かたった今、こっちからあっちに走っていったところよ。見なかったの？」

そう叫んだが、彼らには言葉の意味が通じなかったのか、通じても無視されたのか、何の反応もなかった。

それどころか号令らしき叫びがして、兵士たちはドッとばかりにヤオに襲いかかろうとした。

ヤオはやむなく刀を抜く。兵士たちにとって、それは十分に衝撃的なものであったらしく、ひるんだように後ずさったが、今度はいっせいに飛び道具をかまえた。

そんなもので来られては、どんな神秘な力を持った刀でも逃れようはない。いや、何人かたたき斬って血路を開いてもよかったのだが、それはヤオの望むところではなかった。

だから、ヤオは駆けた。ひたすら駆けた。

前方から駆けつけたものたちもいたが、幸い彼らはほとんど武装しておらず、しかも人数は後方から追いかけてくる一団より、はるかに少人数だった。

それでも次々繰り出される凶器を、ヤオは太刀でなぎ払い、はたき落としながら、ただ一直線に走り続けた。

ふいに視界が開けた。一本道がついに尽きて、広場のような場所に出たのだ。その先に、さっき遠望した建物があった。

今や間近に迫ったそれは、円形をして周囲より一段高くそびえ立っていた。その姿は、ますます彼女の首をかしげさせるばかりだったが、ここの主となる人間がただ者ではないであろうことも見当がついた。

だが、そんな思案にふけっている場合ではなかった。ふりかえれば、追っ手はすでに背後に迫っており、ついにはヤオめがけて矢を射かけ始めた。

こうなってはたまらない。ヤオは袋のネズミになるのも承知で、その建物から地面にさし降ろされた階《きざはし》を駆け上がり、建物の中に飛びこんだ。

次の瞬間、ヤオはその場に立ちすくんだ。

この建物の屋内は、たった一つの部屋で構成されていて、出入り口もさきほどの階以外にはなかった。乏しいながらも、灯りに照らされており、一目で見渡される状態にあった。そして、そこに……死体があった。無残に斬りつけられた、筋骨たくましく髭面の偉丈夫の死体が。

(まさか、これは……殺人?)

ヤオの脳裏に当たり前すぎる言葉がよぎった。殺人ということは、犯人がいるに違いなく、当然その犯人は捕えられ、処罰されなくてはならない——でも、いったい誰が?

時間にすればわずかな間のことだった。だが、その間に陥った混乱は十分に致命的だった。

階を踏み破らんばかりの勢いでドヤドヤと押しかけた兵士たちに気づいたときは、もう遅かった。

こうして、ヤオは捕えられ、連行された。

土牢のようなところに投げこまれ、相当に手ひどい扱いを受けた。刀は当然のように取り上げられ、となれば抵抗のしようもなければ、この世界を逃れることもできないのは火を見るより明らかだった。唯一、暴行や拷問を受けなかったのだけが救い——というよりは、いっそ奇跡のようだったが、それはあまりにもヤオの罪が明白で、ほかに殺人者が見当たらないからかもしれなかった。

そうした事情も確かにあったが、もし自分の身が無事だった真の理由を知らされていたら、ヤオはかえって責め苦や辱めを受けることを望んだかもしれなかった。

というのも、それは許しがたい大罪人を処刑するにあたっては、ありとあらゆる手段を尽くし、考えられる限りむごたらしく、長い長い時間をかけて苦しみ抜かせなければならないからだった。

そのときまで、白い肌は少しも傷ついていてはならないし、花のかんばせは明るく美しく咲き誇っていなくてはならない。四肢はのびやかに、瞳は輝き——全ては、それらを一寸刻み五分試しで切り裂き、削ぎ落とし、抉り取るために。

幸いそれは、ヤオには思いもよらず、想像すら及ばないことだった。

だから、そのかわりヤオは自分が遭遇した出来事と、その謎について考えることができた。自分以外の誰が、あんな恐ろしい犯行をしてのけたのか。それはいったいどういう形をとってのことだったのか――その他もろもろについて。

怒りと悲しみに満ちて交わされる会話や、ときおり投げつけられる悪罵や叱咤からすると、どうやら事件の状況はこういうことらしかった。

――あの建物は、この地方というか国というかの首長の住まいで、そこでさまざまな政務や外部からの賓客の応接なども行なわれる。

さきほど〝あのお方〟と呼ばれていたのが、まさにその首長であり、建物の主というわけだ。その威勢と人望はなかなか大したもので、はるばる遠くから面会を請う者たちが絶えない。

今日、そこを訪れたのは一人の美しい女性だった。城壁の向こうにある地方ないし国からやってきた彼女は、どこかの誰かの使者としてやってきたのか、それとも自身が一種の献上品、贈り物であったのか――それはともかくとして。

ともあれ、彼女の美貌と物腰と、知識教養は首長のみならず、この地の人々を魅了するに十分だった。

だが、それらの全ては罠だった。彼女のことを信頼し、安心しきった首長を、女は無残に刺殺した。ただちに首長の館を脱出し、逃走を図ったのである。

おそらくは他国の首長からの命を受けて、暗殺のため潜入したものに違いない。そうして、こちらの国を混乱に陥れ、弱体化させ、いずれは乗っ取るか攻め滅ぼそうとするつもりに違いない。

だが、そう何もかもうまくは運ばないものだ。首長の死を知った人々は、ただちに急を告げる太鼓や笛その他を鳴らし、暗殺者が逃げた一本道の先、城壁を守る兵たちに伝えた——門を閉ざし蟻一匹とて通すな、そして首長の館に向かって兵を出し、逃げてくるものあれば必ず捕えよ、と。

これほど単純で、かつ確実な捕獲作戦はないはずだった。ヤオが見たこともない照明——かがり火が並ぶ一本道。そこをはさむ並木はすき間なくびっしり生えて、その向こうは身動きもならぬほどに緑が繁茂している。そこへ逃げこんだところで、かえって蜘蛛の巣にかかりにゆくようなものだった。

にもかかわらず、網にかかったのはヤオだった。あのときすれ違った、美しい人が首長殺しの犯人だとして、彼女は蒸発したみたいに消え失せてしまい、その罪と罰を自分がおっかぶせられてしまった。

では、真犯人——彼女はどこへ消えたのか。その行く手には城壁が立ちふさがり、手前には兵たちが押し寄せている。

いったいどういうことなのか？　どうしてこんなことが可能になったのか。そして犯人は誰なのか。あれ以降、城壁の門は固く閉ざされ、一帯から外に出たものは誰もいないとのことで、だとしたら犯人はまだこの領内にいるはずなのだが。

「いや……それよりも」

ヤオはつぶやくと、土牢の床にすわりこんだまま、小さくかぶりを振った。

「問題は、私自身がどうすればいいか……どうやって、自分の無実を証明すればいいのか。たとえ、真相がわかったとしても、犯人の名がわからない以上、指摘のしようがないんだから！」


——そして、ついに処刑の朝が来た。

兵士たちに引き立てられたヤオは、あるものはギラギラと研ぎ澄まされ、あるものはキリキリと捩り合わされ、またあるものは大泡をたてて煮え滾り、真っ赤に燃え熾りと、ありとあらゆる責め道具をそろえた台に上げられた。

その中央に立てられた杭に縛りつけられるとき、

「最後に、何か望みはないか」

よくわからないながら、どうやらそういう意味のことを言っていると気づいたヤオは、

「私の愛刀を持ってきてくれ。どうせ死ぬなら、あいつの姿を見ながら死にたい」

と答えた。

いや、それはさすがに……と躊躇するのをニヤリと笑い飛ばして、

「安心しろ、ここにこうして縛められている以上、それを使うことなどできない。ただ、そばに置いておきたいだけだ」

そう言われては反論のしようもなく、昨夜捕えられたときに奪われた太刀が、間近に立てかけられた。それを目の端で確かめると、ヤオは大きく息を吸いこんだ。

かたわらで処刑文らしきものが読み上げられようとする、まさにその出ばなをくじく格好で、彼女は叫んだ――。

「この中に纏向《まきむく》の日代宮《ひしろのみや》に坐しまして、大八島国《おほやしまくに》知らしめす、大帯日子淤斯呂和気天皇《オホタラシヒコオシロワケスメラミコト》の御子、小碓命《オウスノミコト》と申されるお方はおられませんか」

あっけに取られる群衆、あわてて制止しようとするものたちをしりめに、ヤオはいっそう声を張り上げると、

「あなたは、この地を支配する熊曾建《クマソタケル》の討伐をお父上から命じられ、ひそかにこの地に潜入しました。そのことの是非は今は言いませんが、とにかくあなたは思わぬ方法で、熊曾建さんの暗殺を成功させました――長くのばした垂髪に真拆鬘《まさきのかづら》の飾りをつけ、衣《きぬ》の下にはスカート、じゃない裳《も》をはいて倭文《しづり》の帯を締め、肩からは領巾《ひれ》、日蔭《ひかげ》の襷《たすき》をかけ、手珠《てだま》に頸珠《くびだま》などのアクセサリーまでつけて、みごと美少女に変身するという作戦で！

まんまと暗殺を成功させた小碓命さま、あなたはそのままの格好で館を飛び出し、一本道をひた走って逃げた。途中すれ違ったのが私――よりによって、この格好がどの時代の

衣服よりも、この神代のものにそっくりだったことが運の尽き……ああ、いやいや、こっちの話です。ごめんなさい。

……とにかく、お父上の命令を果たしたあなたはそれでいいとして、そのせいで私は今このようにあなたの身代わりとして処刑されようとしています。それでいいのですか？

むろん、多少の犠牲——まして私のような小娘の命など塵芥以下のものであれば、なおさらやむを得ないという考えもあるでしょう。

でも、いいのですか？　小碓命さまともあろうお方が、やがて倭男具那王《ヤマトヲグナノミコ》を名乗り、はるか後世にまで『日本武尊《ヤマトタケルノミコト》』とたたえられ続けるあなたが！」

日本武尊！　この場の誰もが聞いたことがないにもかかわらず、その名は人々に強い印象を与えたようだった。とりわけ、当の本人には！

ヤオは気づいたのだ——そう呼ぶにはあまりにプリミティブであったが、この世界で起きた密室殺人のトリックを解くことで、犯人は女装した青年であると推理し、さらにはここが小碓命すなわち後の日本武尊による熊曾建殺しの時空であることに。

だからヤオは呼びかけることができた、この場で唯一自分を救ってくれそうな相手に、当人もまだ知らない名前でもって……。

「待て！」

処刑台の下、数えきれないほどの兵士たちの間から、凛とした声があがった。その声の主は、きらきらと光に映える甲冑姿のまま波打つ群衆の中を移動してきたかと思うと、大きく跳躍してヤオのすぐそばの台上に降り立った。

その軽やかでのびやかな姿を見やりながら、

「いま言った、美しい娘の姿からその兵士の姿に早変わりし、そのまま城壁の外に出るつもりが、あいにく熊曾建さんの館からの報せで駆けつけた兵の一団と鉢合わせ。しかたなくクルリと踵を返し、その中にまぎれこんだというわけですね。……むろん、それがあなたの真の姿ではなかった」

にっこりと言うヤオに、小碓命――後の日本武尊は、

「そういうことだ」

とうなずくと、その身にまとっていた短甲――小さな金属の板を綴り合わせた兜や鎧を脱ぎ捨てた。

すると、その下から現われたのは、美豆良《みづら》の髪に、筒袖の先を手纏《たまき》の紐で締めた衣に褌《はかま》は足結《あゆい》の緒でくくり、皮履《かわぐつ》をはいた美丈夫だった。

何より目立つのは、娘姿のときも身に着けていた珠飾りの数々だが。中にはそう呼ぶにはふさわしくない、妙に細長く薄い形をしてひときわ燦めくものがあった。

小碓命は、それに向けるヤオの熱い視線をいぶかりながら、腰に佩いた頭椎《かぶつち》の大刀を抜き放った。

次の瞬間、ヤオは縛めの縄を切り捨てられ、自由の身となっていた。こうなればこっちのものだ。あわてふためくものたちをしりめに、自分の刀をつかみ取ると、ピッタリと美丈夫と背中を合わせ、抜き放った刃を大上段にかまえた。

むろん、熊曾の国の人々も刀を抜き、矢をつがえて二人を囲み、一気に殲滅しようという勢いだ。

そんなさなか、何とも奇妙な会話が交わされた。

「娘、おれは本当に、日本武尊という名で呼ばれることになるのか」

「本当です、小碓命さま」ヤオは答えた。「そして、このあとも数々の冒険を重ね、この国で最も愛され、親しまれる英雄となります」

「ということは、少なくともこの場を生き延びることはできそうだな……娘、ぶじにここを切り抜けられたら、そうなる希望を与えてくれたほうびをつかわそう。何がよい」

「はい、それでは遠慮なく……私がもといた空間《ところ》、もといた時間《とき》に帰るために、あなたさまの、そのぅ……」

＊

——こうして、現世の歪みゆえに砕け散った鏡のかけらは、全てそろった。

それはヤオが自分の使命を全て果たしたということであり、長く遠い時空の旅が終わるということでもあった。

七つの時代に飛び散った、世界を映す鏡の七つのかけら。それが一つになったとき、鏡はかつての姿を取りもどし、大いなる力に満ちみちた——一人の少女を千年単位の未来へとやすやすと帰らせてやれるぐらいには。

ヤオの時を遡る旅——それは明治十一年の東京から始まった。

太古の昔から現在まで、そして先の世へと、時は常に過去から未来へ流れているが、歴史家はともかく、それを逆行するものにとっては、近しい過去から飛び石状にたどってゆくほかない。

それに、あの〝図書館〟で彼女に与えられた力は、百年単位の間しかもたなかったのだ。しかし。この長い旅は、彼女の肉体と精神に大切なものを与えてくれた——勇気と知恵と気迫と、運命を引き寄せる力を。

そこで彼女は一つの事件と出会い、女まして少女など人とも思わない荒くれ男たちと渡り合い、解決をもたらした。その褒賞でもあるかのように手にしたもの——それこそは第一の鏡のかけらだった。

それを手に入れた彼女は、今度はそこに秘められたエネルギーに押されて、さらに時を過去へと突き進んでいった。

十八世紀半ば、宝暦年間の江戸——そこで最初に出会ったのは、大きな白犬だった。あとですぐ仲良くなったそいつに、最初はひどく吠えつかれたことから、明治ではまだしも通用した自分の服装が、あまりにもこの時代の人々と違っていることに気づいた。しかたなく「こうしていないと余計なものまで斬ってしまう」とか変な理屈をつけて、自分で自分の体を太紐でぐるぐる巻きにした。こうすれば異風な姿に気づかれずにすむと思ったからだが、かえって変に思われたのは失敗だったかもしれない。

加えて、その時代に出会った吉原の人々のしゃべりがベランメーというのか、あまりに早口であまりに面白く、対抗上こちらも変な口調になってしまった。クラスメートのうち、毛色がやたら明るかったり、制服によくわからない改造や装飾が施されている女子たちを参考にするほかなかったからだが……。

そして第三の旅、元亀元年の相模国——。ここではひときわ大きな事件に巻きこまれ、火起請の神判なるものにかけられた。

面白いことにヤオは、その時代ごとの人々にとって見方が変わり、自分を演じようと演じまいと、相手の見たいように見られてしまうことに気づいた。

ここでの彼女は「大山天狗の姫君」であった。だから彼女は天狗の姫君としてふるまい、姫君を演じきった。ただし焼けた鉄をつかまされるに当たって、あのお寺の境内で知りあった芸人たち――幻戯の老人や火食い男から教わった方法を使ったことはないしょだが。

そんな中で、ヤオは独り何もかもを見抜いているかのような老人に出会った。塚原卜伝――この年老いてなお屈強な剣豪は、彼女の求めていたものを渡してくれた。同じ一つのものが、光の当て方によってまるで違う影をなすように、鏡のかけらはいつもそのままの姿であるわけではなかったのだ。

そしてヤオは驚くべきことを知る。卜伝老人は五十九年前に自分と会ったことがあるというのだ。だから、彼女のことが何もかもわかるのだと。

だが、さすがの卜伝翁もご存じないことがあった。彼にとってヤオに会うのは二度目であっても、ヤオが彼に会ったのは今回が初めてであることを。

そう……いい、ヤオはこのあと、彼女が旅してきた時間線の方向に沿って五十九年をひとっ飛びし、これから常陸国で若き日の卜伝に会うのだった、「金色姫」として……。

それをわずかな寄り道として、ヤオは平氏華やかなりし時代の鞍馬山に降り立った。そこで得たのは、ご神体とあがめられていた第四の鏡のかけら。だが、自分が去ったあとに、二人の少年の間でどんな驚くべきやりとりがあったか彼女が知ったなら、どれほど残念がったことだろうか。

次いで平安時代の京の都――ここで第五の鏡のかけらを得たヤオは、当人としては心外だったかもしれないが、ひたすら奇怪で乱暴な鬼女としてのみ記憶にとどめられた。

さらに聖徳太子の時代、飛鳥の地でヤオは信じがたい歴史の一齣《ひとこま》に遭遇する。だが、そこには恐ろしい罪悪と陰謀、そしてあまりに軽い人命がある一方、常に真実を明らかにしようとする〝探リ部〟なる存在もまたいることを知った――。

ついには神代のころにまで達したヤオは、そこで七つ目の鏡のかけらを手に入れ――そして大いなる力で投げ返されるかのように現代に帰ってきたのだった……。

*

ふと気がつくと、ヤオはあの〝図書館〟の一室に座りこんでいた。

その腕にかき抱いているのは、もはやあの古風な太刀ではなく、ただの使いこんだ竹刀に返っていた。だが、彼女にはそのことが何よりうれしかった。

外はすでに暗く、空気はいくぶん寒々しかった。これ以上、ここで寝込んでいたりしたら、風邪をひいてしまうかもしれない。

幾多の冒険を重ね、さまざまな人々と出会い、死の恐怖にも直面したヒロインには似合わないことを考えると、ヤオは制服のほこりを払いながら立ち上がった。

「今までのあれもこれも、ひょっとして夢だったのだろうか……」

ヤオはそうつぶやき、だがすぐに首を振った。そうでないことは、自分が一番よく知っていた。

(明治、江戸、戦国、鎌倉時代の前夜、平安の世、はるか飛鳥の昔、そしてヤマトタケルとクマソの時代――私はそれぞれの時空に確かにいて、半ばわけのわからないまま自分のやるべきことを果たした。それは確かなことなんだ。たとえ誰に信じてもらえなくても、認められなくても……)

快い疲労に包まれながら外に出ると、〝図書館〟をかこむ家並みは来たとき同様、静まり返っていて、何の変化も感じ取れなかった。

やがてたどり着いた駅前一帯からも、あの凄まじい喧騒と幻想は消え失せていた。

そこには人を襲う文字たちもいなければ、それらを吐き出すディスプレイもなく、あのファンタジーめいた異世界の風景も、そこにあふれていた異形の生き物たちなども、きれいさっぱり消え失せていた。

どうやら彼女の使命は全て達成されたらしい。それにしては拍手喝采もなく、感謝の言葉もないが、しょせん世の中はそうしたものかもしれない。

だが、そのことはさっき自分で納得したことだ。不満はないし、悔いもない。

今の平穏は、鏡を修復することによって世界の歪みがただされた結果だろうが、人々の心身にはあのときの爪痕が生々しく残っているのか、それとも最初からなかったことになったのか――ヤオにはとっさに判断がつかなかった。

あれは夢ではなかったとしても、今は夢になってしまったのだろうか。

ヤオには、もうどちらでもよかった。いずれにせよ、あのカオスの中で起きたことをクラスメートと話し合う気にもなれないし、まして時空を超えての七つの危機と冒険譚など聞いてもらえそうになかった。

(そう……それでいいのかもしれない。だけど、誰か一人ぐらい理解してくれる人がいてくれたら……)

ヤオはため息をつき、首を振ると、家路につくべく毎朝毎夕利用しているプラットフォームに出た。何があったせいなのか、ひどくダイヤが乱れていて電車が来るまで少し時間がかかるようだった。

ヤオは空いていたベンチに腰掛けると、カバンからお供の本を取り出した。

紙の本に刷られた物語は、いつも彼女を優しく迎えてくれる。いつもなら、そのまま本の中身に没頭するのだが、今日はちょっとした邪魔が入った。

本のページにふとさした翳《かげ》に視線を上げたとたん、ヤオはあやうくその本を取り落としそうになった。

そこに立っていたのは、あの男子グループの中でただ一人の歴史好きで、ヤオをひどくあわてさせた少年だった。

「ど、どうも」

「あ、こんにちは……じゃない、もうこんばんはかな」

おずおずと声をかけてきた少年に、ヤオはことさら平静を装いながら答えた。まさか〝ぶじに人間にもどれてよかったね〟などと言うわけにもいかなかった。

そんなさなか、ヤオの心にふとひらめくものがあった。この少年とそっくりな誰かに、あの七度にわたる冒険のどれかで会った気がしてきたのだ。そう、あれはいつの時代、どこの誰だったか――？

「……どうかした？」

少年はけげんそうに問いかけてきた。ふいにヤオに見つめられ、しげしげと観察されては、それもしかたがなかった。

「ううん、何でも！」

否定しようとするあまり、大声をあげてしまった。それがおかしかったのか少年はフッと笑みをもらした。そのまま二人はベンチに並んで腰掛け、とりとめのない会話を交わした。

少年は歴史だけでなく物語にもくわしくて、二人は電車が来たのも無視してしゃべり続けた。そうした語らいの果て、

「……あ、あのね」

少年は、緊張のためか、ふいに話の接ぎ穂を見失ったらしいようすで言った。そして、言うにことかいて、ふだんの彼女ならタブーとなっている質問を繰り出してしまった。

「ヤオって、とってもいい名前だよね。やっぱり何か歴史的な由来があるのかな。たとえば八百万の神とか八百比丘尼とか……」

「さあ、どうかな」彼女はほがらかに答えた。「教えてあげようか……私のヤオは確かに八百が由来だけど、そういうのとは違うらしいんだ」

「へえ。じゃあ、いったい何から来てるの」

少年の問いに、ヤオは一連の冒険での体験や、さまざまな人々の思い出で胸をいっぱいにしながら答えた――。

「あのね、たくさんの出会いを意味する八百会《やおあい》という言葉があって……」

彼女はそこで少し照れたように、

「でも、ひょっとしたら嘘八百の八百だから、ヤオっていうのかもしれないよ！」

ヤオと七つの時《と》空《き》の謎

2019年10月7日　第一刷発行

編著者――芦辺拓
著　者――獅子宮敏彦／山田彩人／秋梨惟喬／高井忍／安萬純一／柄刀一
発行者――南雲一範
装丁者――奥定泰之
装　画――猫月ユキ
校　正――株式会社鷗来堂
発行所――株式会社南雲堂
東京都新宿区山吹町361　郵便番号162-0801
電話番号　(03)3268-2384
ファクシミリ　(03)3260-5425
URL　http://www.nanun-do.co.jp
E-Mail　nanundo@post.email.ne.jp
印刷所――図書印刷株式会社
製本所――図書印刷株式会社

ISBN 978-4-523-26589-4 C0093

「平成」という言葉を聞いて
感傷的になっちゃってる自分を
照れくさく感じるような人たちへ。

平成ストライク

［著］青崎有吾・天祢涼・
乾くるみ・井上夢人・
小森健太朗・白井智之・
千澤のり子・貫井徳郎・
遊井かなめ

四六判並製　424ページ　定価（本体1800円＋税）

福知山線脱線事故、炎上、児童虐待、渋谷系、差別問題、新宗教、消費税、ネット冤罪、東日本大震災
――平成の時代に起こった様々な事件、事象を九人のミステリー作家が書き起こすトリビュート小説集。

「加速してゆく」青崎有吾
「炎上屋尊徳」井上夢人
「半分オトナ」千澤のり子
「bye bye blackbird...」遊井かなめ
「白黒館の殺人」小森健太朗
「ラビットボールの切断」白井智之
「消費税狂騒曲」乾くるみ
「他人の不幸は密の味」貫井徳郎
「From The New World」天祢涼